徳間文庫

おれの墓で踊れ

エイダン・チェンバーズ
浅羽莢子 訳

徳間書店

The passage quoted on p.100 is from SLAPSTICK by Kurt Vonnegut, published by Jonathan Cape Ltd; the lines on p. 225 are from the poem 'Lullaby', reprinted by permission of Faber and Faber Ltd. from COLLECTED POEMS by W. H. Auden.
P100に引用されている文章は、カード・ヴォネガット作『スラップスティック』（ジョナサン・ケイプ社刊）による。P225に引用の詩『子守唄』は、フェイバー＆フェイバー社の許諾を受け、W.H. オーデンの「コレクテッド・ポエムス」より転載。

この本のソシアルワークに関する記述は、
グレニス・サルウェイの協力によるものが大きい。
特に記して感謝したい……著者

おれの墓で踊れ

四つの部（パート）
百十七のビット
並行レポート六点
新聞記事二点より成り
話の展開を助けるための
いくつかの冗談
三つほどの謎
多少の脚註および
たまのてんやわんやを含む
ある生と死の物語

墓を損壊

少年を起訴

昨日、十六歳の少年が、墓荒らしの容疑でサウスエンド少年裁判所法廷に起訴され、出廷した。検察側よりさらに、損壊は故意によるものだとの申し立てがなされた。

警察の罠

検察側証人のハリー・ホワイト警部の証言によれば、警察はマイラ・ゴーマンさんより、息子のバリーさん（当時18）の墓が、葬儀後まもなく損壊されたとの訴えを受理した。ゴーマンさんは、再度起きると思われる理由があると主張した。

ゴーマンさんの訴えに基づき、墓地に夜間警備の巡査を配備したところ、二日目の晩に被告が現行犯逮捕された。逮捕直前の被告は、ホワイト警部によれば「亡くなった子の墓の上で異様なふるまいにおよんでいた」。

精神の異常

少年は弁明も、とった行動の説明も一切拒否している。法廷でも終始黙秘し、無感動だった。

Ｃ・Ｈ・ピンチベック裁判長は被告人に、「こんな不愉快な事件を扱うのは初めてです。まともな精神状態にあったとは思えません」と告げた。

ソシアルワーカーの報告書が整うまで、裁判は持ち越されることとなった。

第一部

我々は、ふりをしている通りのものであるから、
何のふりをするかは慎重(しんちょう)に決めねばならない。

――カート・ヴォネガット

1／オレはどうかしている。

ずっと前に気がつくべきだった。

死が趣味だなんて、どうかしているに決まっている。

勘違いしないでくれ。どうかしてはいるかもしれない。だが狂ってはいない。

オレはくるくるぱあでも、人を殺してまわるような異常者でもない。

死体には興味ない。興味があるのは〈死〉なんだ。大文字の。

死体は怖い。オレをひどい目にあわせる。

訂正：ある特定の死体がオレをひどい目にあわせた。

今書いているのはそのことだ。

ただし、あんたが知りたければの話。〈死〉のことなんか読みたくない、まだ生きていてあいつだった時にオレと知り合いだった死体のことも読みたくない、あいつがあれになる前にオレとの間にあったことや、どうしてあいつがあれになったかも読みたくないっていうのなら、ここまでで読むのはやめたほうがいい。今すぐ。

2／あの最初の日、浜辺はタオルの平台に横たえられた汗みずくの体ばかりの死体置場となっていた。光さんさんサウスエンド（イギリス東海岸の保養地）の海と砂。

オレたち、親父とおふくろとオレが、テムズ河の河口にあるこのロンドンっ子の遊び場に住むようになって十七カ月がたっていたが、オレはまだ、行楽客相手の町に馴れることができずにいた。

想像力の前に魅力の全てをさらけ出したやつらがうようよ。

訂正：オレは甲羅（干し）客相手の町に馴れることができなかった。

もっとも、学校が休みに入るまでまだ三週間もあったので、見かける体は年寄りがほとんどだった。年金生活者。白い肌、オートミールのように斑の入った皮膚。

オレには考えごとの種がいろいろあった。オートミールみたいな体には気が散らされて困ったが、思いきり気を散らしてくれるほど魅力的な甲羅干し客はわずか。どっちみち、数少ないいかした女の子は、筋肉をふくらませたりへこませたりできる、電子レンジで焼いたような小麦色の肌をした男臭い男どもしか目に入っていない。まだにきびから回復中で、裸ん坊にもなっていない十六歳の赤ん坊なんか、喜んで黙殺していた。オレはオレでやつらのことなんかどうでもよかった。考えごとのできる場所へ行くことだけが望み。

残された道はただ一つ。かあさんを寄せつけないだけのために、家でステレオと繋がったままつくねんとしているのはごめんだった。といって、試験が終わった今、学校へなんか絶対に行きたくない。オズボーンと会うこの日の午後までは。従って、残された道は海だけだった。涼しい。人がいない。バリー（あれになったあいつ）は「逃げ道」と呼んでいた。

浜からちょっと離れたところに、スパイク・ウッズ所有の長さ十四フィートの小型ヨット〈でんぐり号〉が、ブイにもやわれたほかの小型船にまじってぷかぷかしていた。スパイクはまぬけなことに、主帆をたたんで帆桁（ブーム）にくくりつけたままほっぽらかしていた。盗（ぬす）まれなかったのが不思議だ。動かせる物はなんでも、いずれ浜からちょろまかされてしまう。時には船まで。

能天気なスパイクのやつはその日、まだ試験が残っていたので登校していた。オレは一、二度、へたくそなりに船のクルーをさせてもらったことがあった。誘（さそ）ってくれた唯一の理由は、オレといると笑えると、なぜか思いこんでいたからだと思う。オレもスパイクのことは好きだった。絶対に気がねしなくていい種類の人間だからだ。ぼろぼろのジーンズと汚れたシャツしか着ないんで、学校ではいつも怒られている。時々、血に不凍液がまじってるんじゃないかとさえ思う。なにしろ夏も冬も同じ服装。どんなに寒くなっても。だが学校にはもっとひどいかっこうのやつもいるのに、そいつらはそんなに怒られない。あいつが怒られるのは、性的なものをむんむんさせているからだと思う。スパイクの肌はなぜか、ほかの人間のより肉感的なのだ。女の子はひと眼見ただけで震えだす。オレもその日の気分によっては少し震えが来る。スパイクが着ていると、最低なシャツもすり切れたジーンズも、性的魅力を強調するばかり。本人も知っている気がする。何かにつけて利用しているのは間違いない。だから大人、特に先公たちはますます頭に来る。この夏学期だけでもう五回も校長室に呼び出された。名目上は服装のせいで。それ以外にも、職員の中でも全体主義的でセックスに飢えた連中とは毎日のようにもめている。だが、なんにも、また誰にも、スパイクの服装に関する無頓着(むとんちゃく)を改善したり、生物学的な輝きを一オームなりともくすませたりすることはできなかった。

とにかく、六月のあの日、スパイクは試験会場で汗だくになっていた。黙ってやつの〈でんぐり号〉を借りて、考えごとする間ただで乗り回したところで、怒りはすまいと思った。オレはビーチ・クッション以上の物をひとりで操ったことはなかったが、かまうものか、そう難しいわけがない。天気は穏やか——ずっと吹いている風は、捨てられたアイスクリームの包み紙を遊歩道沿いに吹き飛ばすほどの力もなく、太陽はまぶしく熱く照り、波はくすくす笑っている程度。潮は上げてきていたが、今すぐ行けば、まだ〈でんぐり号〉まで歩いていけるくらいの深さしかない。害があるとは思えなかった。

3／あの明るい木曜の朝、十一時になった頃にはもう、オレは船出し、そよ風が頬にキスして主帆を頭の上でふくらませ、なだらかできれいな曲線を描かせていた。ロマンチックだった。サウスエンドの観光案内パンフレットの写真そっくりに。季節を問わないリゾート。そして今は行楽客を問わない季節。（山椒魚めいた浜辺の甲羅干し客のことが頭にあった）。

　またたく間にオレは、ひとりで帆船を操るのはちょろいもんだと判断していた。自分用に一艘手に入れるのもいいかもしれない。得々として船尾梁にもたれ、陽が濡れたジーンズを乾かしてくれるように脚を伸ばした。舵取りの名手、ブリッジをひとり守る船長として、はやる舳先を桟橋のはずれより少し沖のとある地点に向け、チャプン、バシャンと音を立てながら、潮に逆らって平らな水平線の方角に運ばれるに委せた。

　といっても、水平線が自由とからっぽの空間を意味していたわけではない。見渡す限りの海は全て、テムズ河の河口域にすぎなかった。それでも、潮の流れが信用ならないことはみんなに言われていた。海流が入り乱れ、注意力散漫な大きな貨物船だらけで、罠のようなところだと。しろうとの操る小型ヨットにとっての安全度は、三輪車に乗った子供にとってのラッシュアワーの都会の道路並み。しかしオレは、あんまりスリル満点にならないうちに引き返すから、と自分に約束した。ほしいのはしばらく腰を据えて考えごとをする機会だけ。ひとりで。

4／次に起きた事件がらみのビットしか読みたくないなら、ここはとばしてビット5に行ってくれ。オレが、〈死〉に魅了されていること以外の何をそんなに、塩水の上で考えたかったのか知りたいなら、このまま読み続けてくれ。

考える必要があったのは次のようなことだった。

この夏で学校は終わりにし、仕事を捜すべきか？　それとも学校に残るべきか？（本書出版当時、イギリスの中等教育は普通五年間。五年生になるとほぼ全員がOレベルと呼ばれる試験を受け、結果を就職ないし進級に役立てた。進級する者は上・下二年間よりなる六年級に進み、二年目にAレベルと呼ばれる試験を受け、これをもって就職ないし大学進学のよりどころとした）

学校を出た場合、どんな仕事ができる？

残った場合、どんな科目を勉強すればいい？　そういう科目を勉強して、十八歳になった時、どんな仕事につける？

それとも十八になったら大学へ進むべきか？　そうとすればなぜ？

どの疑問についても二つに引き裂かれていた。たどたどしく計算しても、同時に十四に引き裂かれていたことになる。これは痛い。（数学は一番苦手な科目だ。フランス語のほうがまだまし――すなわち絶望的）。

これら地球をも砕く難問に意見をはさむ立場にあり、オレが十四に引き裂かれるのを助長していたのは誰と誰かというと、

親父（当然だね）

おふくろ（すまないことに）

校長（オレの存在を思い出させられた時だけで、そんな災難は双方ともに回避に努めている）

いわゆる指導教師（タイク先生）

進路指導員（カタログが脳味噌代わりの男）

英文学の先生（ジム・オズボーン、通称オジー。この人についてはあとでまた書く）

エセルおばさん（オレのことを「コックになるべき」だと思っている。八歳の時に一度だけおばさんのところに泊まったのだが、人の形をしたしょうがパンを焼くのを手伝うにあたり、眼と鼻と口になる干しぶどうをつける作業をあんまりみごとにやってのけたせいで、それ以来、料理の天才だと思いこんでいる）

テレビ（わかっているよ、人間じゃない。親父はのべつ話しかけているが。けど、じきに用無しになる職業のことばかり、番組でとりあげるだろう？　それも大抵は、これこそオレにぴったりの職業と決めた直後に）

進路助言の専門家の公式リストはこれで全部だ。だが非公式な助言者で割りこんでくるやつらもごまんといる。たとえば牛乳配達のおじさん。最後まで理解できなかった謎めいた理由から、ゴミの清掃業者になれとやいやい言われた。かかりつけの歯医者もいる。前に一度、オレみたいな歯なら男性モデルとしてすばらしい将来が見こめるが、そちらのほうに進めるよう手を貸してやろうかと言われた。それ以来、ドリルを持つ手がどうにも信用できない。

実を言えば、〈でんぐり号〉で河を漂い下りながら考えていた事柄の一つが、ことオレの進路に関する限り、人生をどうすべきか、またはすべきでないか、会う人が誰も彼もオレ自身よりはるかによく知っている専門家を自認して見える点だった。この経験から、便利な科学的原理までひねり出せたほどだ。同じような窮地に立たされた人には、男女を問わずただで提供しよう。すなわち、世間の人が進路に関する助言を押しつけてくる自信の度合は、助言者本人の選んだ職業における成功度に反比例する。

親父の言いかたを借りれば、いろいろ言うやつほど何もわかっていない。

オレも一つだけは決めていた。夏休みはバイトをすること。

訂正：夏休みにバイトをすることは親父が決めていた。たったのひとことで決めたのだ。「夏休みじゅう小遣いをせびられちゃたまらん。ごろごろしてないで、自分で少しは稼(かせ)げ」。親父は怒ると愛すべき態度に出る。魅力的で優雅なやりかたで、言いたいことをはっきりさせてくれる。短気なアイルランド人工夫が振り回す大ハンマーを思わせないでもない。そのため、六月末のこの日から、試験の結果が判明し、どんな職業につく資格もないことが裏づけられる命取りの八月の朝までの間、オレとしては、性(しょう)に合って金がもらえるひまつぶしの種を捜す必要があった。

だが何をやればいい？　オレみたいなやつが海辺の町でありつける、普通の夏休みのバイトの口はとてもがまんがならない。デッキチェア係、砂浜で驢馬の世話をする係、〈黄金の一マイル〉の道ばたで鰻のゼリー寄せを売る屋台の店員。（〈黄金の一マイル〉というのは、サウスエンドが観光客向けの華やかな遊歩道のつもりにしている、桟橋の東側の海に面したみすぼらしく安っぽい歩道だ）。その手の奴隷作業はごめんだった。

5／こうしたことに頭を占められながら、オレはあてもなく不透明なテムズ河を漂った。（光さんさんサウスエンドの海と砂？　よく言うよ！　北海の潮に日々洗い流される泥と代謝液化物といったほうが近い）。日ざしにテムズの水のグルタミン酸ソーダが乾くにつれ、オレのジーンズはバリバリになった。硬直した糖蜜をはいている気がした。

ジーンズを脱ぎ、船底に踏みしだく。ジーンズの下にはおしゃれな白い縁取りのある赤いジョッキー・ブリーフしかはいていなかったが、見てコーフンするやつがどこにいる？

今年は浜をうろつくことが多く——試験のための復習も浜でしたほどで——生まれて初めて全身焼けていて、その点がひそかに自慢だった。（**訂正**：焼けていたのはほとんど全身)。もちろん、サウスエンドみたいな男っぽい保養地では、何もめずらしいことではない。(日焼けが、という意味だ。いや、考えてみれば、日焼けを自慢に思うのもか)。だがこれまでは、もともとの肌の色が鶏(とり)のささみの白より少しばかり蒼白(あおじろ)いくらいだったため、末端以外は全て、公衆の眼から隠すようにしていた。幽霊めいた肌の色を感じ悪く批評されないよう、体育にも許される限りトレーニングウェアを着て出たほど。更衣室の向こうからよく大声でたたかれた軽口が、「おい、ゆうべはドラキュラに思いきりやられたみたいだな」。サウスエンドに来てからもしばらくは、ビーチ・ボーイならぬ漂白(ブリーチ)ボーイとして知られ、漂白剤(ひょうはくざい)のドメストに中毒していると噂(うわさ)されたものだ。

ジーンズを脱いだ際に、舵やメイン索(シート)、ジブ索(シート)をいじっていたので、航海状況を確認したほうがいいと考えた。よだれの出そうなスパイクのクルーとして海に出た(正直に言えば)ごくわずかな経験が、海で生き残るために必要な用心のいくつかを、既(すで)に教えてくれていたのかもしれない。いついかなる時にも、自分の船と他人の船と天気と海の全てが何をしているか知っておくこととか。または無意識のうちにも、迫りくる災難の予感が頭の中で早くも警告灯を点滅させていたのか。なんにしろ、オレはまわりを見た。

前方は異状なし。穏やかな波の上で日ざしがちりめんじわになっている。船の数はわずかで、オレの近くには皆無。

だが後方には、**やばいもの**があった。それもどんどん近づいてくる。空に厚く黒いカーテンが引かれようとしていたのだ。見たこともないほどおそろしげな雲だった。化物じみた肥大。宇宙から来た怪物。

ぎょっと座り直して見た、体が焦って砕け散る直前のその一瞥だけでも、雲の下の海が同時に攻撃的なガンメタルの輝きを帯び、怒った波のこちら寄りの端が白く沸き返っているのが見てとれた。怪物が牙を持ち、潮に咬みついているかのように。

神経がショートした。それでも、咬みつく波と黒雲の間の隙間にかなり強烈な風が吹きこんでくることに思いあたる程度には、サウスエンドの天気を知っていた。その招かれざる突風の到着が、ロケットエンジンつきの発泡スチロールの壁を思わすだろうということもだ——やわらかくて温かいが、それでもノックアウトされることに変わりはない。

親父に幼い頃から、男なら逃げたい相手にも立ち向かわなくてはいけない、との原則に基づいて育てられていたのみならず、その時はオレの混乱した頭にも、安全への道が明らかに、後ろからあおられて流されるより、スパイクの小さな船を風上に向けるほうにあるとわかった。となれば、今やもろくて不備な船に思えてきたものが、ふくれあがる暴風と向かい合うよう急いで方向転換しなくてはならない。スパイクの愛船〈でんぐり号〉が、サウスエンドの有名な桟橋（全長一と三分の一マイル）を支える、さびた鉄の柱と一戦交えるに適しているかどうか、という問題もある。風につかまって運ばれれば、支柱にひっかかる確率が高い。

もちろん、運よくその宿命は免れたところで、もっと悪いことが待っている。桟橋の向こうには茫漠とした本物の北海がひろがっているのだ。オレはまだ、そんな確実な墓場に向かって旅立ちたいと思うほど人生に飽きてはいないと判断した。〈死〉には興味がある。死ぬことにはない。

どんなことをしてでも、方向転換して突風と向かい合わなくては。

とりあえず理論的にはそういうことだった。困ったのは、理論を実践に移し、追い風を受けて走っていた船を向かい風になるよう持っていくという、相当な技術の要求される百八十度の方向転換の経験が、オレにまるでなかった点。焦っている状況で初めてやるのは勧めない。

腕をひけらかすのが好きな熟練者がやってみせるところなら、浜で体を焼きながら何度となく眼にしてきた。だが実践を完璧にするには訓練あるのみ。今は訓練にもってこいの瞬間とは言いがたい。

もっとも、選択の余地はなかった。それどころか、ろくに考えもせずに動いた。せっぱつまった者の思いきりのよさで、舵を左舷に力一杯ひっぱり、索を全部ゆるめて。

どっちも致命的な間違いだった。

舵を右舷に押しやり、メイン索（シート）を引くべきだったのだ。

こう言うと複雑なようだが、結果は即座でドラマチックだった。

船にうとい人のために説明しよう。追い風の場合の船の帆は、船のどちらかの側にふくらむ。上図のように。

風

　方向転換して風上に向く場合、賢明な船乗りなら、帆とその帆桁（ブーム）（帆のすそが取りつけられている、横に突き出たいやになるほど固い「腕木（うでぎ）」）が船体を横切ったりせず、安全な側にずっとあるよう心がけながら船を回す。下図のように。

　逆のやりかたで方向転換をするのは、技術に自信のある舵手（だしゅ）かばかだけだ。そんなことをすれば、帆桁（ブーム）が船体を一気に横切ってきて危ない。

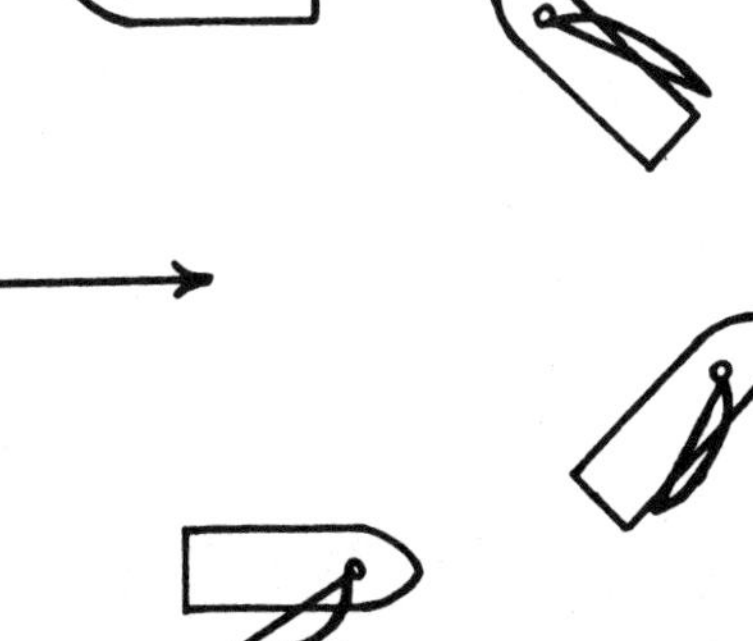

これをgybe(ジャイブ)と呼ぶ(jibeと綴(つづ)られることもある)。実際にそういう目にあって初めて、「gibe(ジャイブ)」という言葉がばかにするとか、嘲笑(あざわら)うとか、笑いものにすることを意味する理由がわかる。船がジャイブした場合、クルーは物笑いの種になることがよくあるからだ。これから語るように。

ジャイブには危険な点が三つある。一、帆桁(ブーム)のぶん回る勢いが強すぎれば、マストが折れてなくなる。二、ぶん回った時に不用心な乗組員にぶつかり、怪我(けが)をさせるか海に叩(たた)き落とすか、もしくは両方することがある。三、方向転換が手に負えなくなり、転覆(てんぷく)して船と乗員全員の命を危険にさらす。

四つめの可能性も存在する。前記の三つの災難が全部一度に起きることだ。失(ディス)マスト、転覆、クルーの負傷もしくは死。

もうわかったろう。オレはジャイブした。

慰め:スパイクの大事な小型ヨットのマストを折りはしなかった。

だが転覆はした。

慰め:帆桁(ブーム)はぶつからなかった。

帆桁(ブーム)がオレにぶつからなかったのは、ぶん回ってきたとき、オレが船の上にいなかったからだった。追い風での方向転換で船が横向きにひっくり返った勢いで、とっくに海に投げ出されていたのだ。あっぷあっぷしている船から六フィート先の海中に落ちた。

慰め：頭の毛さえ濡れずにすんだ。

頭の毛が濡れなかったのは、あそこが縮み上がるくらいおびえ、塩水に飛びこむが早いか、難破はしたがまだ浮いている〈でんぐり号〉めざして犬かきを始めたからだ。動けない船でもないよりはまし。頭の毛に水面下に沈むひまも与えず、上向きになった船の側面によじ登ったのだった。

6／**【即時再生】**

全てがあっという間に起きる。

だのに、舵（かじ）でへまをする瞬間から溺れた船体によじ登る瞬間まで、全ては時間の流れの外で起きているように感じられる。

今見ると、舵をひっぱると同時に暴風がオレを襲うのがわかる。風が帆（ほ）をつかみ、ぎりぎりまで前に煽（あお）っておいてまた後ろへ投げ返す。船は舵に応えて向きを変え始める。ずるずると小さく旋回しているところへ、帆が船体を横切ってくる。途中で主帆がはためいて舵に逆らう。

船体を横切ってしまうと、帆はまた風をはらむ。メイン索（シート）がびんびんに張って舵をひっぱり、ひっぱられた舵が、小型ヨットをあまりに極端な角度で間切らせるため、船は風圧に耐えきれずひっくり返される。腹みたいにふくれた帆が柄杓(ひしゃく)さながら波間に沈むのが見える。帆が水で一杯になる。帆、マスト、そして船体が海に切りこみ、ぶしつけにも赤い船底を水面にさらけ出す。

オレは、おびえて太鼓の皮並みにつっぱる腹の中で神経がぶつかり合って音を立てているだけの、なんの役にも立たない楽器と化す。船がひっくり返るとともに高く投げ出され、空中でとんぼを切る。

投げられた物特有のカーヴした放物線を描(えが)きながら、オレは考える。船が転覆する。ああ、みっともない。

知覚が告げていることを脳は認めようとしない。

オレは自分を見る。少しいかれた、オレに何ができるというあきらめと恐怖の笑みを浮かべている。

今は落下しつつあるが、感情はショックのあまり、もう何もショックとは感じないくらい麻痺(まひ)してしまっている。考えていることは、オレ、浮くかな？　溺れるかな？　これが最後か？　〈死〉の始まりか？　気の抜けた質問ばかりが浮かぶ。

だがそこへ水が迫る。濃くてスープを思わせる唯我独尊(ゆいがどくそん)的な海。足から先に、神の手にゆだねられた身となって突入する。しぶきと呼べるほどのしぶきも上げないきれいな飛びこみ。みごとな一瞬の水没。

当然ではあるのだが――その瞬間には思いがけなく感じられたことに――水は（文字通り）濡れた印象を与える。冷たい。そして意外にも（なぜ意外なのだ？）支えてくれる。大きな濡れたマットレスのように。海の床（とこ）。（言葉遊びみたいだが）。

水中に頭が沈んだら**おしまい**であることは、海がオレをしまいこむのと同じくらい確実だ。水を感じるが早いか、両手両足がピストンのように動いて体を浮かせだす。

この時点で、スロー再生が実物大二倍速コマ落としに切り替わる。

考えたわけじゃなく
やったと思う間も
やれたと気づく間もなく
もう既に
自分と
横倒しになり、逆巻く波に時々全身を洗われ
情けない帆（ほ）を水中でずぶ濡れの屍衣（しい）のようにゆらめかせている
溺れた船との
間の距離を縮め
舷縁（げんべり）をつかみ
小型ヨットのセンターボード（船底から垂直に突き出ている、横揺れを防ぐための板）のところまで体を引き寄せ

それを足場に
鯨の背中じみた船体の側面によじ登る。
難破船員。

現実の時間が立ち戻る。
オレはがたがた震え、鳥肌の立ったびしょ濡れの体がわななくのをとめられずにいる。
できるのはつかまっていることだけ。
命がけで。

7／そういうわけで、オレが瀕死の船の上にばかみたいに座りこみ、テムズに染められたウェット仕上げのTシャツとブリーフだけという姿で、自分をかわいそうに思うのはもちろん、冷蔵庫の中に入った気分でいると、かみそりのような舳先に白い文字で〈カリプソ〉という名の書かれた、光り輝く黄色い馬が波を切り裂いて救いにかけつけた。長さ十八フィートの競走用小型ヨットが、帆を張り裂けんばかりにふくらませ、オレを助けに突進してきたのだ。
この黄色い小粋なやつは、派手なところのないきちっとした回転――それもオレが今しがた、やってはいけない例として挙げたほうのやつ――で風上を向き、いやになるほど正確な判断で減速し、安全なように船一艘ぶんの距離を保ちながら、ひといきですばやくオレのそばに停船した。（自分がやり損なったばかりのことを他人がみごとにやってのけるのを見るくらい、思いきり屈辱的なことはない）。

聞こえるもの‥

早くも（こんなことだと思った）衰えかけている風に、今や力を失った帆のはためき鳴る音。

寝そべったような二つの船体にぶつかる波の、吸いついてはしぶくシンコペーションの伴奏。

見えるもの‥

けんか腰な海を見おろす曇天。

まだ日が輝いている東の空から射してははね返る金属的な光の棘。

そして〈カリプソ〉の操縦室には‥

たなびく漆黒の髪、その下の幅の広い整った顔を二つに仕切ったからかうような笑み、その下のむだのない体、中くらいの背丈、くたびれて日に褪せた青いデニムのシャツとパンツを今年の流行最先端のマリンウェアに見せている肉づきと骨格。

バリー・ゴーマン登場。十八歳と一カ月。詳細は以下の文章で随時紹介。あれになったやつだ。〈**死体**〉。

黄色い派手な船の中で、にやにやしながら水のしたたるジーンズ一本を持ち上げ、オレに見せている。

オレのジーンズ。オレ同様、災難のさなかに海に投げ出されたのだ。

8／その時の光景が頭の中で即時再生される。

あれが始まりだった。そしてあいつの終わりの始まり。

9／「おまえのか？」バリーはどなる。

オレは屈辱に甘んじるつもりでうなずく。

「手、貸そうか？」

オレはなすすべなくあたりを見まわす。

「船を起こせよ。浜まで曳航してやる」

起こす？　この崩壊した漂流物を？

「やったことあるか？」

認めろ。今さらごまかしてどうなる？「ない」

「おれの言う通りにするんだ」

きっぱりした明確な指示が与えられる。反論の余地はなく、繰返しの要もない。オレは遠海で出会ったこのスヴェンガリ（小説に登場する、催眠術で人を操る音楽家）の操る自動人形。おとなしく命令に従う。

10／浜では行楽客が寄ってきてじろじろ見る。遊歩道にずらりと並び、ゆびさして笑う。思いがけない見ものだ。まぬけが投げ出され、救出される光景は。日帰りの行楽にちょっとした喝を入れ、あとで家の者に話してやれる出来事。

バリーが騎士じみた仕草でジーンズを返してくれて初めて、笑われている本当の理由に気づいた。

「はいたほうがいいぜ。逮捕されないうちに」

その冷えきっていたこと！　へばりつき、べたつき、砂でざらつき。この大失態中最悪だったのが、ジーンズをはき直す瞬間だった。その時はうちに帰りたいとしか思わなかった。だがうちにたどりつくこと、スパイクのぐしゃぐしゃになった〈でんぐり号〉をなんとかすることを思うだけで、耐えられない気がした。

「おまえのうち、マンチェスター通りだろ？」バリーは言った。

「うん」どうして知っていたのだろう？

「うちのほうが近い。クリフ街道。行こう」

バリーは二艘の船から盗まれそうな装備を集め、セイルバッグに詰めこんでいた。

「大丈夫だから。ひとりでなんとかなる。船をどうにかしないと」

「つべこべ言うな。転覆にはくわしいんだ」小型ヨットを固定する。「うちなら船が事故にあった時の用意が全部できてるんだよ。おまえに必要なのは熱い風呂さ。船は二艘とも、あとでおれがもやっとくから。来い」

J・K・A　並行レポート【ヘンリー・スパーリング・ロビンソン】

九月十八日。ヘンリーと事務所の自室にて面談。本件は保護観察局より転送。母親が本事務所の相談者。北部よりサウスエンドへ転入後、援助要請をしている。（神経性のもの。新しい環境、支えてくれていた友人や隣人との別れなど）。自宅を訪問して両親と話す前に、ヘンリーと話しておきたいと考えた。

学校の成績表における評価では、ヘンリーは平均以上の知能を持ち、それなりに勉強家で健康状態は普通とのこと。転校後、それなりに馴染んでいるらしい。級友ともうまくいっているが、校長の意見では、親しい友人を持つにはいたっていないかもしれない。両親は学校に対し協力的で、ヘンリーを裁判所出廷にいたらしめた一連の出来事の間も、息子を応援していた。

午後二時半、面談開始。ヘンリーはこの歳の少年としては中背、金髪、ほっそりしている。男らしく整った顔というよりむしろ、かわいらしい顔立ち。十六歳九カ月という年齢より下に見える。十五歳というところ。服装は小ぎれい。ジーンズ、Tシャツ、ボマージャケット、スニーカー。清潔。健康的に日焼けしているが、疲れた顔で、当初は落着きなし。緊張しているのを、むりに明るく装うことでごまかそうとしていた。

面談中、不快な質問をされるとふざけた応答で回避——時には本当に笑わせてくれた。裁判所出廷の件以外の雑談においては饒舌で率直だが、簡単にはうちとけない少年という気がした。喋りかたにどこか、尊敬する人間の模倣ではと思わせるものもあった。少しばかり気取りがあり、いくらか自意識過剰ぎみ。時々、やりすぎの感がある。

面談は初めはぎごちないものになった。ヘンリーは自分の名前が嫌いで、ハリー（ヘンリーの愛称）はもっと悪いと考えているもよう。ハルと呼んでくれと言われた。呼び名を変えたのはこの夏のことのようだが、理由は言を左右にして教えてくれない。

サウスエンドのことを冗談めかして語ったが、ここでの暮らしは好きだと言った。

ことに海辺での生活が楽しく、浜辺に出ている人々が面白いとのこと。この夏は「友達と一緒に」ずいぶん船で遊んだらしい。学校のことを語る口調も自然で、教師のほとんどは好きだと言った。面談中、英文学担当のオズボーン教諭の名を何度も口にし、尊敬しているのは明らか。（メモ：早急にオズボーンに会うこと）。

ハルが落着き、いくらかくつろいできたところで、バリー・ゴーマンの墓における行動を切り出す。友達の墓の上で跳ね回るような奇妙なことを、なぜしたのかと尋ねた。とたんにまた緊張し、ゴーマンがらみの話をすることは一切、にべもなく拒否。すぐにも心を開かせる努力をすべきと考え、かなり追求した。だが食い下がれば食い下がるほど、ハルの動揺は悪化。手が震え、声が何度もかすれた。一度など、泣きだすのではとさえ思わされた。

何があったにせよ、話すことで直視する手助けをするのが、私の仕事なのだと説明した。傍目には実に奇妙な行動をとった理由がわからなければ、法廷にもハルをどうすればいいのかわからないこと、法廷にとるべき措置を助言するのも私の仕事であることも話した。

その間ずっとハルは、「いやだ、いやだ。あんたにも誰にも関係ないことなんだから」と言い続けた。ゴーマン夫人の申し立ては本当かと問うてみた。返答を拒否された。墓を、それも友達の墓を傷つけるようなまねをなぜするのか、理解できないと言ってみた。するとハルは辛辣な口調で、人生についてあんたを教育するのはおれの役目じゃないと答えた！　だが、墓を傷つけたわけじゃない、警察がそう言っているだけだとも口走った。誰かの墓の上をどすどす歩き回るのは、傷つける行為に見えるけど、と私は言った。バリー・ゴーマンの墓に隣接したバリーの父親の墓の、墓碑がひっくり返されていた点はもちろん。そう言うと、ハルは立ち上がり、それ以上質問するなら帰る、二度と会わないとどなった。

説得してもう一度座らせ、協力を拒否し続ければどうなるか思い出させた。非行少年短期収容所へ送られ、警察や精神科医や他のソシアルワーカーが調査する間、ずっとそこに留め置かれるかもしれないこと。罰金を課せられるかもしれないこと。医学的治療の必要があると判断され、観察命令が出て治療の内容が特定され、適切な病院に通うはめになるかもしれないこと。だが、自分で弁明する努力をしてくれれば、そのいずれも必要とされずにすむ可能性があるのだと教えた。条件つき放免、もしくは、観察命令が出るにしても、何もかも問題ないことを確認する間、私自身か別のソシアルワーカーがしばらく見守るだけですむかもしれない。

いずれにせよ、法廷で裁かれることは免れず、法廷の判断は私の報告に左右されるから、やったことが理解できるよう私の手助けをすることが、自分のためにもなるのだと言い聞かせた。

ハルはこの全てに憂鬱(ゆううつ)そうに耳を傾けた。私が喋(しゃべ)り終えると、「好きにすりゃいいさ。おれは何も喋る気ない」と言った。

この時点で、さらに面談を続けても得るところはないと判断。明日の夜に自宅訪問をするから、両親と一緒に在宅していてくれるよう頼んだ。

九月十九日。昨日の記録を読み返す。面談の処理がへただった。何が気になるのかも正確には突きとめられずにいる。月曜のチーム会議にかけてみるべきかも。ハルの件はめずらしい例で、これまで経験したことがない。明らかに、二人の少年の間で何かがあり、それがハルを墓での行為に導いたのだ。ゴーマンの死に動揺(どうよう)したのが、奇妙な形で出たということか？

ハルは墓を損壊した罪で起訴されている。冒瀆(ぼうとく)行為で。友の死を悲しむ人間のすることだろうか？　墓に対する二度目の襲撃に関する警察報告を検討。逮捕された晩のことで、行動が実際に目撃された唯一の時だ。逮捕にあたった警官のハーシュ巡査は、報告書でこう述べている。

被告は午後十一時十分に墓に近づきました。墓の足元でちょっと待ちました。

次に冒瀆的なやりかたで墓の上を踏みつけ始めました。最初はゆっくり、意図的に踏んでいました。しかし次第にめちゃくちゃに踏むようになりました。そこで本官が名乗り出、逮捕しました。すると被告は「そんな！」と言い、ヒステリックに笑いだしました。

墓を冒瀆したいと思った場合、私なら足で踏みつけるくらいで満足するだろうか？説得力に欠ける気がする。

11／自分のうちなら、船で事故にあった時の用意があるとバリーが言ったのは、白髪を青いリンスで染めた大柄なぼてっとした女のことと判明した。オレが玄関ホールに、くしゃくしゃの服装で湿ってしょぼんと立っているのを見るやいなや、イスラムの踊る修道僧（イスラム教の一派、メウレウィー教団のこと。集団で行なう旋回舞踊で有名）に変身したようにくるくる動きだしたのだ。「バリー」と火災報知器みたいなかん高い声を上げた。「かわいそうにこの子、溺れてるじゃないの！　おまえ、何をしたの！」

そしてオレの肩をつかみ、なだめるような声を出し、ほっぺたを撫で、もつれた髪の毛をなでつけた。五歳のオレを、幼児誘拐犯の魔手から奪いとったところみたいに。

「転覆したんだよ」バリーは階段を上がりながら言った。

　このタコと二人きりにしないでくれ、とオレは頭の中で絶叫した。

「転覆した!?」ゴーマン夫人は――これがそうだったのだ――サイレンのような声を出した。「もうっ、ああいう船ときたら！　いつも言ってるでしょ、バリちゃん、船は危ないって。このかわいそうな子を見てごらん。死にかけてるじゃないの」

　オレにくるりと回れ右をさせ、強引に階段の上に追い上げる。

「お風呂に入んなさい。いま必要なのは熱いお風呂。バリちゃんの友達が転覆すると、うちじゃ必ずそうするの。面白がって転覆してるような子もいるみたいだけどね。うちのお風呂が好きだからかもしれない！」笑ったが、すぐにまた真顔になった。「でもいきなり海に落ちたらショックよね。よく死ななかったもんだ」

「大丈夫ですから」オレは息を切らして言った。

「大丈夫!?　そりゃ結構。溺れかけても大丈夫ってわけ。おかあさんはどうなの？」

「おふくろですか？　まだ知りません」

「知らない!?　なんてことだろ、きっと死ぬほど心配してますよ。電話番号教えて。かけとくから」

「かけないほうがいいと思います。オレが船で出たことも知らないんですから」

「知らない!?」

「うちは電話引いてないし」

「男の子はこれだから。母親のことなんかこれっぽっちも考えてない。うちのバリちゃんもそう。母親を持つに価しないわ」

すさまじく大きい浴室、映画以外では見たこともないほどでかい浴室へのドアをぱっと開け、オレを中に押しこんだ。うちの浴室は、戸棚くらいの大きさしかない。ハンガーの代わりに水道管があるというだけで。あんまり狭いので、便器に腰かけてるときに誰かがドアを開けたら、膝のお皿を割るか、浴槽に大急ぎで飛びこんで辛うじて怪我を免れるかのどっちかだ。

ゴーマン家の浴室はだだっぴろいだけでなく、ぎらついてもいた。ごまかしようのない場所に設置された沢山の鏡が間接照明の光を反射する。どこに立っても自分の姿が万華鏡のように映って見える。残された壁面に貼られているのは、ふざけ回る海の精やギリシャの神々に飾られた光沢のあるタイル。青い大理石模様のでっぷりした浴槽と、これまた樽並みに深いおそろいの洗面台の上で、赤銅の水栓類がなごやかな炎のように輝いている。片隅には波板ガラスの引戸がついたシャワー室。だが便器はなく、オレが使いごこちの悪そうな足洗いと思ったものがあっただけだった。それまで、オレはビデ（女性の局部を洗浄するための設備）なんて見たことはおろか、聞いたこともなかったのだ。おふくろは口にも出せなかっただろうし、親父はめめしい外国人しか使わない怪しげな装置と決めつけたはずだ。だがそれより驚かされたのは、床を覆うふんわりした青いじゅうたん。うちの者なら単なる贅沢と見なすだけでなく、もっと悪いもの――非衛生と見なしただろう。

浴槽には早くもお湯が流れこんでいた。先頭部隊のバリーのしわざだと思った。(だが本人はどこにいる?)湯気がたなびいてあたりをくもらせ、鏡に汗をかかせ、まぶしい光を砕け散らせている。

「着てる物脱いで入った入った」ゴーマンのおばさんは風呂の脇のギリシャ風の壷をつかみ、そこからバスソルトをお湯にふりかけた。下水潅漑利用農場も窒息しかねないほどの匂いがむっと立ちのぼる。泡がたなびく。湯気はフロリダの青に変わった。この女の頭には青しかない。

オレはじゅうたんの平原に足首まで埋まったかっこうで立ち、おばさんが世話を焼き終えて出ていくのを待った。出ていく代わりにそこに突っ立ったまま、オレを見つめ返した。

「ちょっと、何を待ってるの?」オレは動かなかった。「ああ、ショック受けたせいね! 頭がぼうっとしてるんでしょう。さあ、汚れた物脱いで」

オレはなおも動かなかった――動けなかった。

おばさんは笑った。高いほうのドの音で、ギリシャの神々にぶつかってはね返った。

「あたしが男の子の体知らないとでも思ってるの!」とオレのTシャツをつかみ、上へひっぱる。「人妻で、母親でもあるこのあたしが。うちのバリちゃんと同じくらい困った子だわ。あの子もこの頃は、お風呂入るのに鍵かけるのよ。知ってた？」

「おばさん……」オレは抗議し、上半身を剝かれるのに抵抗したが、体が服にからまり、シャツを思いきりひっぱられたはずみに首をつりかけ、言葉をとぎらせるはめになっただけだった。

「自分の母親を閉め出すんだから！　信じられる？　いつも言うのよ。あんた、実の母親に隠しだてするなんて、よっぽど特別なものでも持ってるつもりって」またひっぱられた。シャツはオレの喉を放し、代わって鼻の下にしがみついた。「この世に産み落としたのはあたしでしょうがって言ってやるの。その時なくて今あるものなんか、一つもありゃしませんよ、みんな今でもおんなじ、おっきくなっただけってね」またもや笑い、最後のひと引きでついにシャツをむしり取った。隅にある籐細工のかごのほうに投げ飛ばす。『アリババ』の舞台でいつも泥棒が隠れる壺の一つみたいに見えた。今もバリーが中にいるのかも？

息をつく間も休まず、おばさんはオレのジーンズに襲いかかった。

「おばさん」オレはジーンズのバンドに必死にしがみついた。「おばさん、オレこんなことされるの馴れてないんです」

「馴れてない!?」とベルトのバックルをはずした。「なんなのよ？　おかあさんにちゃんとめんどう見てもらってないの？　転覆(てんぷく)すること教えなかったのそのせい？」

いまやベルトをはずし、前のジッパーも下げてしまっていた。脚を交叉させて床に座りこむといった緊急自衛手段をとる間もなく、すばやい（そして明らかに手馴れた）動きでオレのジーンズと下着を引きおろし、熟練した手のひとひねりで脚の下から引き抜いた。ジーンズとブリーフはシャツを追ってアリババへと向かった。

おばさんは体を起こし、一歩下がってオレのことを、仕上げたばかりの彫刻ででもあるかのように値ぶみした。「おかあさんがなんでめんどう見ないのかわからないわ」とほめるようにうなずいた。「自慢に思うべきよ。きれいなぼうやじゃないの」

オレに微笑みかけ、ほっぺたを撫(な)でたと思うとドアへと急いだ。

「それじゃ、寒さで死んでしまう前にお風呂に入りなさい。あたしはお茶を淹(い)れる。ショック受けたあとだから、あつあつで甘いやつをね」

そしていなくなった。

こういう母親もいるのだ。が、オレは初めてだった。

12／ほんとにショックを受けていたのかもしれない。初めての転覆という災難はともかく、育ちざかりの男の子なら誰でも、ゴーマンのおばさんにはショックを受けるだろう。いずれにせよ、おばさんが青い霧のかなたに消えたあとも、オレは傲慢のゴの字もなく見送るばかりだった。

そのあと、しゃっくりかと思ったものが始まったが、ピチカートの笑いの発作に変わった。えんどう豆のスープ並みに濃い湯気と、蒸し風呂並みの室温にもかかわらず、震えも始まった。

そして突然、熱い風呂こそがオレのほしがっているものになった——

逃げ場(レフュージ)　解放(リリーフ)　元気づけ(レストラティヴ)
くつろぎ(リラクサント)　息抜き(リフレッシャー)　蘇生術(リサシテーター)
休養(レスト・キュア)　回復剤(リヴィヴィファイア)　反響板(リヴァーブレイター)
活性化(リヴァイタライザー)　リハビリ　再建手段(リインテグレイター)
再生薬(リクレイマー)　復活法(レノヴェイター)　刷新案(リアクティヴェイター)

オレの頭は現代英語アルファベットの十八番目の文字、かつ十四番目の子音であるもの——、REDという時の歯茎半母音とそれを用いた、繰返しを意味する接頭語REに狂ってしまった。ほんとに理性(リーズン)を失い、狂乱(レイヴ)して支離滅裂(ランブリング)なことを言い、死者のための祈り(レクウィスカト)を必要(リクワイア)とするところから先ほど恩赦(リーセント・リプリーヴ)を受けたことへの眼が回るような反動(リアクション)として、頭が暴走(ランニング・アモック)状態にあったのかもしれない。

ゴーマンおばさんの貪欲で油断のならない手によっておぼえさせられていたに違いない、あの再度の衝撃は言うにおよばず。

13／浴槽というやつはいつも棺桶を思い出させる。ゴーマン家のはあまりに大きくて石棺を思わせた。墓じみた図体は記念碑的な厳粛さがあり、小さな飾りがふんだんについていた。つかまる把手、石鹸入れ、結び細工の鎖がつけられ、うっかり上に座ったらおそろしい被害を受けかねない湯抜き穴用の凝った栓。枕代わりの刺子のクッションが吸盤で取りつけられている。左右の縁にまたがるようにはめられた、いくつもの仕切りつきのトレイには、割れない素材でできた変わった形のローション壜がぎっしり立ててあった。スポンジや背のブラシや爪ブラシやフェイスタオルや、なんだかわからない雑貨はもちろんのこと。その全てに埋もれるようにして、押すとガァと鳴くかわいいプラスチックのアヒルのおもちゃ。誰が夜中に風呂の中でこれで遊んでいるのだろう？

考えてみれば、部屋全体がピラミッドの玄室を思わせた。この個人衛生に捧げられた神殿で、妄想を湯にどっぷりつからせながら〈死〉のことを思いめぐらしていたが、オレが〈死〉を研究する過程で読んだものに、クフ王の大ピラミッド――一番大きくて一番いいやつ――は五百万トン以上にもなる石や岩からなり、高さが四百八十一フイート、底部が七百五十五フィート四方で、土地面積にして十三エーカー（一エーカーは約四十・五アール）以上を占めていると書かれていた。たいした文鎮だ。

それほど大きな棺桶をほしがった以上、よほど〈死〉を信じていたのだろう。最近はほとんどの人が、誰より愛している身内にも墓石を建ててやる気になれないほど、〈死〉に対して希望を持たなくなっている。（墓石こそ、あとで説明するが、そもそもオレが〈死〉に興味を持つようにしむけたもので、いまのような窮地に立たされることになった責任の半分は、そのうちの一つにある）。とはいえ、近年になって建てられた墓碑の中にも、面白いものがいくつかあるとは聞いている。たとえばカナダのヴァンクーヴァーにあるやつ。アイスキャンデーに似せて彫られている。

最後には〈死〉になめられたということだろう。

実はそれが〈死〉の一番気になる点、オレに言わせれば〈死〉に健全な興味を持つ重要な理由の一つなのだ。〈死〉は誰のことも見のがさない。例外はない。誰の体でも。あんたの体でも。

14／もっともオレも、そうやって湯気もうもうの水盤に横たわっていた時は、〈死〉がこれほど身近に迫っているとは思っていなかった。

また体が温まり、へばりつくテムズの汚物からきれいになると、再び正気を取り戻した気がした。信じないかもしれないが、そこで初めて、浴室でのゴーマンのおばさんの世話焼きぶりが普通でなかったことが、頭蓋骨の中まで浸透しだした。他の人なら毎日のように、〈死〉や今後の人生をどうやって過ごすかといったどうでもいいことしか考えずに出かけ、友達の船を平然と借り、突発的な嵐に出合って転覆し、面白がっているだけで手も貸してくれない群衆の面前で救出され、誰かのうちに連れて帰られ、そいつの母親が〈母の日〉狙いの浴室マニアだったとしても、それでもゴーマンおばさんみたいな人物に出くわした場合、何が起きているのかはっきり認識できるのかもしれない。だがオレは――オレは平凡なのだ。オレは今言ったような目にあったりしない。普通と違うことも奇妙なことも、わくわくするようなこともおかしなことも、自分には絶対に起きないと信じている種類の人間なのだ。

右のように思いこむあまり、オレは自分のことを、身の上話さえ死にそうに退屈な、昏睡状態で生きているやつの典型と見なすことに馴れっこになりすぎて、実際に普通と違うことが起きても気づきもしない。カルカッタの土牢（一七五六年に大量のヨーロッパ人死者を出した）に入りこんだとしても、ずいぶん混雑した待合室だくらいにしか思わないだろう。

実を言うと、こういう仮説を立てている。人は自分がこうと思っているものの合計にすぎない。べつにオレが思いついたことではない。正直にうちあけると、この夏の間ずっと読んでいたカート・ヴォネガットが言っている。つまりこういうことだ。自分のことを、ハンサムで身長が六フィート三インチ（約百八十八センチ）ある青い眼の天才で、世界じゅうの誰よりいい歌を書き、誰よりうまく唄えると思っていると、実際にハンサムで六フィート三インチ等々であるかのような態度をとりだす。ぶさいくで身長が五フィート四インチ（百六十センチ）しかない、粘土みたいな眼をしたポップスばか（ポップコーン）が大勢、あちこちの舞台で腰をひねり、気取ってみせたり怒ってみせたり、サインを求めるファンや、スターにするから契約してほしいというマネージャーに出会う日を待ち焦がれていたりするのは、そういうわけなのだ。大事なのは、連中が自分自身のことをどう思っているか。ヴォネガットは言っている。我々は、ふりをしている通りのものであるから、何のふりをするかは慎重に決めねばならない。

　これは逆にも同じように作用する。オレは自分のことをつまらないのらくら者だと思っているから、きっとつまらないのらくら者みたいな態度をとっていて、その結果、つまらないのらくら者になってしまうのだ。魅力的な話だろう？

　ゴーマン家の贅沢（ぜいたく）な洗い場に埋葬されたオレに話を戻そう。

　ゴーマンおばさんがもしかしたら、いささか活発すぎる本能的衝動の持ち主かもしれない事実が頭にしみこむが早いか、浴室のドアが気になってきた。なにしろ鍵がかかっていない。おばさんは（オレの聞き違いだろうか？）湯気の立つ甘い紅茶を運んでくると約束した。（この日はなんだか水蒸気だらけだ）。残念ながら、湯気の立つ甘い本能的衝動も一緒に運んでくるに違いない。後者にたっぷり甘んじなければならないことを意味するのなら、前者もないほうがまし。じきにわかるように、オレは後者もそれなりに好きなのだが、相手を自分で選ぶのも同じくらい好きとくる。おばさんは好きな相手のリストに登場してもいなかった。

ドアに施錠するつもりでフロリダの青から立ち上がった。火山並みの熱湯と恥ずかしい懸念のせいで、皮膚がやけどしたように真っ赤にほてっていた。片方の足を浴槽に入れたまま、もう一方の足を縁の上に持ち上げたとき、ドアが開いた。おばさんの再登場だと思い、すぐには手の届かない手すりにぶらさがっていたタオルを取ろうとした。慌てたせいで足がすべってひっくり返り、石棺の深みにまた沈みこみ、縁から津波を溢れさせた。

だが、このさらなる手際の——**訂正**：足際の——悪さを目撃したのは、約束の紅茶を運んできたバリーだった。

「また泳いでたのか？」バリーは言った。「飛びこんで助けてやろうか？」

「おばさんかと思って」と答え、風呂から上がる前にもう一度だけ体をすすぐふりをすることで、威厳を取り戻そうとした。（恥ずかしい時はどうして、ばかみたいなねばかりするのか？　**答**：恥ずかしい時は自分がばかに感じられるから。だから言ったろう——自分でこうと思っている通りのものになるわけだ）。

「安心しろよ。ひと通りの目にあわされてるのが聞こえたから、踊り場で待ち伏せしたんだ」

「どっちがひどかったかわからないくらいだよ」オレは言った。「海でひっくり返るのと、君のとこのおばさんとこんがらかるのと」

「個人的には」バリーは笑った。「転覆（てんぷく）のほうが絶対好みだね」

オレが取り損ねたタオルに手を伸ばし、平原に踏み出すのを待って渡してくれた。

「なんならもっとゆっくり入ってろ。おふくろは寄せつけないから。どっちみち、じきに店に出かけてくれる。今日はおれが休みなんで、おふくろが眼を光らせてなきゃならないんだ」

タオルを受け取る。「もう出た。友達の船ももやってこないと。二時半に学校で先生と会うことになってるし」湿った服の山を見やる。「また着るのかと思うといやだな」

「心配するな。全部手は打ってある。船は、おれのをやる時に一緒にやっとくさ。それなら時間はたっぷりあるだろ？　服はおれの部屋にきれいなのが出してある。ここ出て左側の最初のドアだ。用意できたら来な」

15／**【その後】**バリーの部屋で……

「幸い、体つきがそう違わないからこれで合うはずだ」

バリーのベッドに出してあったのは、空色のジョッキー・ショーツ、青と白の細い横縞のスウェットシャツ（とてもフランス風で、とてもマドロス的）、洗いざらしのくたびれた空色のジーンズ、足首までの青い靴下。オレの趣味からいえば色がそろいすぎていたが、贅沢（ぜいたく）は……

「靴のサイズは？」

「八号（二十七～二十八センチほど）」

「おれは九号なんだ。待っててくれ」

「自分ので平気だよ。はいてりゃ乾く」

バリーは作業台風の机にのんびり寄りかかり、オレが服を着るのを見ていた。机はベッドの向かいの壁全体を占めていた。うらやましかった。机がゆったりしていることだけでなく、その下にある、本やＣＤや高性能四チャンネルステレオが詰めこまれた何段もの棚も。

「いいな」とステレオのほうにうなずいてみせる。

「CD屋やってていいことの一つさ」

ウェストクリフ（サウスエンドの隣り町）のロンドン街道にある〈ゴーマン・ミュージック〉。値引き品を捜して二度ばかり入ったことがある。バリーが客の相手をしているのも見かけた。小さな店だ。だが客は多い。土曜の朝のたむろ場所。

部屋全体は整然としていた。モダンな家具が幾何学的といってもいいほど注意深く配置されている。ベッドの上にはデイヴィッド・ホックニーの複製画がかかっていた。カリフォルニアのプールを描いた作品の一つ。『ニックのプールから出るピート』。ホックニーだとわかったのは、オレも好きだからだ。そういえばバリーの部屋は、屋内の人を描いたホックニー作品の中の部屋を思い出させた。その日以降、バリーが立ったり座ったりしているさまはいつも、ホックニーが描いた人々を思い出させた。どれも静物画のように、構図の一部であって、現実というには少しポーズが決まりすぎ、とても清潔で明るくて鮮明でさわやか。ピントがきっちり合ったようなその感覚と、とらえどころのない何か、計算しつくされた無造作の陰で待ち構えている何かがある感じが、オレは好きだった。

一瞬、そこにもたれているバリーに着替えを見守られながら、自分までホックニーの絵の人物になった気がした。かなり楽しい気分だった。だが——説明できないが——ちらりと不安も感じた。

服はまああ体に合った。バリーのジーンズは一インチほど長すぎ、すそを折り返さないとつまずいて転ぶ危険があった。

「とりあえずいいだろう」バリーは言うと、尻ポケットから櫛を出してよこした。

「そっちの壁に鏡があるよ。腹、減ってないか？」

「ちょうどすいてきたとこ。学校へ行く前にうちへ寄って、ちょっと何かつまんでこようと思ったんだけど」

「スープとチーズが下に用意してある」

オレは鏡の中のバリーをちらりと見た。鏡よ、壁の鏡よ……

「もうじゅうぶんしてもらった。帰らなくちゃ」

「用意はできてるんだ。おふくろが店に出かける前にすませてった。おまえのこと気に入ってる。食ってかないとあとが怖いぞ」

櫛を返した。「誰が転覆しても、ここまでしてやるの？」

すると先に立って踊り場に出た。「今日は休みだから、めんどう見る時間があるってことさ」

一緒に台所へとおりていった。浴室同様、オレの基準からいえばだだっぴろく、モダンな設備でぎらぎらしていた。まんなかにある磨き上げられた木のテーブルには、約束のチーズとスープよりずっと沢山のものがずらり。皿の上でしとやかそうな冷たいローストビーフの薄切り、木のボウルに魅力的に盛られた、軽くまぜ合わせただけのグリーン・サラダ、トマト、果物、厚切りの黒パン、缶ビール、アーガ（灯油または固形燃料を用いる大型調理用レンジ）の上で沸騰中のコーヒーを注ぐためのマグカップ。やはりアーガの上で煮こまれているスープは、野菜たっぷりの濃いものだった。

「さあ食ってくれ」バリーがスープをよそってくれながら言った。

二度まで言う必要はなかった。転覆とゴーマンおばさんの入浴療法は、腹の減る作業だったのだ。


16／一つの欲求が満たされると別のが浮かんできた。好奇心。

オレを海から助け上げ、家に連れて帰って母親に世話を焼かせ、自分の服を着せ、自分のうちの台所で食事をさせてくれるこいつは、いったい何者なのだ？

今まで会ったことはない。向こうはオレを知らない。なぜこんなにいろいろしてくれるのだろう？　親切心からか？　それとも逆か？　二つのうちどっち？　要するにそういうことなのか？

オレはこいつについて何も知らなかった。例外が一つ。

「店って、ロンドン街道のゴーマン・ミュージックじゃない？」

バリーはうなずいた。「親父が二十年前に始めた」

「チョークウェル高校に行ってたよね？」

「去年の夏までな」

「スープ、うまいね」

「おふくろは料理は結構いけるんだ」

オレたちは一緒にスープをすすった。

「じゃあ、店で働きたくて学校やめたの？」

テーブルごしにオレを見、話してもいい相手かどうか判断していた。そういうところがあった。ぺちゃくちゃおしゃべりしているが、そのうち相手が自分に近づきすぎ、入りこみすぎると、言葉を切ってじっと見て、考えて、こいつならいいだろうと思うと答える。いいと思わないと、質問をはぐらかす。

オレはテストに合格した。「去年、親父が急死して」

「ごめん」聞かなければよかったと思った。

「もうすんだことだ」

だが機嫌の変わりようから見て、そんなことはないのがわかった。

バリーは深呼吸をした。「店はおふくろと親父が二人で切り回してた。おふくろは帳簿つけ、親父は音楽にかけちゃ専門家で、客の相手もうまかった。人好きがしてさ。その気になればなんだって売りつけられた。死んだあと、おふくろは人を雇って親父の仕事を任せた。けどもめてばかりいて。おふくろの気持ちからすれば、親父の代わりがつとまるやつなんかいないんだよ」思い出し笑いをする。「おふくろだって最高の雇い主とは言えないしな！……で、おれも土曜日や放課後に手伝うようになった。でもそれだけじゃ足りなかった。事態は悪くなる一方で。結局、自然に解決した。またひともめしたある日、そいつが出てって、ほかにどうしようもないのがわかった。それで学校をやめて、店に専念するようになったのさ」

「もともとそのつもりじゃなかったんだ」

「少なくとも十八になるまではな。大学を出るまでとか、そんなことも考えてた。親父はおれのこと、大学に行かせたがってたから。自分は行けなかったんだよ。大学へ行くのがほんとだと思ってた。自分が恵まれなかったぶん、おれにはなんでもしてやりたいって言って。サラダ、もっと食えよ」

「ありがとう……ほかに誰かいなかったのかい——家族でって意味だよ——店を引き受けられそうな人」

「姉貴が一人いるが、結婚してロンドンに住んでて、子供もいる。音楽の知識ときたら『ホワイト・クリスマス』が限界だし」

「おえっ！」

「同感」

「けど、つらかったろ。店員やるだけのために、いやいや学校やめたんだから」

バリーは微笑んだ。「ただの店員じゃないぜ。経営者なんだ」

「だって、学校続けたかったんだろ？」

「店が優先」

「なんでさ？　自分がどんな人生を送りたいかのほうを優先すべきだと思う」

「店があるから食ってけるんでね」

「確かにその点は大事だけど、おばさん一人だってなんとかなったはずだよ。ちょっと会っただけだけど、自分の思い通りにするのに馴れていそうだった」

「商売やったことのないやつに説明してもわからない。校長に学校やめる理由を説明する時も苦労した」

「ためしてみてくれよ」

「コーヒーかビールはどうだい？」

「ビールおかわりしようかな」

「いいか、親父とおふくろは何もないとこから店を始めた。いつも一緒にいられる仕事がしたくて。親父は音楽が好き。で、答があの店だった。商売はうまくいった。常連の客もいる。品揃えもいい。二人で一所懸命に育ててきた。今は音楽に興味のある人のためのセンターみたいになってる。ほんとの話、親父の人生そのものだったんだよ」

「だからって、君の人生にもしなきゃいけないって法はないだろ」

「ああ。けど、多少は義理を感じてる。おれだって音楽は大事だし。店はうちの一家にとっても、町にとっても重要なんだ。傾いてくに委せたり売り払ったりするにはもったいない。親父が始めたことを続けるしかないって気がしたんだよ」

「君の言った通りだ。やっぱり理解できない」

「親のあとをつぐこと、考えたことないのかい？」

「うちの親父は空港の手荷物係だからね」

「空港の手荷物係はやりたくないわけか。何がやりたい？」

肩をすくめた。「正直言って全然わかんない。今もそれで困ってる。仕事を見つけるか学校に残るか。今日の午後、オズボーンが会いたがってるのもそのことだと思う」

「オジーらしいな。口を出さずにいられないわけだ」

「かまわないさ。ほかの人たちもやってることだし」

「もっと牛肉食えよ。必要になるぜ」

「サンキュ。けどオレ、オジーは好きだ」

「少数派の趣味だね」

「みんなが文句言うのは、どっさり勉強させられるからさ。オジーは自分の教えてることがよくわかってるし、授業も面白いと思う。とにかく、オレが普通級試験（Oレベル）（十五、六歳で受験。全国同一問題で成績は進路を決める際に考慮される。この上に十八歳頃に受ける上級試験がある）の英文学で合格点とれたら、あいつのおかげだよ」

「この世で大事なのは英文学だけだと思ってるのは認める」

「あいつともめたことがあるみたいな言いかただ」

「たまにな。最後まで飲んじまえよ」

「もうじゅうぶん飲んだから」

バリーはテーブルから汚れた皿を下げ始めた。「あいつに会ってどうだったか、全部話してくれよな。おれのカンがあたってたかどうか知りたいから」

オレが無言の問いかけをこめて見つめると、

「だって」と急にまくしたてた。「服を取りにくる必要があるだろ。おふくろが洗濯機に入れちゃったんだ。おれの服も返しにくるだろ？　その時、教えてくれりゃいい……だろ？」

17／これがことのてんまつだった。

訂正：こういうてんまつではなかった。

この通りのことを喋（しゃべ）りはした。だが、オレたちのいわば顔の裏側では、もっといろいろ起きていた。

けど、きちんと話すのなら――きちんと話さないなら、そもそもこんなことしてもしかたがないわけだし――説明の手助けになりそうな恥ずかしい告白をしなければならない。酔っていたり、心理学者の長椅子に寝て催眠術をかけられたりした時でもなければ、とてもできない種類の告白。または頭がどうかしている時。気が変になった時。オレみたいに。あとで夜中にはっと気がついて頭を振り、汗びっしょりで後悔の念にさいなまれながら、「どうしよう、どうしよう！」とうめく種類のやつ。ええい、どうにでもなれ、ただでさえもういろいろ言いすぎた。どうせなら残りも聞いてもらう。とばして読もうたってむだだ。そんなことをすれば、今度のこと全てにすじを通すあるものを見落としてしまうことになるからね。

七歳くらいの頃、テレビでよく見ていた番組があった。ドラマだったのか昔の映画かはわからないが、二人の男の子が出てきた。いま見れば、信じがたいほど陳腐で吐気をもよおすような筋立てに、腹が裂けるほど笑ってしまうだろう。だが七歳の時には――そんな遠く過ぎ去った時代のことをあんたは思い出せないかもしれないが――テレビのSFドラマに登場する発泡スチロールとアルミホイル製の怪獣も、おそろしいほど説得力があるように見える。ニュースを読むアナウンサーまでが本物に見える。早い話が、七歳の時はまだまだ信じることができるのだ。

その二人の男の子はオレより二、三歳上で、七歳の子には人類史上最もわくわくする冒険としか思えないようなものを、一緒に次々に経験していった。最初の冒険で、魔法の豆が詰まった古いブリキの缶を見つけた。この魔法の豆には、人を過去に送りこむ力があった。で、〈ぼくらの主人公〉は日帰りで、シャーウッドの森のロビン・フッドだの、荒海のスペイン無敵艦隊だの、ローマ時代のハドリアヌスの壁だの、騎士たちのおりあいが悪くなっていた頃のアーサー王の宮廷だのといった、驚くべき場所に出かけていった。どこへ行っても、〈ぼくらの主人公〉は生まれた時代である二十世紀の知恵と、唖然とするほど早熟な頭のよさ——すなわち常識——によって、みんなの悩みを解決した。恥ずかしながら、オレは十三歳まで、そういうくだらない話を面白いと思っていた。バリーが少々違った状況でよく言ったように、オレは時々おくてなところがある。

かんじんなのは、最初の冒険が終わりに近づいた頃、すばらしい瞬間があって、〈ぼくらの主人公〉がお互いに永遠の忠誠を誓うために、それぞれアーサー王の石（王権を示す剣が刺さっていた）でといだばかりの狩猟ナイフで手を切り、出血している傷口を重ね合わせ、血が混ざり合うようにしながら、厳粛な誓いの言葉を唱え、お互いの眼をじっと見つめ合ったことだ。

「これで」とそのあとで片方が言った。「ぼくらは永遠に乳兄弟も同然だ」

このせりふを正確におぼえている理由は二つある。第一に、オレはその週、女のおっぱいが乳とも呼ばれることを学んだばかりだった。（男にも乳がある事実は、まだはっきりわかっていなかった）。テレビに出ている男の子の一人が、もう一人をおっぱいの兄弟と呼んだのだから、新たに乳房に興味を持ちだしたばかりの小さな男の子には驚きだった。

二つめの理由はそううまく説明できない。印象的だったのは、「乳兄弟」という表現以上に、その陰にひそむ発想だったのだ。オレがものごころついて以来、ずっとほしがっていたものを言葉にしてくれていた。お互いのためならなんでもする、徹底した、一人で二人、二人で一人の、とことん忠実でいつもそばにいてくれる友。言っておくが、ペットの犬のことではない。

この低俗なテレビ番組は、オレがそれまで口に出したこともなかった欲求に、言葉とイメージを持たせたのだった。オレは、ほほう！　とかなんとか、七歳の子供が、頭の中を稲妻が走ったような驚くべき啓蒙についてひとりごちている時にもらすたぐいの嘆声をもらしたに違いない。ほほう！　ではほかにも、こういう友達を持ちたいと思っているやつがいるのだ！　オレはひとりではない、と思った気がする。オレがそいつを捜しているようにオレのことを捜している誰かが、世界のどこかにいるのだ、と。魔法の豆缶を持った男の子が。

その後もよく、その驚きの瞬間のことを思い返した。友情へのロマンチックな思いこみを早めにつぶしてくれる兄や姉がいなかったせいで、理屈も何もなく心の友を求めるようになったのだとしか説明がつかない。おふくろがもっと早いうちから、往来を自由に歩き回って叩きのめされるに委せてくれればよかったのかも。それとも全ては遺伝子によるもの、または日頃食べているもの、もしくは食べていないもの、いや、親父が熱狂的な無神論者なので、寝る時にお祈りをすることを教わらなかった結果なのか。

付け加えておけば、夢精について頃合を見はからって教えてくれた人間も、まわりにはいなかった。そういうことも、思春期に入ってもまだ心の友をほしがり、十六歳でなお、前にもまして強く求めていた原因の一部なのかもしれない。だがそんなことをいえば、もっと小さい時にテレビについての警告、少し見れば精神が堕落し、沢山見れば精神が完全に堕落してしまうことを教えてくれた者も、まわりにはいなかった。なんといっても、よくある感傷的なたれ流し番組の一つによって、心の友への期待に言葉とイメージを持たせ、現実にありうるのかもしれないと想像させてしまったのはテレビ。ヴォネガットの言葉を思い出してくれ。我々はふりをしている通りのもの。だから結局のところ、オレが心の友にこだわるようになったのは、何もかもテレビのせいだったのだろう。

いずれにせよ、今の十六歳六カ月のオレは、ほんとに腹の底から親しくなれる友を見つけた経験のないまま、心の友を永年求め続けて堕落しきっていた。言っておくが、魂のかたわれを捜すうちには、かなり危ない思いもしてきた。たとえばハーヴィのことがある。

　ハーヴィは、オレが九歳になり、それまでの二年間、一緒に手に傷をつける相手が見つからなかったことで落ちこみ始めていた頃に、うちの通りに引越してきた。ハーヴィこそがそうだ、とオレは確信した。しばらくは何もかもテレビの通りに運んだ。オレたちは冒険をした。残念ながら魔法の豆缶を使ってではなく、庭のはずれに、物干し用の紐に古い毛布をかぶせただけのテントを張り、中で夜を過ごすというありきたりのものだった。（それにしても大胆な！　予定の日が来たとき、オレは興奮のあまり全身にぽつぽつが出てしまったほどだった）。

　夜中になるとオレたちは、とっておきの笑い話をやりとりした。おぼえがあるだろうが、九歳の時は、こういえばとっておきのいやらしい話を意味している。その夜、ハーヴィとオレが一番長く笑いやまなかったやつは、次のようなものだった。

　　小さな女の子と小さな男の子がいて、男の子のほうが「君んちに遊びにいってもいい？」と言うと、女の子は、「ほんとはいけないんだけど、友達だからいいわ」と言う。で、二人が女の子のうちへ行くと、男の子が「一緒に寝室まで行ってもいい？」と言うので、女の子は、「ほんとはいけないんだけど、友達だからいいわ」と言う。男の子が「一緒にベッドに入ってもいい？」と言うと、「ほんとはいけないんだけど、友達だからいいわ」。で、男の子は「君のおへそに指あててもいい？」と言う。女の子がそうすると、女の子は、「そこ、おへそじゃないわ」と言う。すると男の子は、「うん。これも指じゃないしね」。

同じ話を二、三度繰返し、笑いすぎてくたびれてくると、当然ながら、実際に演じてみることになった。オレはとても面白くて、ハーヴィがじきに飽きてしまった理由がわからなかった。

また別の時には、ある家の裏庭にあった、持ち主がほとんど使っていない車庫の裏に秘密の隠れ家を作った。ハーヴィは持ち主のことを、コーラとつぶしたコーンフレークだけで生きている百二歳になるじいさんだと言った。若くて美人の地域看護婦がしょっちゅう訪問していたので、オレとハーヴィはそういう食生活の並みはずれた効能について、さまざまに臆測し合った。オレたちもしばらく食べてみたが、ハーヴィにはなんの効果もなかった。

　ハーヴィに失望させられるまでにそう長くはかからなかった。やつの考える心の友は、自分ばかりが得をしてオレには何もないというもの。オレは何日も、このわがままでいやなやつのあらゆる要求に応え、自分の無私の献身ぶりがいずれは、ハーヴィをして真実かつ永遠なる友情の側につかしめるものと期待していた。だが喜ばせようとがんばればがんばるほど、やつはますます奴隷を求めた。その後気がついたが、友情の多くはこの形をとる。オレはじきに、自分にとっての友情とは、自己中心的なやつの走り使いをつとめる以上のものだと判断した。とうとう絶交したが、それもひどいけんかのあと、ハーヴィの家の前の歩道でとっくみ合いになったあげくで、やつとはそれきりずっと、険悪な敵同士になってしまった。

　その次はニール。ハーヴィとの仲が壊れて一年ほどした頃に知り合った。ハーヴィとのつきあいは一つだけいい結果をもたらしていた。疑り深くなったのだ。ハーヴィはさわやかで率直で正直に見えた。母親から、あんたももっとあの子みたいになりなさいと言われるタイプ。だが無邪気そうでかわいい顔の陰にあったのは、陰険で自己中心的な頭。ハーヴィ以後、人は見かけ通りとは限らないことを学んだ。口で言う通りのものであることはもっと少ない。

　ニールはふとりすぎで過保護でおとなしかった。長い鼻は先っぽが丸く太くなっていて、寒い朝などは、汁のにじみ出る梨のように鼻水をしたたらせていた。オレと同じでひとりっ子。ハーヴィのあとだけに、ニールといると安心な気がした。きらめくような毎日とはいかなかったし、魔法の豆缶を持っていなかったのは間違いない。だがいつもそばにいたうえに、やる気があって忠実だった。オレたちは毎日、一緒に登校し、テレビを見、凧（たこ）を揚げ、食事をともにし、座りこんでおしゃべりした。ニールは読書家でもあった。オレを地元の図書館に連れていって登録させた。その時はいやでたまらなかったが、いまは感謝している。自分一人だったら絶対に行かなかったと思う。その後はやつの寝室の床に並んで寝そべり、本に鼻を突っこんだまま何時間も過ごすようになった。

だがニールと三年間も友達でいたほんとの理由は、このどれでもなかった。理由は一つ、執念。この場合、オレのではなくてニールの執念だった。ニールは人生において何がしたいかはっきり知っていた。外からはとてもそうは見えなかった。食べすぎの体と同じくらいぶよぶよした頭しか持たない、気弱でだらしのない子に見えたろう。とんでもない。オレが魅了されたのは、自分以外に初めて知る、執念にとりつかれた人間だからだった。しかもそれだけにとどまらなかった。一つのことしか見えない性格をしていたのだ。執念があるのみならず、それに全身全霊を捧げていた。オレたちは傍目（はため）には、寝そべっておしゃべりしたり本を読んだりしているだけだったが、実際には二ールの執念に関したことを喋り、読みふけっていたのだ。ニールは一生を、電気を用いた実験に捧げたいと思っていた。これが、興奮のきわみともいうべき頭が吹っとぶような瞬間をいくつか提供し、ニールとの長く退屈な毎日を耐えるだけの価値のあるものにしていた。

そういう盛大な瞬間がよく訪れた理由は、人類の知識の境界線を押しひろげると同時に、その過程においてこちらを殺してしまうかもしれない種類の科学実験に従事するのは、大人になるまで待つべきだとの発想が、ニールに全く欠けていたからにほかならなかった。オレと知り合った時はすでに作業を進めていた。予備の寝室を自分のものと表明し、せびったり買ったりちょろまかしたりして手に入れた器具――ワイヤー、大きさや種類のさまざまに異なるメーター、わけのわからない器械、そしてロボット並みにおそろしげな制御装置などで一杯の実験室に変えていた。家全体がニールの最新実験技術の実験台になることも時にはあった。

最後まで理解できなかったのが、ニールの母親がこいつを奨励していたことだった。それ以外のこととなると、窒息させかねないほど過保護だったのに。夏でさえ、空が曇っただけでセーター、厚手の上着、オーバー、マフラーまで着けさせた。迷子になるといけないので、ひとりで町に出かけることも禁止。ニールは全く文句を言わなかった。たぶん、めんどうだったのだろう。だが二人のどちらにとっても、オレが救いの神となった。ニールの母親はなぜかオレを信用し（母性本能の強い女はいつでもオレを信用する。ゴーマンのおばさんがいい例だ。悲しそうな眼をしているからだと自分では思っている）、息子が家を出ている間、安心してお守りを委せられる子と見なしていた。ニールはニールで、オレと一緒なら、普段はママの付添いなしには禁止されている場所や行動が許されるのを知っていた。二人とも感謝を表明してくれた。母親のほうはオレが息子と同じくらいに育つよう、のべついろいろ食べさせることで。ニールは実験の手伝いをさせてくれることで。ほかの誰にも与えない特権だった。（ちなみに、ニールの父親には会ったことがない。商船の乗組員でたまにしか帰ってこなかった）。

　といっても、オレ自身、ニールのすることを多少なりとも理解していたわけではない。だが実験は興奮ものだった。最初に立ち会った時、ニールは隣の家を火事にした。設計した装置が、なぜか家に引きこまれている電気の本線に関係していたのだ。おっかなびっくりのオレに手伝わせながら、やつは階段の下の戸棚の中にある、電気を制御しているメーターにさまざまな部品を取りつけた。何もかもニールの計画通りに運んでいるように見えたとき、聞き違えようもないものが聞こえた。消防車が猛スピードで道を走ってきて、ニールの家の前と思われるところで急ブレーキをかける音。何があったのかと慌てて走っていくと消防車は、あらゆる隙間から早くももうもうと煙を出している隣の家の前にいた。認めたくはないが、火が消されるまで二人とも面白がって興味津々だった。誰しも十二歳の時は冷酷なもの。本線をいじっただけで、どうしてそんな派手な結果が生じたのか、ニール本人にもほかの誰にも、最後までわからずじまい。

また別の時には、ニールが幸いにも開け放しになっていた勝手口を通り抜けて裏庭まで吹き飛ばされ、けたたましくて凝った着陸のしかたをしてごみバケツの中身をぶちまけた。おかげで爆発の度合が一段とすさまじく見え、ごみバケツはついに立ち直れなかった。

三度めには、どういう電気的効果を狙っていたのかは思い出せないが、二人してブンセン・バーナーの上でガラス管を曲げていた。自信満々になりすぎたニールが急いだもので、ガラスは割れ、飛び散った細いかけらが拇指（おやゆび）の関節の上の静脈を切った。石油でも掘りあてたみたいな勢いで血が噴出し、台所の壁にぎょっとするほどすさまじくしぶいたので、日曜の肉の丸焼きからにじむ血にも耐えられないニールは、死が数秒後に迫っていると思いこんだ。

オレがどうすればいいか思いつかずにいるうちに、ニールは悲鳴を上げながら道に飛び出し、母親と文字通りはち合わせした。母親は、息子をまた二日ほど生かし続けるための食べ物の包みをどっさり抱えて、買物から戻ってきたところだった。賑やかな地中海諸国並みの騒ぎになった。慌てた声がオペラのアリアに匹敵するほどかん高く上がり、手が振り回され、人々が四方八方からかけつけて。血と激情が溶岩のようにほとばしった。

やがて救急車が到着した。ニールはサイレンとともに去った。だが一時間後には、拇指(おやゆび)に屈辱的なまでにちっぽけなばんそうこうを貼られただけで、公共の交通機関で帰ってきた。科学への情熱は、鎮静されてこそいたものの、消えるには程遠かった。夕方にはもう、ニールが病院にいる間に思いついた全く新しい電気実験の計画で、二人とも忙しくしていた。ある医療用の器械——なんのためのものかオレにはさっぱりだったが、ニールは完璧に理解していた——を見て、自分で独自に設計すればもっと改良できると確信していたのだ。

結局、オレはニールのことを天才だと判断した。言っておくが——天才がみんなニールみたいだとすれば、友達としてはたいしたことない。興味深い相手であることは確かだ。変わり者なりに、一緒にいて楽しくもある。だがニールのおかげで、自分が心の友に求めているのは、ぬくぬくした楽しさだけではないことに気がついた。

だからといって、その余分な何かというのがなんなのか、言葉にできたわけでもなかった。ニールのあと、十四になってもまだ。自分の手を切ることと、血と、友達の傷ついた手をつかんで永遠の誓いを立てることを別とすれば。

欠けている何かについて知ったのは、ニールと四六時中一緒にいることをやめた数カ月後、サウスエンドに越してくる直前にまた一人、男友達になる可能性を秘めたやつに出会った時だった。聞き苦しいことまで話して退屈させるつもりはない。候補者の名前がブライアン・ビフェン、通称バスターだったことだけ述べよう。オレより二つ年上で、学校のラグビー・チームのロック（ラグビーのポジション。たくましいタイプが多い）だった。三人のうち、こっちが友達になってほしくて最初のきっかけを作ったのでなく、向こうのほうでオレを友達にしたがって追いかけ回したのはバスターひとり。

追う側でなく追われる側になって、オレも気をよくしていたに違いない。だから、バスターがラグビー場でがんばるのを見にいくことに同意した——普段なら死んでもやらないことだったが。そしてある晩、試合のあとでバスターはオレを体育館の裏に連れていき、互いに慰め合う喜び（先生がバスターだけに、苦しみというほうがあたっていたが）を教えてくれ、これを学んだことによって、心の友のなんたるかに関するオレの理解の、抜け落ちていた部分がはめこまれた。バスター本人は望ましい相手とはいえず、抱きしめられると二頭筋の発達した十代のさぼてんに抱きしめられている気がしたが。それ以来、ラグビーをやるやつは避けている。「おまえが女だったらな」とバスターは、クライマックスのさなかにあえいだ。オレはバスターが女だったらなどとは思わず、もう少しさぼてん的でも威圧的でもなければと思っていただけだったので、バスターの自覚とオレの自覚との間に横たわる本質的な違いが、あまりにも鮮明に見えてあっけにとられた。

この告白カタログの、端からほつれそうなきまりの悪さに付け加えることは、もうあと一つしかない。

数カ月前に、聖書講読の先生でぼんくらの〈聖なる〉ジョー・ハリスンが、聖書から思いがけなく、ダビデ（ぱちんこで石をぶつけて大男のゴリアテをしとめたちび）とヨナタン（おっかないサウル王の不良息子）の部分を朗読した。ダビデとヨナタンはある関係にあったらしく、ヨナタンの魂がダビデの魂と結びついていて、ヨナタンはダビデを自分の魂のように愛したと、そこには書いてあった。

聖なるジョーはきっと、自分のしていることがわかっていなかったのだろう。なにしろこの部分は、聖書の黙示の中でも、春のめざめを知った十六歳の生徒に聞かせるような箇所とは言いがたいからだ。ことに、聖なるジョー・ハリスンみたいに神経質で、がちがちに厳しい道徳観を持っていて、おまけにクラスに全くにらみがきかせられない教師の場合は。当然ながら、誰もが眼を覚ましてやじり、「おいおいおい！」とわざとかん高い声を上げたりした。だがオレは座り直し、何年も前にテレビで見たように心に留めていた。

正直言って、魔法の豆缶も傷ついた手も、この頃には心の友のイメージとしては力を失いかけていた。子供っぽさが感じられただけに。だがこの、魂が結びついている云々は、出どころが聖書ということもあってずっと気持ちをとらえた。そこで、授業のあとで聖なるジョー・ハリスンから出典を聞き出し――生まれて初めて質問されて、自分の力で改宗させたと思ったに違いないが――『サムエル記上』十八章からあと（エト・セク）の部分を自分で読んでみた。そこでさらに心を奪われたことに、ダビデとヨナタンの愛が、聖書の言葉を借りれば、「女の愛に勝るものであった」との情報を発見した。

　オレの血はこんどこそかきたてられた。いったい何を見つけてしまったのだろう？　テレビ・ディナー（肉と付合わせが別々の仕切りに入った形で売られている冷凍食品）並みに加工された魔法の豆缶を持った二人の男の子は、たったひと晩聖書を読んだだけで、赤ん坊時代の霧の中に消えた。育ちざかりの少年にとって、はるかに滋養に富んだ肉がそこにあったのだ。

　なにも聖書が詳しく書いてくれていたというのではない。聖書は決してそこまでいかない。すごい発想がぎっしり詰まっている本で、いつもこっちのやるべきことや、やってはいけないことを説いているが、じゃあどうすればやれる、もしくはやらずにいられるのかは、いつまでたっても教えてくれない。というわけで、オレはダビデがヨナタンの死（**〈死〉**！）にあって叫（さけ）んだ、たまらないほどまぶしいひとこと――「なんじの我を愛すること世の常ならず、女の愛にも勝りたり」（『サムエル記下』一章二十六節）――に出合っていながら、それが何を意味するのか、そしてもっと重要なことに、ダビデがそんなふうに思ったとは二人の間に何があったのか、首をひねるしかなかった。ほんとにもう、二人はお互いに——お互いと？——何をしたのだろう？

一つだけ確かなことがあった。ダビデとヨナタンは心の友の原型。疑問の余地はない。これにより、その数日前に桟橋の下の壁に殴り書きされていた言葉も説明がついた。〈ブライアンはジョナサンを愛してる〉。誰かがさらに、次のような言葉を付け加えていた。〈ダビデもそうだった（ジョナサンはヨナタンの英語読み）。聖書を読め〉。似たような楽しいことがある証拠には、その後もいくつか出合っている。たとえば、〈バットマンはロビンを愛している〉。

光明にも似たダビデの叫びは、オレの頭に何週間もまつわりついて離れなかった。バリー・ゴーマンが黄色い〈カリプソ〉の操縦席でオレのジーンズを振り回しながら姿を見せた日も、まだまつわりついていた。これでわかったろう。オレはあの日、厳密には、眼をまんまるにしたただの無邪気な子供ではなかったのだ。どんなふうに——バリーやあんたに——見せかけていたかはともかく。

18／これで、バリーが救難兼ナンパにとりかかった時から、あいつの家の台所テーブルをはさんで座り、おばさんの作った料理をむしゃむしゃ食っていた瞬間まで、水面下（海で出会っているだけに駄洒落（だじゃれ）のようで悪いが）でいろいろ起きていたわけは説明できたと思う。では、もう一度最初から。

【やり直し】

バリーの船が追いつくや、オレには誰だかわかる。転校して最初の二学期間、まだバリーがやめる前に見かけていたからだ。やめたあとも、道ですれ違ったり、ヨットを走らせているところを垣間（かいま）見たりしていた。そのたびに、たまに見かける人に対してするように、あいつのことを値ぶみした。値ぶみにすぎなかった。人ごみの中からよりわけ、「面白い」とか「感じいい」と思っただけ。

だがオレは、好きになれそうな人にわざわざ近づいて仲良くなるたちではない。結果が信用できないからだ。ハーヴィやバスターのあとでは。それに拒絶されるのも好かない。あれは傷つく。この慎重さの一部は、人生について昔風で宿命的な考えかたをしているおふくろの影響だ。おふくろはいつも、頼まなければもらえないようなものは、自分にはもったいないものなんだから、手に入らないほうがいいと言っている。それどころか、手に入りでもしたら必ず、報いが意地の悪い雷のように降ってくると言う。求めよ、さらば奪われ、苦痛は大いなるものになるであろう（聖書の『マタイによる福音書』五章から七章のもじり）。おふくろはそういう迷信深いことを本気で信じている。オレはもちろん信じていないが、時々、気がつくと信じているみたいにふるまっていることがある。梯子（はしご）の下をくぐると縁起が悪いなどと信じていなくても、それでもあえて危険は冒さない連中みたいに。

だからオレは、相手の性別がどうであれ、通りすがりの魅力にひかれて手を出すことはしない。だが、バリーがオレの船のそばに姿を見せるや、寒くてずぶ濡れでみじめで死にそうにもかかわらず、ひと眼見ただけで、魔法の豆缶を持った少年役の最新候補だと気づく。この水っぽい荒野で死期が迫っているというのに、難破した小型ヨットの上に座りこみ、オレのダビデに対するヨナタンを手に入れることを思い、女の愛に勝るというのは何なのか、知るまでにどれくらいの時間が必要なのだろうと考える。

事態の皮肉さには思いあたっている。(なんて頭のいい子だろう)。だが声を出して笑うことはしない。とんでもない。代わりに、迷子でどうすることもできない子供の演技に入る。わかってほしいが、わざと計画をめぐらしてのことではない。なんといっても、怒(いか)れるテムズでフリーズドライされかけているのは事実。それに、順風満帆(まんぱん)の時でさえ、オレはそこまで腹黒くはない。何もかも本能的なのだ。あたかも、バリーが何か、こういう反応の引き金になるものを持っていたかのように。とはいえ、自分がそういう演技をしているのは感じている。演技を傍観している感さえある。

それだけでなく、楽しんでいる。バリーに何もかもゆだねるのが面白くてたまらない。救出されるにはどうしたらいいか、バリーは教えてくれる。オレは言われたことをすぐにきっちりやる。まるでリモコンで動かされているみたいに。その時の気持ちを、経験したことのない人にどう説明すればいい？　そうだな、バスターがラグビーをするのを見物していた頃、たくましい運動選手どもが、お互いの息が完璧に合った瞬間に酔いしれるのを見たことがある。まるで一人の人間になった気分だったと、みんな言っていた。あとになって、雄牛のように豪快なあの調子で大笑いするのだ。オレはよく、どういう気分なのだろうと考え、ひそかにうらやんだものだった。救出のこの瞬間に覚えている、存在のはざまにいるような感覚も、あれと同じなのだろうか？　オレにはわからない、その時はまだ。わかるのは、胸の中がほんわり温かいことだけだ。

バリーはオレを浜まで運ぶ。家に連れていくと言われて異議を唱えるが、全てはただのふりだ。もちろん、一緒に家に行きたいに決まっている。みじめでばかみたいでショックを受けているのも本当のことだ。（ことに浜では。あの物見高いやじうまときたら！）だが実はそれほどでもないのに、災難がまだ続いているかにふるまい、お互いの興味を持続させるために、辛いように見せかける。前から気づいていたが、災難にあって手も足も出なくなることほど、他人の関心をかきたてるものはない。

で、オレたちはバリーの家にたどりつき、バリーの母親とあのどたばたを演じる。

だが風呂は気持ちいい。転覆の特効薬だという点では、おばさんは正しかった。そのあと、寝室で服を着ている間、バリーに値ぶみされているのがわかる。こっちも値ぶみしている。見れば見るほど好きになる。大いなる難問の一つだ。たった数分間で、どうして自分がある人間を好きなことがわかるのだろう？　この相手のことはあまりにもすばやくそう思えるのに、毎年すれ違う何百、何千もの人のことは、そうは思えないのはどうしてだ？　ずいぶん考えてみたが、いまだに見当もつかない。なぜかというと、顔つきや体つきはもちろん、生きかたが気に入ってさえ、ある人間に魅力を覚える理由にはならないからだ。何か別のもの、いつまでたってもこれと指摘できないものがある。好きになったとわかる。それだけのこと。それがあの朝、起きた。

と思うと、オレたちはバリーの台所のテーブルに向かってむしゃむしゃやっていて、オレは今度は冷静で穏やかで落着き払い、なんとも大人ぶろうとしている。実は血がぴりぴりするほどのスリルに、縫い目がほつれそうになっているのに。顔はノンシャラン。

19／「もういいのか？」バリーが尋ねた。「ほかにほしいものあるか？」

「ごちそうさま。そろそろ行かないと……」

オレたちはテーブルを片づけ、皿洗い機に皿を入れた。うちの皿洗い機はおふくろで、親父も日曜の午後で非番の時は邪魔をする。

「おい」バリーは言った。「おまえがオズの魔法使いに会ってる間に、船のほうちゃんとしとくよ。今夜また来ないか？　オジーがなんて言ったか教えてくれ。一緒に映画か何かに行ってもいいし」

「うん、いいよ」

「じゃあ、六時半頃に来るか？」

　おいおい、いいぞ。顔ではノンシャラン。


20／その日の午後、オズを見つけると、誰もいない教室に連れていかれ、試験が始まる直前に書いた作文を返された。

「君の作品だろう、ロビンソン」

　オジーは背が高く、細いがひよわな感じはなく、頭が薄くなりだしている。そばまで来て、壜（びん）の底みたいな分厚い眼鏡ごしにのぞきこまれると、近眼で甲状腺が発達しすぎた好奇心旺盛なサメにつかまった気にさせられる。眼の保養とはとても言えない。何週間もかかってようやく気づいたのだが、こっちのことを注目の視線という臼（うす）にかけているときのオジーは、べつに自分の優秀な頭脳の力ですりつぶしてやれと思っているわけではなく、むしろこっちの思考力をとぎすましてくれようとしているのだ。

「そうは見えないけどな」とほかの子は、オレがそう説明してやると答える。

「校長までそいつを怖がってること、みんな知ってるぜ。新入生を朝めしに取って食うこともな」

オジーはオレを座らせ、そばに椅子をひっぱってきた。

「すまないが、自分で書いたことを読み上げてくれ」

21／H・ロビンソン　五年級（英文学B）　担任J・O

英文学宿題　自由作文

『タイムスリップ』

ぼくが十三歳の時だった。その日は両親と一緒に親類を訪ねていた。おじ——父の兄弟——が自分の農場の近くの野原に埋もれた小さな教会墓地にある、一族の墓を見せようと言いはった。一族の墓所は、五つの墓が並んで配置できるほど大きかった。まわりは低い大理石の外柵に囲まれ、一方の端に大きな墓石があって、死者全員の名前が彫られていた。

名前は前世紀にまでさかのぼれ、一つ一つのあとに生まれた日と死んだ日が記されていた。計算に弱いぼくのような人間のために、死んだ時の年齢もあった。〈チャールズ・ロビンソン　一八九八年三月五日生　一九六二年五月十日没　享年六十四〉。十五人の名前がずらずら積み重なっていた。死のリスト。

そこに立ってこの死体の花壇を見ているうちに、ふいに思った。この下には人が横たわっているのだ。ぼくと繋がりのある人が。死体がぼくの後ろに数珠繋ぎになり、時間の中を遠去かっていく光景が頭に浮かんだ。さらにその向こうにまだまだ死体が続いている。名前も知らないが、このロビンソン一族の行列に属している人たちが。

ぼくはくすくす笑った。みんなとても厳粛にしているところだったので母ににらまれた。母は恥をかかされると思っていたのだ。だが、ぼくがくすくす笑ったのは、ゆかいだと思ったからではなかった。時間の永遠性というものに突然打たれ、だから笑ったのだった。

この永遠の時は、分や時間や日や年でできているのではなく、あらゆる方角にずっと連続している人で、人生で満たされている。何百、何千、何百万もの人生で。時間をさかのぼって延びているだけでなく、横断したり未来へ繋がったりもしている。ありとあらゆる方角に、世界のあらゆるところでいつまでも続き、人間単位で測定されている時間。

ぼくがくすくす笑いだしたのは、大きすぎる発想だったからだ。それほどの時間、それほどの人。ぼくの頭では把握しきれなかった。それでも、時間が実在していることはわかった。人々が存在していることもわかった。何もかも本当のことだとも。ぼくには感じられた。

それ以上じっと立っていることができなかったので、墓の間をぶらぶら歩きだした。だが墓石から眼が離せなかった。おどけた角度に傾き、スローモーションで倒れてみせているところのような石もあったが。もちろん実際に倒れかけていたのだ。中にはあまりに古くてすりへり、きざまれた名前や日付が読みとれないものもあった。新しくてしゃれていて、手入れのいきとどいた小ぎれいさが、なぜか自己満足めいて見えるものもだ。

名前や年齢を読みながら、ぼくはこう考え続けた。ここにいる人たちは一人残らず、かつては生きていて、ぼくと同じように感じていたに違いない。ぼくがいま自分の中にいるみたいに、それぞれの中にいて、中から外を見て、他の人たちがやはりそれぞれの中から自分たちのことを見ているのを見ていた。だが突然ある日、もう自分たちの中にはいなくなった。死んでしまって。

死ぬとはそういうことだろうか？　自分の体の中にいなくなること？　〈享年(きょうねん)六十四〉。〈享年八十〉。〈享年三十六〉。〈享年二歳三カ月〉というのもあった。月まで記されているのは幼児だけだった。その頃は月も大事だが、大人になればもう大事でないと言わんばかりに。

　世の中には、知っているのに知らないことがある。現実的な意味を持たないのだ。それまでも、人が死ぬことは知っていた。だがその日初めて、自分の中にいなくなる日がいつかぼくにも訪れること、いつそうなってても不思議はないことが急にわかり、実感できた。

　この考えに行きあたると、ぼくは気絶しかけた。墓石の一つに腰をおろし、セーターの下に手を入れて心臓をさぐらずにいられなかった。心臓が打っていることを確認したかった。そして次に呼吸した時も耳をすました。心臓が打つたびにほっとし、すぐにまた心配になって、次のひと打ちを待った。呼吸のほうも同様だった。

　だが、ほっとしては心配し、またほっとするということを、一分間に七十回繰返して、時間を過ごしてはいられない。時間の全てをそれにあてることもできない。疲れはてて死んでしまう。ぼくの場合も、二分間くらいのことだったのに一時間にも感じられた。

　ぼくは次第に落着きを取り戻し、普通に戻った。両親のところへ引き返した。両親は、一族の墓に埋められた親類の思い出話をして笑っていた。そしてぼくは、飲み物はいつ出るんだろう、何時に帰る予定なんだろうと思い始めた。そして時間のぎょっとするような永遠性のことは忘れた。

にもかかわらず、それ以来、〈死〉はいつもぼくにとって実体のあるもの、そばにあるものになり、人が話題にするだけのものではなくなっている。そして毎日のように、ぼくが死んでからの時間はどんなものになるのだろうと思っている。

22／「いいと思うかね？」オジーはいつも通り無表情で尋ね、レーザーのような眼にも歯ぎれのいい喋(しゃべ)りかたにも、自分の意見は全くのぞかせていなかった。

「書いたときは思いました」

「今は？」

　気をつけろ。

「はっきりしなさい」

「思います」

「かなり推敲したのか？」

「五回ぐらい書き直しました。下書き段階でってことです。この清書したやつで六回目」

「そのたびに大幅に書き替えたのか？」

「ほとんど削ってばかりでした。もっとわかりやすく、自分の言いたいことにもっと近づけようと思って。ひきしめたかったんです。先生が言われたみたいに」

「『みたいに』より『ように』のほうがいいが、こればかりは、もう言ってもしかたがないようだな。『ぼくがいま自分の中にいるみたいに、それぞれの中にいて……』」

「そうかもしれません」危険は承知で微笑む。「もうしかたがないって意味ですが」

　微笑み返してくれた。ご機嫌なのだ！

「君は英語という言語をどんどん突(つ)き崩(くず)していく。無知ゆえと好んでのどっちだね？」

「この場合は好んでです」

「それじゃどうしようもない。私も年をとった……教えてくれ、どんな本を読んでる？」

「ここんとこはヴォネガットです」

「アメリカ風の言い回しはそのせいか。まあ、もっとひどいものでないだけましだな。『スローターハウス5(ファイヴ)』かね？」

「最初に読んだのはそうでした」

「死に興味を持ちだしたのはそのせいか？」

「違います。それは何年か前からです」

「すると、このつつましい散文は創作とノンフィクションのどっちだね？」

そんなことは考えていなかった。肩をすくめる。「自分が感じたこと書いたんですが。中の出来事は創ってます」

「それなら創作と呼んで間違いないだろう。それからロビンソン、率直に言わせてもらうがね」

「はい？」

「これはかなり見どころのある作文だ」

こいつは驚いた。「ありがとうございます」

「勘違いしないでくれ。文章の天才だと言ってるわけじゃない。とんでもない。リドリイもウィルソンもカーターも、みんな君と同じ学年だが、もっとずっといい作文を一貫して書き続けてる」

オレの作文を再び取り上げ、ざっと目を通した。

「だが私のクラスに入ってから、ずいぶん進歩してきた」

ポケットから鉛筆を出して言葉に傍線を引きだした。（いつも同じ鉛筆を持っているように見えるが、それがまた、ひどく短いのに芯はいつも尖っている。新品だったためしはなく、先が丸くなっていたためしもない。にもかかわらず、削っているところを見た者は誰もいない。だいたい、いつ短いのを使いきって新しい鉛筆に代えているのだろう？）

「『野原に埋もれた』は、いまではもう陳腐な表現としてははねるべきだろう。『死体が……後ろに数珠繋ぎになり』は、むくろが寝かされて並んでいるさまをほのめかしてるが、『ロビンソン一族の行列』は、死体が立ったかっこうでぎっちり整列してるようすをほのめかしてる。イメージがぶつかり合うんだ、わかるか。そのせいで効果が半減する……」

オジーは段落単位で容赦なく続けた。

「……最後の一文はしっかり計算されたしめくくりになってるが、前の文からあまりに浮いて見える。独立した接続詞のせいかもしれない。君は文のあたまに接続詞を持ってくるのが好きだが、賢明に扱う必要がある。私の見るところ、最後の文とその前にあることとの関連性は、もっとはっきり主張すべきだ」

オレはすっかりやりこめられた気になり、反発をおぼえていた。

「どういうふうにか、やって見せてもらえませんか?」

「そうだな……これでどうだ。『それ以来、〈死〉はぼくにとって実体のあるもの、そばにあるものになり、自分が死んでからの時間がどんなものになるのか、いやおうなしに考えさせる』」

「そのほうがなめらかですが、面白さは薄くなってます」

オジーはにやりとした。「少なくとも、『にもかかわらず』や『いつも』といった余計な言葉と、『人が話題にするだけのもの』という弱い表現は省けた。とはいっても、異論のあるところなのは認める。だが……」腕時計を見た。「あと五分で授業だし、君とはほかにも話したいことがある」そして鉛筆をポケットに戻した。「教えてくれ。九月からどうするつもりか、もう決めたかね?」

首を振った。「まるっきり決まってません」

「ご両親は?」

「父は仕事につかせたいんじゃないかと思います」

「伺ってないのか?」

「はっきりとは」

「お母さんは、君が一番いいようにと思ってらっしゃるわけかね?」

オレは頬をゆるめた。「はい」

「お父さんから就職先の提案なんかは?」

「空港で何か見つかりそうだってほのめかされました。手荷物係やってるんです」

「君はやりたい気はあるのか?」

「ありません」

「何ならやりたいんだ?」

「そこが困るんです。特に何もやりたくないんで」

「このまま学校を続けるのはどうだね？」

「それもいいと思ってます。ここ、わりと好きだし。けど、同じような悩みになっちゃうんです。どの科目を取るか。あとでそれをどう活かすか」

オジーは立ち上がった。「私の意見はこれだけだ、ロビンソン。これ以上言う気はない。もし学校を続けることに決めた場合、私としては喜んで、六年級の英文学クラスに迎えたい。君はこの科目に向いているし、自分でも面白くなってきているように見える。私の見る限り間違いなく、学校にとってもいい生徒になる。だから続けたければ応援するつもりだ。同時に――私の考えにどれだけ価値があるかわからんが――職業を決める前にまだ、もっと大人になって自分の気持ちをはっきりさせる時間が必要だとも思っている。そのためには君の場合、間に合わせの仕事につくより学校にいたほうがいいだろう」

「ありがとうございます」となんとかしどろもどろに言うことができた。

すると、人食いザメみたいな笑顔を見せた。「英文学を専門にするのは実にばかげてることも、付け加えておいたほうがよさそうだ」

「はあ？」

「英文学の教師になる以外、なんの役にも立たないからね。教師になりたいのか？」

「いいえ、あんまり。ジャーナリストになることは考えましたが」

「いくら君でも、そこらへんの新聞をひと眼見れば、ジャーナリストの大半が、英語の知識などあってもわずかで、文学の知識となると皆無だってことぐらい、わかりそうなものだが。名ジャーナリストと言われる人たちは、何かほかに専門がある。たとえば政治――二十世紀の末期的宗教――または産業だ。そう、少しでも頭があるなら、君も理科の実験室の楽しみを味わったり、コンピュータ技術の複雑さに酔いしれたりしているさ。そういうものは得意かね？」

「理科なら、ものによっちゃ好きですが、得意ってほどじゃ」

オジーは先に立って廊下に出た。

「まあ、私の助言に従う前に、ようく考えるようにするんだな。また話したくなったらいつでも来なさい」

そして、いつもオレのことを疲れさせる自信たっぷりの足取りで、さっそうと離れていった。今日は、殴られてふらふらの気分さえした。船の転覆、ゴーマンおばさん、バリー、そして今度はオズボーン。今朝、起きる前に星占いのページを見るべきだったのかもしれない。

こう言ってはいるが、実は興奮して気が立っていた。ほかのことはさておき、オズボーンが自分の六年級に生徒を誘う――文字通り誘う――のは、そうめったにあることではない。地上に生徒がおまえ一人しか残っていなくても、私のクラスに入れるのはごめんだと言うのが普通なのだ。もっとも、いったん入ってしまえばもう安心ともいかない。オジーはたいてい十人くらいから始めるのだが、一学期めで半分に減ってしまう。頭も心も疲れはててやめるか、てっとり早く除名されるかして。去年、途中でやめたニッキー・ブレイクなどは、オジーの英文学セミナーを一週間受けるより、ＫＧＢ（旧ソ連の秘密諜報機関）に一学期まるまる拷問されたほうがましだと言っていた。

　学業を続けて英文学を専攻するという発想は、自分ではまるで思いつかなかったものだった。ぶらぶら家へ向かいながら考えてみた。誘われたことに気をよくしていたのは間違いない。だからといって、何かを決心するには程遠かった。夜になったらバリーに話してみようということ以外。

第二部

一度、そしてただ一度、そなたと共にあるを見られてより、
そなたの言い遁(のが)れとおぼしきは全て、我にかずけられたり。
——ジョン・ダン

Ｊ・Ｋ・Ａ　並行レポート【ヘンリー・スパーリング・ロビンソン】

九月十九日　自宅訪問。

ロビンソン一家の住居は、マンチェスター通りでも小ぶりで古い。私が以前に訪問した時は一家のサウスエンド転入直後で、理由はロビンソン夫人が故郷を離れたことを苦にしていたため。日頃、話し相手とも支えとも頼りにしていた友人や親類と別れ、寂しがり悲しんでいた。

家は最後に見た時の通り。きちんと片づき、よく手入れされている。いつも少しばかりこちらが恥ずかしくなる種類の家で、毎週のように大掃除がなされ、年に二回は内外ともペンキを塗り替えているのではと思わされる。

ロビンソン夫人は小柄な瘦せた女で、今は息子の事件に悩んでいることもあり、十八カ月前の初対面時に劣らず神経質になっていた。裁判が終わるまでの助けにと、医者が最近になってヴァリウム（睡眠薬）の量をふやしている。

ロビンソン氏は中背で、骨細だが脂肪がつきだし、頭も薄くなり始めている。激しやすい性格。言葉にはまだ北部なまりがあり、興奮するとそれが顕著。中に通してくれたのは氏のほうだった。両親とも礼儀正しく、私を歓迎し、自分たちで役に立つことならなんでもする用意があるようだ。

私の到着時、ハルは二階の自室にいた。最初はロビンソン氏が一人で喋った。夫人にも自分にも今度の事件は理解できないと言った。出廷をきっかけにハルが現状を脱し、「眼を覚ましてくれる」ことを期待していたという。「歩いてても死人みたいで」とロビンソン氏は言った。怒りよりとまどいを感じ、疲れているようだった。両親ともハルから何一つ聞き出せずにいるとのことで、ハルは時間のほとんどを自室か、海辺をうろつくことに費やしているらしい。当然ながら、両親は息子のこと、息子の健康や将来のことを真剣に案じだしている。

途中でロビンソン氏が、そろそろ痛い目を見せてやったほうがいいんだ、との意見を表明することはした。まわりがいたわりすぎている、甘やかしすぎている、等々。私は、痛い目ならいまでももう見ているのかもしれない、私たちがしなければいけないのは、話してもらえるよう信頼をかちえることだと説得した。

ハルの逮捕にいたるまでの事情を、夫妻の知る限りおさらいしてもらったが、すでに記録された内容に付け加えられることはなし。

そのあと、ロビンソン夫人が喋りだした。ハルはやさしくて思いやりがあり、最近の十代の子にはめずらしいと言った。頭もよく、そこに問題があるのだという意見。

自分や夫には、ハルの言うことが半分も理解できず、どうにも追いつけないという。さらに、夫ともども、心からかわいがっている息子のために最善をつくしており、何があったにせよ、すじの通った理由があると確信している、二親とも最後まで見捨てる気はない、とかなり激して言った。

この頃には、ロビンソン夫人はひどく取り乱し、泣きだしていた。ロビンソン氏が慰めながらもきまりの悪い思いをしているのが明白だった。いくらか気を取り直した夫人は、これは自分の意見だがハルは——二親ともヘンリーと呼んでいることに気がついたが——いまも友人の死にひどく動揺しているのであり、奇妙なことに思えるだろうが、墓地でそんな行動に出たのもそのせいに違いないと言った。「バリー・ゴーマンとつきあいだしてから、ヘンリーはうんと変わったんです」と。正確にはどういうことかと尋ねると、自分にもよくわからないが、それで全て説明がつく気がする、ハルが話してくれさえすれば、と答えた。

喋(しゃべ)っている間じゅう、夫人はワンピースのすそを指でひねくり回し、言葉を口から出すのがひと苦労であるかのように、重いためいきをつき続けた。話題を変えれば楽になるかと思い、ハルはこれからどうすべきだと思うか質問。ロビンソン氏は、一つだけ確かなことがあると言った。今後いつまでも家でごろごろしているわけにはいかない。それでは本人にも母親にもよくない。働き口を見つけるべきだ、という考えだった。

夫人は、今すぐどうすればいいのかはわからないが、オズボーン先生はハルのことを学校に戻るべきだと言っている、と言った。ロビンソン氏はこの考えに反対だった。オズボーン教諭について尋ねてみた。夫人によれば、夏の間も、ハルが逮捕されてからもずっと、とても力になってくれたとのこと。いまは、学校相手に何かする必要がある時は、オズボーン教諭をあてにしているそうで、理由は、「校長先生はいつも忙しすぎて、時間を割いて頂くのが申し訳ないもんで」だった。これにより以前にもまして、オズボーン教諭と会うことこそ肝要で有益かもしれないとの思いを強くした。二十二日の午前十時十五分に会見の約束。

とりあえず聞くべきことは聞いたと思い、これ以上話せばロビンソン夫人が取り乱すばかりだとも感じた。そこで、ハルと二人きりで会いたいのだが、構わないだろうかと質問。夫人が二階に声をかけ、私が部屋まで行ったほうがいいかハルに尋ねた。ハルは同意した。

ハルは、きわめて狭い客用寝室を書斎風に改装している。机と本棚は板切れを集めて作ったもの。部屋には古いポータブル・タイプライター、上等だが使いこまれたステレオ、それに相当な数のCDやテープがある。音楽がかかっていたが、私が入っていくとスイッチを切った。机の上にはカート・ヴォネガットの小説『スラップスティック』が出してあった。

会話をしやすくするために、なぜそんなにヴォネガットが好きなのか聞いてみた。ハルは、人生に対する見かたとユーモア感覚のせいだと答えた。『スラップスティック』から冗談のいくつかを読み上げてくれた。読んだことのない本だと私が言うと、今のところ、ヴォネガットの作品で理解に苦しんだのはこれだけだと答えた。ヴォネガットが何をしようとしているのか、どうにも見えてこないと言う。

そのへんのことをもっと話してくれるよう促(うなが)した。見たところ、自己規制することなく喋(しゃべ)っているようだったからだ。気持ちを言葉で表現するのが上手な少年で、自己規制せずに喋っている時は、熱意がよく伝わってくる。(私も楽しんでいた。日頃なじんだ種類の会見とはずいぶん違う)。

突然、本の冒頭に全てを要約している部分があるから、それを読み聞かせたいと言われた。それでずいぶん説明がつくと。そして問題の部分を読んでくれた。(帰る前にその本を貸してもらった。そうすることによって親しみが生じるのではないかと感じたことと、ハルにとってそれほど意味のある文章なら、私ももっと注意して読んでみるべきだと感じたからだ)。ヴォネガットは、ハルが好んでテレビでよく見ているらしい、ローレルとハーディ(戦前の喜劇俳優コンビ。ドタバタで知られる)の映画について書いていた。

二人の映画には愛はほとんど登場しなかった。愛が問題になることは決してなかった。そして、大恐慌（一九二九〜三三年）のさなかの子供時代に、ローレルとハーディに絶えず酔いしれ、教育されていたせいか、私も愛を口にすることなく人生を語るほうが自然になっている。

私には重要なことに思えないのだ。

では何が重要に思えるかというと、運命と誠意ある取引をすること。

私も多少の恋愛経験はある。少なくとも自分ではそう思っている。だが最も好ましかった経験は、「普通の思いやり」という言葉で容易に表現されるものだった。自分がしばらくの間、もしくはきわめて長い間、誰かによくし、その誰かも私によくしてくれたということだ。愛が関係していたとは限らない。

「全くこの通りなんだ」ハルは言った。「要するにこういうことなんだよ」そこで私は、人生全般がこういうことだとの意味か、それとも、いま自分が立たされている窮地がこれだというのか尋ねた。

するとハルは身を引き、ちょっとの間、私をじっと見据えた。質問したのは失敗だったとわかった。うわべだけのふざけた調子が戻った。「ソシアルワーカーって頭いいんだな！」そして実に冷ややかに、自分の逮捕について話す気はないと再び言った。しばらく議論し、両親がとても心配していること、黙っていても裁判所の心証はよくならないことをわからせようとした。だがそれ以上語ることはかたくなに拒否。

退散した時には、ハルへの対処をまたもや間違えたことで、自分にひどく腹が立っていた。しかしこれまでに扱ったどのケースとも大きく異なっているため、どう攻略するのが最善なのか戸惑っているのが現状。来週のチーム会議で提起すべきかと思う。

二十二日の午後二時半にオフィスでハルと会う予定。

1／「バリちゃん、今朝転覆した子よ」ゴーマンおばさんはその晩、ドアを開けると歌うように言った。酔っぱらった霧笛。

「入れてやってよ」

バリーの声が台所から、カレーの匂いと一緒にした。

先に立って歩きながら、おばさんは「悪い子なのよ、バリちゃんたら。午後、店に出てきたの。休みの日だってのに。来るなっていつも言うんだけどね。毎週のように言ってる。仕事ばかりでちっとも遊ばないようじゃ……」

「やあ」オレは言った。バリーはテーブルに向かい、食事を終えるところだった。

「服、ありがとう」あいていた椅子に包みを置く。

「それでも出てくるんだから」おばさんは続けた。「休みの日だってのに！」

「いい匂いだ」

「食うか？」

「もう食ってきたとこ」

「店に出てくるんだったら、休みの日なんかあったってしょうがないでしょ？」おばさんはテーブルの皿を下げ始め、ガチャガチャ音を立てながら水道の蛇口にさらしたあと、皿洗い機に突っこんだ。「かわいそうな父親よりひどい。あの人も店の奴隷だったけど。二十年も奴隷やってて、そのあげくがどう？　死んでしまった」オレに向き直る。「あんたのこと友達だと思ってたのに！」オレの鼻先で指を振り立てた。「なによ！」

　この事態を冗談扱いしていいものかわからず、バリーに助けを求める。

「どうなんだい？」バリーは、漫才師がぼけ役に向かって言うような口調になった。

「おまえ、おれの友達なのか？」

　よくあるパターンに持っていく。「オレ、君の友達なの？」

「さあねえ」大げさにまごついてみせる。「おれは友達だと思うけど。友達なのかい？」

「君がオレのこと、友達だと思ってるなら……」

「……友達に違いない。ということは、こう言っても間違いないってことだ……」

「……オレは君の友達だって」

「ほらな、おふくろ」両腕をさしのべる。「こいつはおれたちのこと、友達だって思ってる。おれもおれたちのこと、友達だって思ってる。だから友達に違いない」

おばさんはふんと言った。ばかにしていることを、透明なポリ袋ほども隠そうとしなかった。「たいした友達だよ！　休みの日に仕事に出かけるのほっとくなんて。一緒に楽しいことしてるべきなのに。遊んだり。くつろいだり」

「店に出るなんてこと、こいつは知らなかったんだ。人と会う約束があって。ハルのせいじゃないよ」

「ハル？」おばさんは注意の全部をオレに向けた。ブロントサウルスににらまれた気がした。「ハル！　何よ、その名前？　何かの略？　ハル……おひょう（ハリバット）？　魚にちなんだ名前なんて初めて聞いた」

「シェイクスピアにちなんでるんだよ」

「シェイクスピア？　ウィリアムって名前じゃなかったっけ？　ハリバットもそうだったの？」

「わざと言ってるね」

「四番めのヘンリー（シェイクスピアの戯曲『ヘンリー四世』。ヘンリーの若い頃の愛称がハル）です、おばさん」

「シェイクスピアには、名前が四つもあったっての！　なんて贅沢なんだろ！　三番めは？」

「違うよ、おふくろ」バリーはいかにも辛抱強く言った。「ハルはヘンリーの略」

「魚の略でなくてよかった。とても魚には見えないもんね」濡れた手でオレの頭をはさみ、やわらかい吸盤のようなキスをオレのおでこに思いきりした。「食べちゃいたいくらいじゃあるけど」

「晩めしならもう食っただろ」バリーはテーブルを離れた。「それに『カードを選んで』（テレビのゲーム番組）見のがしてもいいの？」

「もうそんな時間？　やだ、お皿洗いもまだすんでないのに！」

「おれたちでやっとくよ。そのあと、ハルを映画に連れていきたいんだけど、いいかい？」

「はいはい、ぼうやたち。楽しんどいで」おばさんが出ていくと、部屋がいきなり倍も広く感じられた。「けどバリちゃん？」階段から霧笛が呼ばわる。「ひと晩じゅうちをあけるんじゃないよ。わかった？」

バリーは片眼をつぶってみせ、肩をすくめてどなり返した。「わかった」

「それからハル……」

台所の戸口に近づく。おばさんの顔が満月のように、手すりの上からのぞいていた。

「はい、おばさん？」

「あの子に約束守らせてよ」十メガヘルツの声でささやく。「友達なんでしょ。それにいい子だ。あたしにはわかる。今朝すぐわかった。あんたは信用できる。うちのバリちゃんは友達が必要なの。他の子たちときたら、その……悪いほうにばかり誘いこんで――」

バリーが後ろから近づき、オレの肩を抱いて寄りかかってきた。初めてバリーの匂いをかいだ。清潔な温かい体の。

「そこでぺちゃくちゃやってたら、番組終わっちゃうぜ」とからかう。

おばさんは口をすぼめてオレたちをすかし見ていた。「あたしにはもう、この子しかいないのよ、ハル。この子の父親が――」

バリーの手が肩をきつくつかみ、黙っていろと警告した。

間があった。いまにも煉瓦（れんが）をぶつけられそうなガラス。だが突然、おばさんは微笑（ほほえ）んだ。煉瓦は羽根ぼうきになった。

「でも、そうして二人並んでると、眼の保養になるよ」と言い、どたどたと二階に上がっていった。

2／いったいどういうことだったのだろう?

「忘れてくれ」質問するまでもなくバリーは言った。「おれのこと、働きすぎだと思ってるんだ。おふくろにとっちゃ、店は仕事だから」

「君は違うの?」

「言ったろ。おれは店が大好きなんだよ。音楽も好き。人も好き。ものを売るのも好き」ふざけて欲深そうな笑みを浮かべてみせる。「金も好き」

「好きでないやついるか?」

バリーは母親がやりかけたことを最初からやり直し、皿洗い機に皿を入れているところだった。手品師かと思うほど仕草がいかした人種。オレは役に立っている気分になりたくて、あれこれ手渡していた。

「なんともいえないあのオズのやつはどうだった?」と訊かれた。「おまえの輝かしい未来の計画、立ててくれてたか?」

「六年級の英文クラスに入ってほしいって言っただけさ!」

皿がメロドラマを演じる。どうやら気に障ることを言ってしまったらしい。

「まさか!」

「舌が裂けてもほんとだよ! そう言った舌の根も乾かないうちに、英文学なんかオレみたいな天才には役立たずだとも教えてくれた」

「あいつがそう言ったのか？」

「まあ、そういう意味のことをね」

「悪賢いやつだ！」

「なんで？」

「明白じゃないか。自分の六年級に入ってくれと誘う。めったにない光栄だから、うれしかっただろう？」

「ああ」

「そこで、自分に教えられることはなんの役にも立たないと言う。おまえは思う。『なんて正直な人だろう！　この人なら信じられる』。違うか？」

「まあ、そんなとこかな」

「けど、そう言うこと自体、『立入禁止』の札を立てるみたいなもんだろ。少しでも頭があれば、立ち入るだけのものがあるに違いないと思って、自分も一枚咬みたくなるに決まってる。それに、ちょっとでも見どころのあるやつなら、これこれのことはするなと言われただけで、すぐにやるのは見えてるじゃないか」

「だから何なんだよ？」

「だから、あいつはおまえのことテストしてるのさ。ほかのみんなはもちろん、あいつ本人にまで反対されて、それでも餌に食らいつくようなら、本気でやりたいんだってわかる」

「いいことだろ？」

「すばらしいことさ。最高。また一人、あいつの弟子がふえるわけだ」

「ここんところでところが入るんだな」

「どこを咬(か)んでもユーモアたっぷりなやつだ。ところが——あいつの言ってることは、間違いなくほんとなんだよ、ばか！」

「英文学に未来はない？」

「言えたじゃないか」

「違うよ。オジーが言ったんだ。オレはまだどっちとも決めてない」

「いよっ、勇猛果敢な北の部族！　おまえらは強い！　独立独歩！」

　ふきんを投げつける。

「君ら南部のやつらは冗談ばかりだ」

　バリーはふきんを顔からひったくり、手に持ったままオレを狙いながらテーブルのこっち側に回ってきた。「〈むこうみず〉(ホットスパー)と名乗ったほうがよかったな（ホットスパーはヘンリー四世と敵対した貴族ヘンリー・パーシーのあだ名）」とタオルでオレの腿をはたこうとする。

　オレはテーブルを回ってよけ、椅子をつかんで楯にした。

　二人とも遊び場にいる子供みたいにくすくす笑いだした。

「そのタオル振り回すの、気をつけてくれよ」オレは言った。「大事なとこはこれからも使うんだ」

「おれのほうがもっと使いたがってるかもしれないぜ」

「何か言いたいわけ？」湿った布のほとばしりを椅子でかわしながら言う。

「べつに。けどおれたち、ダチになるんだと思ってた」

「どっからそんなこと思いついたんだか！」

するとオレの皮をはごうとするのをふいにやめ、ふきんを頭からかぶせてきた。椅子をおろし、ヴェールを脱いでみると、率直な眼でオレのことを見ていた。

「けど、そうなんだろ？」

一マイルも走ったあとのような気がした。「謎々みたいな話しかたするんだな」

バリーは背を向け、皿洗い機のスイッチを入れた。

「なんならうちにいてもいいんだぜ。映画なんか見にいくのやめて」

背を向けられていてよかった。正直面(づら)を保つのがどんどん難しくなっていく。

こう答えた。「映画見たいな」

「地元の新聞調べてくれ」バリーは戸口のほうへ向かった。「どんなのやってるか。小便してくる」

そして逃げる必要があるかのように飛び出していった。

3／どう思ったかわかるか？　魔法の豆缶が、返品保証つきで提供されたと思った。猛ダッシュで五千メートル走ったも同然の症状が出たのはそういうわけ。

今週の映画情報を告げる新聞活字もろくに読めないほどだった。胸で $C_9H_{13}NO_3$（アドレナリンのこと。心臓の働きを強めるホルモン。）に酔っているドラマーの率いる、頭の中のハードロック・バンドのリズムに合わせて、眼がけいれんしていたので。なんの不思議もない。オレのリズム棒がつっぱりだしたのだ。

だがこっちの考えすぎという可能性もあった。だからますますどきどきした。勘違いの可能性がある時はいつもそう。

とはいえ、サウスエンドの人ごみの中を、制服を剝奪された聖歌隊の少年みたいに、両手を前にあてたまま映画館まで行けというのか？　すでにまっすぐ立っていることも難しい状態だった。これはまずい。

そこで三回深呼吸し、股間をきっぱり抑えこみ、眼ん玉を再度調節してようやく、新聞に焦点を合わせることができた。

「ポルノかSF大作」と、いくらか落着きを取り戻した頃にバリーが戻ってきたので言った。「それしかないよ」

「おれはSF」出かけても安全か、台所を確認する。「ポルノだったら頭の中にぎっしりだ。これ以上いらない」

4／家の前の歩道に出ると、バリーは足をとめた。

「バイクで行ってもいいんだぜ。スズキ持ってる」

「オレはどっちでも」

「歩いたほうがいいか。予備のヘルメットがないし、町に入るとサツがうるさい。バイク乗ってるやつはみんな、地獄の天使（ヘルズ・エンジェル）（米の暴力的なオートバイ集団）だと思ってる。けど、おまえ用に一つ買わないとな」

「オレ用に？　オレたちどっか行くの？」

「いけないか？」

遊歩道をぶらぶら歩いて町に向かったが、潮が上げてきていて、海水浴客はほとんどいなくなっていた。海を眺めている連中なら沢山いた。嵐が過ぎたあとだけに、涼しく穏やかな天気だった。

「じゃあ、オジーに賭けてみる気なんだ」しばらくしてバリーが言った。

「言ったろ、まだ決めてないって」

「けどそうするさ」

「なんでそんなこと言えるんだよ？」

「もうからない芸術至上主義者の顔してる」

「それ、ほめてるの？」

「どっちみち、九月までは遊んでられる身分だろ」

「親父が許さないよ」

「稼いでこいって？」

「せめてバイトぐらいしろって」

「当然だな。このぐうたら学生が！」

「はい、おじいちゃん！」

「今日の午後、おまえと別れてからそのこと考えてたんだ」

「気が早いんだな。オレなんか、まだ父親になることも考えてない」

「ははんだ。お笑いやったら大うけだぜ。そうじゃなくて、ぐうたらだってことだよ、ばか。どんな仕事がいい？」

「なんでもやるけど、なんでもはいやだ」

バリーは立ちどまり、歩道の端の手すりにもたれ、海を眺めた。

「月・火・水の四時から六時までと、土曜は一日じゅうでどうだい？」

鈍感なオレは、バリーが何を言わんとしているのか、ほんとに理解できずにいた。

「どこで？」

「ゴーマン・ミュージック」

まさしく晴天の霹靂（へきれき）。

「からかってんの？」

「店番、在庫管理、客の相手、そんなようなこと」

「なんで？」注意深く見守ったが、向こうはオレを見ず、景色から眼を離さなかった。

「人手が要るのさ。おふくろは帳簿にかけちゃ天才。だけど店番ときたら絶望的。店は午後晩くなってからが忙しい。若い子がほとんどで、みんな新譜を聞きたがる。おふくろは頭がどうかしそうになっちゃうんだよ。土曜が一番すさまじい。おれ一人じゃむりなんだ」

　オレはしばらく無言だった。並んで手すりにもたれ、じっと沖のほうを見ていた。光明が訪れるにつれ、またもや例の同然症状がひとしきり始まった。店員がほしいだけなら職業安定所に行けば、そういう仕事をやりたがっていて経験もある人間がいくらでもいる。

　再び町のほうへ歩きだしながら、オレは言った。「店員なんて、やったことないよ」

「すぐおぼえるさ」

「でも、おばさんのほうは？」

「なんて言ったか聞いたろ。おまえのこと信用してる。理由は謎だがな！　けど大賛成してくれるさ」

「考えてみる」

「逆らうのやめろよ！」バリーは腕をつかんでオレを立ちどまらせ、自分と向かい合わせた。「とにかくやってみろ」

せかされていると感じて気に入らなかった。バリーの一番の欠点。ほしいものがあると、手に入るまでつつき、押しまくる。思い通りにならないと、すねてふくれて意固地になる。その時はそんなこと知らなかったが、知っていたとしてもオレはかまわなかったろう。せかされるがままになる気なんかなかった。

「あのなあ、バリー、言ったろ？　時間が要るんだ。時間かけてその気になるんじゃなくちゃ」

「わかった、わかった。落着け！」

「だって、これって単なる仕事の話じゃないだろ！」

「おまえなら大丈夫だってば。生まれつき向いてる。いつもにこにこ、礼儀正しくして、冷静でいればいい。それだけなんだ。ほんとだよ。それで客は大喜びだ」

「客のことなんか考えてない」

「じゃあ、何なんだ？」

「ねえ、本音を言っちゃいけないのかい？」

また歩きだした。「おまえが言いたいんだったら、それでもいいさ」

「わかった。君だよ。オレが考えてたのは君のこと」

「おれ！」大げさにおどける。「おれが何をしたってんだ?」

「もういいかげん、ごまかすのやめてくれよ、バリー。わかってるくせに。オレのこと、せかしすぎてる」

「時間をむだにする必要がどこにある?」

「だから言ってるだろ。よく整理して考えてみたいんだ」

「わかった、わかった。もう言わない。けど、ためすぐらいはいいだろう?　ほんの二、三日なら?　一週間?　おれたち、最高のチームになるぜ」

「明日返事する」

「よし」

5／ものごとには必ずある瞬間が訪れる。引き返せる限界で、そのまま先へ進めば、もう二度とあと戻りはできないと悟る時が。いまのオレにはそれがわかる。あの時、バリーで経験した。オジーもこの前、ある言葉を教えてくれた。そこに要約されていた。T・S・エリオット（イギリスの作家・詩人。一八八八〜一九六五）の言葉で、オジーがどうしても読ませたがっている『荒地（あれち）』という詩に出てくる。こういうのだ。

　一瞬の屈服のおそるべき大胆さ

幾年（いくとせ）の分別も取り戻せはせぬ

「イエス」というささやかな単語が人生を変えるに足る瞬間、それは起きる。胃がおじけづく——少なくともオレのはおじけづく。頭の中で脳がとける。舌が象皮病にかかって、すぐにも喉をふさぐかに感じられる。口が開かなくなり、両手はつる。腹がいまにも下痢を起こさんばかりなので、最寄りの便所から眼が離せなくなる。あくびがやけに頻繁になり、にやついたり、口ごもったり、くすくす笑ったり、しゃっくりしたり、震えたり、汗をかいたり、顔にチック症状が出たり、人前で掻くのが恥ずかしいところばかりかゆくなったり、思いがけず屁がしたくなったりする。

危険を冒しかけているというだけで、体じゅうが宣戦布告してきたかと思うほどだ。もちろん、この場合は身に危害がおよぶことはない。ある人間に、ほんとはそいつのことをどう思っているか、そいつに何を期待しているか、そいつから何を期待されていると思いたいか、初めて告げるだけのこと。

人が——オレが——そんなふうに感じるのは、知識が力だからだろう。いったん誰かに自分のこと——自分が相手をほんとはどう思っているか知られたが最後——いったん宣言したが最後、向こうはこっちのことがわかってしまい、権力を握る。もう向こうのものなのだ。D（ダビデ）とJ（ヨナタン）について知ったのと同じ頃（ころ）に発見した通り、聖書にも書いてあるが、向こうの手に身をゆだねることになる。

　魔法の豆缶を持っていた男の子たちは、そのことについては何も言っていなかった。血の流れる手を握り合い、友達の誓いを立てながらお互いの眼をのぞきこんでいたときも、頭がどうかなってあおざめたりはしなかった。それに、くやしいがダビデも、ヨナタンに自分の魂同様に、女の愛をなんらかの形で超えるように愛してほしいか決めるのに、二十四時間も必要としなかった。たとえ必要だったとしても、誰にも黙っていた。むりもない。学校文集に刷ったり、放課後、うちへ帰る途中でもらしたりすることじゃない。後世の人間のために記録されるよう、聖書の執筆者に何もかもうちあけるのはもちろんのこと。英雄はもっとしっかりしている必要がある。英雄が優柔不断では。かっこいい子に友達になりたいと言われただけで、下痢を起こすようでは困る。そんなことを知らされたが最後、誰も本気で英雄視できなくなる。

　いかなる種類の英雄でもないオレは、その晩、映画館の中に入り、暗い繭の中に腰をおろせてほっとしたことを認める。公の場でのプライバシー。結果をともなう現実と切符一枚の値段で交換された、結果をともなわない現実。四チャンネル方式の鼓動を持つ胎内と、子宮の粘膜上でじらすようにうごめく未来世界の映像。

　胎児仲間がすぐ隣にいて、オレたちは肩と腕と腿と膝がシャム双生児状態になっている。今のところはこれでじゅうぶん。ひと休みするにはじゅうぶん。ストップモーション。近日上映作品のスチール写真。

誰でも時々は休まないと。

直接行動なら、その日はもういやというほど経験していた。映画の作り物こそオレが必要としていたもの。しばらくは観客でありたかった。

その日はこれで終わりだとも考えていた。映画を見、ぶらぶら家に帰り、今日が快く遠去かるに委せるものと。

だが人生はそううまくいかない。

酔っぱらいのことは計算外だった。

バリーのこともだ。バリーはあきらめるということがなかった。

絶対に。

6／場所：サウスエンド大通り。

時間：二十二時四十五分。木曜。夏。

登場人物：行楽客の集団、大部分は若くて陽気で、文明化されたホモサピエンスをほかの動物と区別している、あの喜ばしげな礼儀正しさでふるまっている。車の行きかう夜ふけの通りをはさんで、張り合う荒っぽいグループ同士が楽しげに悪口を投げつけ合う。海に近いが海ではないこの遊び場に抱く愛情のしるしとして、たまに店のウィンドウを割ったりもする。我が家を離れての我が家。

バリーとオレは、映画館を出ると、この楽しげに歩き回る人波をかいくぐるようにして抜け、歩行者専用区域を脱し、ガードをくぐって、大通りの桟橋寄りになる車の多いあたりへ行く。ちょうどそこ、タイラーズ通りの角で、酔っぱらいがオレたちの行手を横切る。顔に浮かべた思いつめたように眼のすわった表情と、へなへなした人形じみた体の動きから、酒気帯びテスト装置も神経衰弱を起こすほどのアルコールが体内にあることがわかる。頭には何か目的があるのだが、酒が欲求を刺激しておきながら実行は阻止している。

それでも、知らん顔でよけていく通行人の波に邪魔されることなく、歩道の端までふらふらたどりつく。どんな危険に出くわすか考えることすらせずに、静かなプールにでも飛びこむふうに頭から道に突っこむ。

幸い、車の流れは葬送の列に劣らずのろい。酔っぱらいは二台の車の間に長々と伸びる。

ブレーキが悲鳴を上げる。警笛が鳴らされる。「ひいちゃえよ!」道の向こうから陽気な行楽客がふざける。

誰も何もしない。変わったことなど何も起きていないかのように、それまでと同じことを続ける。実際、この時間帯のサウスエンド大通りで〈普通〉とされるものの規準からいえば、何も起きてはいないのだ。

ところがバリーが道に飛び出し、酔っぱらいをひっぱり起こし、歩道に引き上げ、オレをも巻きこんでまっすぐ立たせようとする。

「泳ぐんだ」酔っぱらいは、救出の手からのがれたいのか、クロールを少しばかり練習したいのか、どっちともとれる仕草をする。

「ここじゃだめだ」バリーが言う。

「こいつ、どうするんだよ?」オレはバリーに訊く。

酔っぱらいはごみ捨て場のような臭いがする。こういう人間ガス工場の近くにはあまり長居したくない。

「どっか安全なとこ連れてこう」

「死体置場はどう?」

「よくよく死にこだわってるんだな」

「こいつの臭い、かいだかい? もう腐りかけてる」

酔っぱらいはこのやりとりに、ボールよりひと呼吸遅れて頭を動かすテニス観客の要領で耳を傾けている。そしてここで言う。「潮、引いてる?」

「うん」バリーが答える。

赤んぼと酔っぱらいは神が守ってくれるという俗信を改めてテストする試みに、オレたちは抵抗する。

「レイ*で泳ごっと」酔っぱらいは言う。

「あんた、どこから来たんだ？」バリーは人が、耳の遠い相手のほか、赤んぼと外国人と飲んだくれのためにとっておく、ゆっくりとした特別大きな声で尋ねる。

「ハックニー」酔っぱらいはちょっと考えたあとで答える。

「うちへ帰る電車に乗りたくないかい？」バリーは〈困った状況にある子供をあやす大人〉の口調になる。


*サウスエンドのよさをまだ知らない人のために、この保養地の重要な特徴の一つであるレイのことを説明させてもらう。サウスエンドは遠浅だ。ずっと対岸まで潮が引くと言う者さえいる。それはともかく、潮が引くと地元住民、特に若い連中の楽しみは、退却していく波が残したどろどろの泥の中をずぼずぼ歩き、浜から半マイルほど離(はな)れた、そこだけ深くて潮流の急なところへ行くことにある。これは地図上では、エイのはらわた(レイ・ガット)という繊細ですてきな名で知られている。ここで泳ぐのは勇者かばかだけで、潮の流れが危険なまでに強い。大抵の者は、砂が比較的多くて固いレイの土手で遊び、汚れほうだいのピクニックや酒壜(さかびん)持参のパーティ（そして、想像がつくだろうが、ほかにもいろいろなこと）を楽しんだのち、泥の中をまた歩いて戻る。引き返すのが遅れれば、どんどん上げてくる潮によって土手に取り残され、いずれは溺れて死ぬ。つまり、この遊びかたでさえスリルがないわけではないのだ。

従って、酔っぱらいがそこまで出かけるのは賢明とはいえない。だが賢明な酔っぱらいなどというものがいたためしがあるか?

酔っぱらいは、にやにやしているバリーの顔に向かって、酔った抜け目のなさでにんまりしてみせる。(なんてこった、とオレは思う。バリーのやつ、楽しんでる!)

「終電、出ちゃった」といたずらっ子のように言ってくすくす笑う。

「やれやれ!」クールに構えていたオレも熱くなる。「ひと晩じゅう振り回されるだけだ。置いてこう。なんでかまうのさ?」

「ほっといたらけがをする。見ただろ」

「それがどうした!」苛立ちと気分を害した反発から口走る。「自分でこうなったんだから、自分で脱出させりゃいい」

忘れないでくれ。こうやりとりしている間も、人が押し合いへし合いしてそばを通りすぎている。車がすぐそばを通過し、ふらついているオレたちを危険にさらす。もう夜中だ。オレはくたくた。よく言うように、長い一日だったのだ。

「あの時はそう言わなかったな」バリーが咬みつき返す。「今朝、おれに助けられた時は」

オレは考える。けんか第一号だ。ああもう!

「それはどうもありがとう！」できるだけ辛辣に言い、本物の怒りひとたらしで味つけする。「サー・ガラハッド（アーサー王伝説に登場。清廉無比の騎士）がまたまた人助けか。かっこいい！」

バリーはオレをにらんでいる。酔っぱらいはまたメトロノーム状態。

「こいつが酔ってるのと、風呂でゴムのアヒルを浮かすこともできないおまえが他人の船を一人で持ち出したのと、どこがどう違うんだ？」

オレは絶句する。同時に怒り、やっかみ、恨み、傷つき、悲しみ、困惑し、しょげ、むっとし、身のほどを思い知らされる。そこでふくれる。

なんて豊かな人生だ。全部いっぺんにやっている。

「飲も」酔っぱらいが言う。

「もう晩い。パブはみんなしまってる」バリーはいまや〈ぶっきらぼうな大人〉。

「やだ」〈怒ったわがままな子供〉の酔っぱらいは答える。自由になろうとまたもがく。オレたちは爪先立ってタンゴを踊るような形で歩道を進むが、とある店の入口が邪魔をし、ドアの前の階段がオレのすねにぶつかる。痛みのせいで火がつく。

「なんとでも思え」とわめく。「もうこんなのうんざりだ」

「勝手にしろ！」バリーは言う。「おれ一人でなんとかする」

実際、なんとかするだろう。こういう徹底した有能ぶりくらいいやなものはない。

一日じゅう見せつけられてきた。

7／まさにその瞬間、オレは道の向こうの人波に、パトロール中の青服を見つける。ふざけた帽子のバッジがネオンを受けて輝く。胸にはこれみよがしな無線機。新たな騎士の登場だ。

「待ってて」とバリーに言い、反対されてとめられないうちに走りだす。今日初めて有能に立ち回れる機会をむだにする気はない。

「助けてもらえませんか、おまわりさん」オレはとっておきの善良な市民の声で言う。

「どうしてもと言うんなら」巡査は言う。冗談だということを示すために、うっすら微笑む。警察の食堂ではみんないつも、腹を抱えて笑っているのだろう。オレも警察に入るべきかもしれない。（もちろん、すでに提案はされていた。校長が、現在のイギリスで栄えているのは犯罪だけだから、警察に就職すれば未来は明るいという意見を表明したのだ。度胸のすわったオジーだけが、その理屈でいけば犯罪者の仲間になったほうがもっといいことを指摘した。校長は笑ってごまかし、話題を変えた。校長は社会学専攻で、言葉は得意でなく、論理となると絶望的とくる）。

オレは善意を表わすために青服に笑顔を返す。「あそこに酔っぱらいがいて、車の前に飛び出そうとしてるんです。警察でひと晩、預ってもらえませんか？」

「だめだめだめ」青服は、オレから特別強力なハッカの飴でももらって口内炎を刺激されたみたいに息を吸いこむ。「そいつは役に立てんな、ぼうや」

「だって、事故になります。オレたちだって、ひと晩じゅうついてるわけにいかないし」

「おれだったら」巡査はないしょ話のように言う。「友達を浜辺へ連れてくな。ひと眠りすりゃ酔いもさめる」

「友達じゃありません。酔っぱらいなんです」

青服は驚きを表明する。「だって一緒なんだろ？」

「はい、だけど……」

「じゃあ、友達に決まってるじゃないか。民間人がちょっとばかりきこしめしたからって、友達がめんどう見てるのに逮捕するわけにいくか？　起訴状にそんなこと書けんだろ？」

オレはにわかに、カフカの『審判』が初めて理解できるようになる。「けど、友達なんかじゃないんです。事故にあいかけてるのをたまたま助けただけで。友達でなきゃ助けちゃいけないっていうんですか？」

「いや。いいや。だが友達らしい行為じゃある。それに、相手は死ななかったんだろ？」

「はあ。オレたちが助けたから」

「じゃあ決まりだ。ただし、君がそう言ってるにすぎんがね」

たいしたシャーロックだよ、こいつは。

「それじゃ、質問を変えます。オレたちはどうすればいいんです？　また道に飛び出せるように放してやるんですか？」

青服はオレの腕を取る。オレの耳元まで頭を屈める。「なあ、君、正直なこと言おう」

それはつまり、我らがすばらしき警察も、正直とは言いきれない時があるということか？　なんてことだ、今頃わかるとは！　人間の魂の根本的な善良さを、どうやってまた信じろというのだ？　なんて残酷な夜になったことか。

オレは真実を聞くショックにそなえて覚悟を決める。

「あのなあ、ぼうず」巡査は続ける。（ぼうやからぼうずに語尾変化したことに気づく）。「友達を逮捕するということになれば、署へ引ったてて、容疑を申し立てて、留置場に閉じこめなきゃならん。その間に、本物の悪党がここで何をしでかすかわからん。明日は明日で、夜勤明けだってのに早起きする必要がある。君の友達を法廷に出す準備を整えるためだ。休みのはずの午前中は法廷での段取りでつぶれる。ちょっとばかりできあがってるだけで、君がしっかりめんどう見てるのに、そんな手間ひまかける意味がどこにある？　この通りで見かける酔っぱらいを全員逮捕してたらきりがない」

今夜のオレはまるで風船で、ふくらんでは気が抜けることの繰返しだ。今もすっかりぺしゃんこにされていた。

「けど、ただ放り出すわけにいかないじゃないですか！」いまや必死な声になる。さらに悪いことに、子供っぽいうわずった響きまでもれ始める。「そんなことしたら、車にひかれるだけで、それこそおおごとになっちゃう。歩くどころか立つこともできないのに、浜まで引きずってくわけにもいかないし」

「じゃあ、こうしよう、にいちゃん」おまわりは言う。とうとうにいちゃん！「だが、ここだけの話だぜ？　誰かに訊かれたら、おれは知らんこった。いいな？」

「わかりました。いつまでもこうしてられないし」

「あそこに見えてるクリフタウン街道の角まで、友達を連れてくんだ」

「きついなあ。それに友達じゃないのに」

「なんとかなるさ。五分したらおれも行く」

戻ってみると、バリーは酔っぱらいを店のウィンドウに押しつけている。

「ボート池ならいいらろ」酔っぱらいは言っている。「あっこはいいしゅも満潮ら」

バリーがオレに言う。「なんだっておまわりなんかと話すんだよ？」ガラスがつるつるしているので、〈友達〉を立たせておくのに苦労している。

「ちょっと助けを借りただけさ」オレはつっけんどんに答える。「この臭いやつをクリフタウン街道へ連れてけって」

「なんで？　突き出すつもりじゃないだろうな」

「やりたくたってできないよ。警察もそこまで親切じゃない」

　酔っぱらいがこびるような笑い声を上げる。うちあけ話でもあるふうににたにたしながら、オレたち両方にもたれかかる。「びっくりさしぇたろうか？」

「何なんだ？」バリーがじれったそうに言う。

「たったいま、もらししゃった！」酔っぱらいはサッカーくじに当たりでもしたように、けたたましい大声で宣言する。

「大あたりだな、相棒」通りかかった同志が〈友達〉と似たていたらくでどなる。

　バリーは顔をくしゃくしゃにして笑う。「泳ぎたかったんだろ！」

「あ、しょうだった！」酔っぱらいは言い、今世紀最高のしゃれた返事であるかのように二人して笑う。

「頼むからやっかいばらいしようよ」オレは言う。

　バリーは真顔になる。態度が、酔っぱらいに劣らず予測のつかないものになりだしている。オレたちが吸いこまされている酒臭い息に、酔ってしまったのかもしれない。

「文句ばかり言うなよ。何なんだ、おまえ？　痛い目にあわされてるわけじゃなし。どっか行きたいとこでもあるのか？　ええ？　おい、どっか行っちゃいたいんだったら——行けばいいだろ。おれが気にするとでも思うのか？」

オレは泣きたくなる。「けど、なんでこいつになんかかまうんだよ？」

「理由がほしいのか？」

「ほしいさ！」

「こいつが助けを必要としてるからだ。おれたちがあそこにいたから。みんながしらばっくれてるから。面白いから。かまいたかったから。そういう気分だったから。こいつが気に入ったから。わかったか？　これで満足か？　おれに山上の垂訓（『マタイによる福音書』五章〜七章にあるキリストの説教）でもしろってのか？　クリフタウン街道に連れてくのか、連れてかないのか、どっちなんだ？」

連れていった。いさかいながら。通りすがりの連中に物笑いの種にされながら。ぷんぷん臭いながら。それでも連れていった。

8／その夜、オレは発見した。小便をもらしている酔っぱらいとしらふの身で連れになることほど、自分のプライドがいかに卵の殻並みにもろいか思い知らされるものはない。

気がつくと、町でも知的なほうの便所で収集した落書きを思い出して——自分を慰めて——いた。

〈現実はアルコール不足が産む幻想だ〉
〈我酔う、ゆえに我あり。我酔った、ゆえに我あった〉
〈死前の世界はあるのか？〉

ふらつきながら警察とのランデブーに向かう間、オレはこの最後に思い出した殴り書きに特に気をよくし、励まされる。

9／親しみ易いご近所のおまわりは十分遅れで姿を見せる。警察時間を守っているのだろう。

何も言わず、ただ懐中電灯を道の少し先にある駅の入口に向け、三回ぱっぱっとつける。

タクシーがすっと近づいてくる。

「いつものだよ」青服は運転手に言う。

「吐きゃしないだろうな？」運転手は、オレたちが〈友達〉を中に押しこむと言う。「吐いたの掃除するなんてごめんだぜ」

青服は規定通りののんびりした足取りで離れていく。やつの眼には、タクシーもオレたちどじな三人組も、惑星アオラの第二十六次元にいるようなもの。やる気のない役人くらい、眼が節穴の者はいない。それともネルソン提督のあれだろうか？　今夜は違うな、ハーディ（ネルソンは敵の艦隊が見えないふりをして前進を続けた。ハーディはその忠実な部下）。

10／「吐くようなら」とタクシー運転手は、オレたちが腰を落着けると言う。「頭を窓から突き出させろ」

だが、遊び疲れた子供のように、酔っぱらいは車が走りだしもしないうちにもういびきをかいている。

オレはバリーを見る。やつもオレを見て、問いかけるように片方の眉をつりあげる。オレが「さあね」というふうに肩をすくめると、にやりと笑う。また楽しんでいるのだ。こいつの欲望には限りがないんだ、とオレは内心思う。

まさに思い得て妙だった。限りがなかったのだ。

どこに向かっているのかはじきにわかる。駅から半マイル足らずのところに、桟橋のたもと、すなわちかつて、季節を問わない多くのリゾート地の中で、サウスエンドの独自性を誇らしげに象徴していたものの入口がある。ブラックプールには塔、ブライトンには宮殿、サウスエンドにはほとんど朽ちかけた遺物ともいうべき世界一長い桟橋。

タクシーは道をおり、暗い隅っこに停車する。

「おりたおりた」運転手は言って車をおり、酔っぱらいがぐったり寄りかかっているドアを勢いよく開け、礼儀もへったくれもなく引きずり出しにかかる。

「手伝えよ」と言う。しらふのオレたち二人は、ここが目的地とはどうにも認識できず、身じろぎもしていない。

「ここでおりるのかい？」バリーが、オレと二人して内側から〈友達〉を追い立てるのを手伝いながら尋ねる。

「ほかにあるか？」始めから答を知っていて当然のばかな質問と言わんばかりの口調になる。

バリーとオレがあとを追っておりた頃には、運転手は酔っぱらいを車に押しつけ、プロのように手際よくポケットの中身を調べている。酔っぱらいは抵抗していない。もはや何に抵抗することもできないようすだ。

「どういうことだよ？」バリーが真面目な口調で言う。

「乗車賃もらうんだろうが。なぜだ？」そして笑う。「おまえが払ってくれるのか？」

酔っぱらいの尻ポケットから財布をひっぱり出す。札びらで分厚い楔（くさび）だ。

「こいつは助かる」運転手は金を自分のポケットにしまいかける。

「何するんだ！」バリーは身構える。

運転手は動きをとめ、オレたちをうろんそうに値ぶみする。「心配するな、ぼうや」ばかにして言う。「ちゃんと分け前はやるよ」

「おい。何が狙いか知らないが、この人の金を盗るの、黙って見てる気ないからな」

どうやら、自殺願望のある酔っぱらいを助けただけでは満足できず、オレともども殺されたいらしい。最後まで忠実なオレは、同じくらい勇気があるふりをしてバリーのそばに立つ。何が証明したいんだ、と自問する。ほんとに友達であることか？　だったら、どこかにあの魔法の豆缶を隠し持っていてくれることを期待するしかない。暴力沙汰になったらすぐにも缶をこすり、二十世紀に大急ぎで連れ戻してもらう必要がある。オレの皮膚は敏感なのだ。殴られるとあざになる。

運転手はいまや疑いを抱きだしている。「どういう冗談だよ？」

「いいから金を戻せ」バリーがおびえているとしても、オレにはそうは見えない。

「へえ、そういうことか。おれに金を戻させといて、あとで二人だけで山分けするってんだ！」自分で言って大笑いする。「うまい冗談だぜ！　けっさくだ！」

「どう思おうとあんたの勝手だが、とにかく戻せ」

「ふざけんな！」

運転手は酔っぱらいを突き飛ばし、やわらかいトマトの詰まったビニール袋のような音と姿で地面にくずおれるにまかせ、車の中に戻ろうとしかける。

バリーがドアに寄りかかる。「いいさ。好きにしろよ」

運転手は片方のこぶしを固め、指の関節を鳴らしている。「そのほうが頭がいい」とゆがめた唇の間から言う。

「ナンバーはHX96310」バリーは無表情だった。「あと、記憶違いでなきゃ、親切にもあんたに助けを求めてくれたおまわりは警官番号SO190だった。警察まで送ってくれる気あるか?」

運転手はちょっとの間、オレたちを見くらべる。

「たいした玉だぜ、こいつは」と、オレなど観客にすぎないかのように語りかける。バリーに向かっては、「悪知恵の働く小僧だ。おれもずいぶんいろいろ聞いてるが、こいつにはシャッポを脱ぐぜ」

「シャッポは取っといていいから、金を返せ」

「近頃のワルは若くなる一方じゃねえか」運転手はいまやオレたち両方を嫌悪の眼で見ている。「そら。やりゃあいいんだろ」札束から十ポンド札を抜き取り、残りをオレたちの足元でいびきをかいているやつの上にほうる。バリーを押しのけ、車に乗りこむ。「乗車賃はもらうからな」と札を窓からひらひらさせる。そしてエンジンをかけ、バックで猛然と遠去かりだす。「おまえらの顔、忘れねえぞ」とどなりながら。

11／むりをしたのが応えてくる。タクシーが遊歩道沿いに姿を消すのを、二人ともふぬけのように見守る。

足元を這（は）いずる音がし、再び生気を取り戻す。

「足のほう持ってくれ」バリーが札束を酔っぱらいのズボンのポケットに突っこむ。

「桟橋の下にデッキチェアを二つばかり並べて、そこに寝かそう」

酔っぱらいのぐったりした体と死体泥棒のように格闘し、できるだけ人目につかない場所を見つけてやる。

「おれ、死んだの？」相手は間に合わせのベッドに寝かされるとうめく。

「まだだよ」オレは答える。

「死んだみたいな気分だ」泣き上戸になりかけている。

「朝になった時の気分にくらべりゃましさ」バリーが言う。「よく寝るんだな。ここにいりゃ安心だから」

だが聞こえていない。すでにまたいびきをかきだしている。

その場に立ちつくしたまま、酔っぱらいを見おろす。バリーとたいして違わない歳であることを初めて知る——初めて気づく、というべきか。二十代前半というところ。

眠りが目鼻立ちをやわらげていた。酔いによるゆがみは失せている。整った顔をしていた。肉づきのいい、力強い顔。眠っているので穏やかだ。乱れているのは髪だけ。バリーが屈み、〈われらが酔っぱらい〉の髪をていねいにとかし、きちんと整えた。そこでわかった。眠れる男の髪をきちんとするのを明らかに楽しんでいるさまを見て。なぜバリーがそいつを助けたのかわかった。なぜオレを助けてくれたのかも、いまや確信した。

J・K・A　並行レポート　【ヘンリー・スパーリング・ロビンソン】

九月二十一日。○九三○時。ハルより電話。明日来られないので今日ではどうかという。理由は尋ねないほうがよいと思い、話したいのならすぐに話させるべきと考え、要求に応ずる。私のオフィスで会う必要性がどこにあるのかとも問われた。オフィスは「よそよそしくて堅苦しい」と言う。他の場所をいくつか提案。ハルはいずれも気に入らず。ハルの提案は、桟橋のはずれか、子供用のボート池で手漕ぎボートに乗って！　遊歩道を見おろす庭園の、ヴィクトリア女王像のそばで十時半に決定。

到着してみると、ハルはすでに待っていた。こちらに気づかず、彫像のすぐ向こうの草に座りこみ、近くで遊んでいる子供たちを見ていた。バスの待合室にいた老人二名の間に腰をおろし、花壇ごしに記念像の向こう側のハルを眺めた。くつろいでいる時の態度を観察することにより、何か学べるのではと考えたのだ。

ハルは遊ぶ子供たちに笑いかけ、ボールを投げ返してやった。当然のように、子供たちはボールをハルの方角に「なくす」ことがふえた。ハルは子供たちの注目を楽しんでいたが、遊びには割りこまず、向こうのすることに反応するだけだった。私がハルの観察から得ているのに負けぬだけのものを、ハルも子供の観察から得ているように感じられた！　何が問題であるにせよ、また何が過去にあったにせよ、そうしてごく自然に遊ぶさまを見ての印象は、心配するほど根深い悩みを心に抱えているわけではないというものだった。

数分して近づいた。ハルはしばらく冗談を言い、いつものふざけた態度をとった。ヴォネガットについて、おととい貸した本をどう思ったかと聞かれた。時間がなくて未読だと答えてはぐらかす。

そこが問題なんだ、とハルは言った。私の「公式調査」とハルが呼ぶものには、何ごとについてもまともに話す時間がない、と。

急な用件というのは何かと尋ねると、状況をじっくり考えてみて、何があったのか私に話すと決めたとのことだった。だがそれには「まともな時間」をとってもらうしかなく、「公式」に会ったのでは話せない。オフィス以外の場所で、「オフレコ」で話す必要がある。ハルの自宅も、両親がそばをうろうろしているのでだめだ。

この全てに耳を傾け、ハルの態度が普通のものになったことに、ある意味ではっとした。要するに私のことを、自分のケースだけに没頭していて、ほかの人より自分に時間を割きたがっている等々と思いたいのだ。少し断固とした態度で応ずるのが一番と判断し、ほかにも扱っているケースがあること、完全にオフレコで話すのが不可能であること、そもそもこうしているのは、事情を話してもらい、状況に適した処置を法廷に助言するためであることを説明する。

するとハルは、考えてみるが、だがこのまま「ミズ・アトキンズ」と呼び続けるのはいやだと言った。私もハルと呼んでいるのだから、なんならファーストネームで呼んでくれてもいいと答えた。

そのうえで、別の人と会うのでオフィスに戻る必要がある、約束したことをよく考えてみてほしい、次に会う時は一からやり直そう、と言った。明日一四三〇時にトマシの喫茶店で会うこととなる。こちらもオズボーン教諭との会見をすませ、いくらか心準備ができているはず。

別れる時、ハルはいくらかすねているように思われた。だが、私としては、二人の関係を正すことができて、いい会見だったと感じた。

12／オレは寝ているのが好きだ。認めざるを得ない。昔からではないが、十四になってからのここ数年は寝ているのが好きだ。従って、酔っぱらいの夜の次の朝、十二時（昼の）まで起きなかった理由は、家に帰りつけたのが一時（〇一〇〇時）だったからばかりではなかった。愛情深いうちの父が、仕事に出かける前の午前七時五十分にオレの部屋で、ろくな口実ももうけずに、例によって暴走するサイみたいにふるまった理由も、それで多少は説明がつく。同様のおふざけで楽しませてくれた朝が、過去に何度もあった。

子煩悩な我が男親は、オレの朝寝坊好みに対する抵抗運動を行なっていたのだ。起きる意思があることを示し、この最新のいざこざをできれば早めに終わらせ、終わらせるのが遅れた場合につきもののどなり合いを避けるために、オレは何度もやり馴れた眼を覚ます演技をした。レパートリィには「眼の覚ましかた」が八パターンもある。前の日は、ぎょっとして「あ！　え？　何？」と唐突に覚ますやつを選び、飛び起きて、幽霊でも見たように茫然としてみせた。効果的で説得力があった。その点は間違いない。親父の顔にひろがった満足そうな笑みを見ればわかった。このパターンの唯一の問題点は、叫んだり飛び上がったりするせいで、朝寝坊の初期段階を実に快適なものにしてくれる、あの気持ちよく温かい、半分眼が覚め、白昼夢を見ている宙ぶらりんの状態から、振り落とされてしまうことだ。オレは本当に眼が覚めてしまい、寝直そうにもどうにも落着けず、ついに起きるはめになった。結局、親父が勝ったことにむっとして。あの忘れもしない木曜の朝、十時半という早い時刻に海辺をうろうろし——ここまで描写してきた全く予想外の結果を産むことになったのもそのせい。早起きは三文の損だということが、ここでも証明されている。

今朝もまたぞろ同じ間違いを犯す気はなかった。だから今回は、ゆっくり、静かに、けだるげに身じろぎし始めるやつを演じた。といっても、さほど演技の必要があったわけではない。昨日の冒険のおかげで本当にくたくただった。

親父は言った。「起きたか」

「んー？」

「一日じゅう、こんな穴倉でかびはやしてるんじゃないぞ」と戸口から言い、「かあさんにも仕事があるんだ」と、あまり脈絡のないことを付け加えた。

オレは口をすぼめたり唇を合わせたりをひとしきりし、手を力なく振ってうんと言った。親父は勝ったと得心したらしく、戸口を離れて階段をおりていった。「ものぐさめ」と、ひとりごとめかしながらもオレの耳にぎりぎり届くだけの声でつぶやいて。

13／しばらくは起きた時と同じ姿勢、胎児のように丸くなってじっとしていた。子宮の中のようにぬくぬくと。生まれる前のように快適に。そして考えた。なんといっても、考えごとの種ならどっさりあった。豆の君のイメージ。ゴーマンのモンタージュ。頭に浮かぶ面影。魅惑的な魂の友で、体もともに感動した。

　三十分というもの、オレたちは夜を日に継いでなんでも一緒にやった。そしてオレは思った。そうだろうか？　そうなるだろうか？　どうかそうならせてくれ！　だが、疑問は願望充足的な幻想を死に追いやる。ありそうもないこと、ありえないこと、可能性の低いこと、現実とかけ離れた完璧さなどがどんどん眼につきだす。幻想なんてものは産み出すそばから穴だらけで、現実がそこから顔を出す。あのトールキン（イギリスの作家。『指輪物語』を書いた）*のばかの書いた、怪物や変人や魔法の指輪だらけの夢の国ががまんならないのは、そのせいだと思う。もちろん何もかも性衝動の昇華にすぎない。あいつの友達——なんて名前だっけ？——ルイス（C・S・ルイス）が書いた、ライオンと魔女の出てくるくだらない話もそうだ。十歳の時、あのまぬけな話によだれをたらしていたばかな先公に読んで聞かされ、吐きそうになった。教室にいたほかの連中がみんな、すっかりだまされて感心して、あのアスランとかいうライオンが死ぬところで涙ぐんだりしていたんで、びっくりさせられたものだ。オレはひそかに笑っていた。何かのパロディとして書かれた話だと思い、死ぬほど（そう、ほんとに死ぬほど）まじめな小説だと言われた時は信じられなかった。

*オジーにもそう言った。「それほどばかじゃない」と言われた。「トールキンは自分の幻想で

ひと財産もうけた」。「ばかを大ばかどもがもうけさせたわけですね」とオレが言うと、オジーは笑い、「君もまだまだ捨てたもんじゃないな。だがトールキンについちゃ間違ってるぞ。時とともに知恵がましたらわかるだろうが」と言った。がくっ。

だが豆の君の幻想と、それに穴をあけた疑問のかずかずに戻ろう。オレは体をずらし、〈死体のポーズ〉と考えるようになっていたものをとった。あおむけになり、足を揃え、爪先を上向かせ、両手を胸で交叉させる。安らかに眠れ。

昨日のさまざまな光景が勝手に映写された。フランス映画のように。転覆から酔っぱらいのあとまで、昨日の全てが。だが順番にではなく、入り乱れていた。場面によってはスローモーション、よかったところや戸惑ったところや、考える必要のあるところは即時再生つき。酔っぱらいを桟橋の下に寝かせ、ぶらぶら歩いて戻るところで一日は終わっていた。どっちも酔っぱらいのことは口にしなかった。その日起きたことについても何も。バリーの家まで戻る間、ほとんど黙って歩いていた。オレは好きだった。一緒にいても、ふさわしい言葉を見つけるために頭を悩ます必要がないことを意味していたからだ。あの瞬間に間違ったことを言っていれば、何もかもだめになっていたかもしれない。

バリーは寄っていけと言ったが、オレは断わった。疲れきっていた。

バリーの家の玄関口で別れた。

「忘れるな」と言われた。「待ってるからな」

「待ってる？」

「返事だよ。店で働くこと。九時からずっといるから。決まったら電話してくれ」

「わかった」

「話しに来てくれりゃなおいい。昼めし、おごるよ。いいだろう？　いかにも商談って感じでさ！」

「考えとく」

「おまえは考えすぎる」

「うん。じゃあね」

「じゃあ」

「おやすみ」

シーン終了。月光の中を歩み去る。

場内は感動のどよめき。

オレは頭の中のビデオを何度となく再生した。そのたびに、いまのオレがその時のオレをいまのオレから少しずつ切り離していった。その時のオレの冷ややかな観察者となった。心理科学技術が、Ｂ（バリー）の眼や口、手、体の動き、声の調子を、あらかじめ選別してアップにした。あいまいなものがないか捜して。どっさり見つけて。肉体の言語地図。

ぞくりとした。危険を感じて？　情熱を感じて？　どちらでもありうる。好きに選んでくれ。Bの中の危険か、オレの中の情熱か。たぶん両方だろう。そうと悟って、そのぞくぞく加減にぞくりとした。精巣をぴりぴりさせながら、オレはうとうとと快い白昼夢の眠りに入っていった。

14／やじと糸のように細い叫び声に再び浮上する。東風が吹いているらしい。時刻は十時四十分。学校の休み時間のかけらが、運動場からマンチェスター通りを吹き飛ばされてきている。感情の回転草（球状になって野原などを風に吹き飛ばされる）。

オレの体はまだ死体のまま。

死体になるのはどんなものだろう？　誰が気にする？　かんじんなのはおそらく、死体には誰も住んでいないという点なのだ。問題の誰は、いかなる誰も戻れない領域へ旅立ってしまっている。惜しい、とオレは思った。自分の体がわりと気に入っている。置いていく時が来たら悲しむと思う。いや、はたしてそうだろうか？　きっとその頃にはもうひからび、皮膚が古い木の皮みたいにしみとしわだらけになっている。息は焼却炉、体は下水のように悪臭ふんぷん。髪もヒヒのけつの毛同様に薄くなって。

鼻は静脈が紫色に浮き、中身がもれる糊のチューブさながら、ぽたぽた鼻水をたらす塊だ。痩せこけた足にスリッパをはいてよたよた、鉤爪を思わせる手につかんだ杖を頼りに歩き回っているだろう。眼は色あせてうつろ、何を見てもぼけて理解できず、何も見ていない。なんの悲しみもないのに、齢という疫病のせいで涙を流すばかり。下のコントロールもできず、食べ物もすぐに胸元にこぼし、穴だらけのカーディガンに腐った菌類状のしみをつける。通りに出れば子供たちに笑われ、悪口を言われるだろう。

それでもまだ、骨ばかりになった頭の中で、思考はうごめいているだろうか？　まだ言葉でお手玉しているだろうか？　お手玉できるほどの数の言葉を記憶しているだろうか？　さまざまな映像が脳を侵略し、体を元気づけてくれるだろうか？　血が逆流し、筋肉がひきしまるのを、まだ感じることができるだろうか？　存在するのをやめたいという願望以外に、認識しているものがあるだろうか？

そうなったら誰がオレをくどこうとする？　じいさんばあさんが色目をつかってくるのか？　そうなったら誰が、オレを死に溺れるところから救い、派手な黄色い高速船の上から、オレのズボンを振ってくれる？

15／誰も。

その頃そばにいるようなやつらは、オレの死んだ肉と骨を地面の六フィート下*にぶじにしまいこめる瞬間、または炎の燃えさかる炉にほうりこみ、扱いやすい大きさ、すなわち、ゆで卵用の三分計を作るのに適した、細かい白灰五オンスに変えられる瞬間を待っているはずだ。振ってもらえるのは、何か適切な墓碑銘のきざまれた墓石か記念銘だけ。

〈いいやっかいばらい〉、または〈やっといなくなった〉とか。

*自分の亡骸（なきがら）を土葬と火葬のどっちにするか、まだ決めていない。宗教心が強くて火葬に反対する人もいれば、同じ理由で土葬に反対する人もいる。神の声は多すぎて、答を見出す助けにはできない。だがそういう権威の助けがなくては、地面の中で腐り、ミミズの餌、タンポポの肥やしになるのと、前述の灰に変わり、東西南北の風に散らされるのと、どっちが好みかは決められない。将来、何か――たとえば復活――の必要が生じた時にそなえ、骨だけでも一カ所にまとまっているよう土葬にしたいと思う時があるのは、原始的な本能によるものだろう。だがすぐに、人の迷惑を思い、社会的良心がとがめる。誰もが死んで横たわるための六フィートかける四フィートの地面を要求して譲らなかったら、国じゅうがじきに墓だらけになり、巨大な墓地と化してしまう。土中で腐っていく死体というものが、どれほどきち

んと管理されおとなしくしていようと、ただでさえ飲めない水道水にとってなんらかの脅威となっているのではという、ひそかな疑惑（ぎわく）を別としてもだ。とにかくオレとしては、一巻の終わりになるまでには心が決まっていることを願うとしか言えない。

墓碑銘には、墓地でのあの日以来興味がある。（第一部・ビット21参照）。集めだしている。ある郵便配達の墓にあったこれなんかどうだ。**〈失われたにあらず、別送されしのみ〉**。北部で住んでいた家の近くの墓地で、親父が見つけたやつはこう。

〈いずこにいるとも
屁（かぜ）は解き放て
我を殺せしは
屁（かぜ）なれば〉

親父がこいつをおぼえているのは、しょっちゅう爆発のように派手に体の空気を入れ換える言い訳になるからだろう。

墓石に人がきざむことときたら、本当に信じられないものがある。たとえば、

〈ここに横たわるアニー・マン
老いたる女(ウーマン)として生き
老いたる男(マン)として死せり〉

それから、

〈年々歳々(ねんねんさいさい)ビール(ビア)を頂き
ついに棺台(ビア)に頂かれたり〉

16／ベッドに――また――戻ろう。次に気がついた時は、掃除機が部屋の外でガーガーいっていた。おふくろが電気バグパイプで毎日の大掃除の最中。部屋のドアが精力的なぞうきんがけという名目で乱暴に叩かれ、ペンキが犠牲になる。いつまでも寝ているので気をもんでいるしるしだ。もっとも、親父と同じく起こすための運動中というわけではない。全く逆で、オレが自分にとって一番いいようにしてるほうがおふくろは喜ぶ――「神が与えてくれた時間の全て」を寝ていることに費やすのがそうだというなら、それも結構。そのおふくろがこうして、起きてほしいと思っているのを示しているわけは、親父が何か予想外の理由で帰宅し、オレがまだ「ごろごろしてる」のを発見するのではと案じた結果なのだ。どっちにしろ、仕事から戻ったら、オレが一日じゅう何をしていたか、起床した正確な時刻まで含めて、細かいことまで逐一問いただされるのがわかっている。
かわいそうになった。

17／浴室で十五分かけて、美しい肉体を鏡で検討し、バリーの眼を通して見ようとした。

正直言って、自分の膝に満足できたためしがない。

浴室の鏡は半身大でしかなく、ひげをそるのに都合のいい高さに掛けられ、固定されている。従って、下半身を調べるためには逆立ちという、体の一部をみっともなくたれさがらせ、きちんと見ようにも長くは維持しにくい姿勢をとるか、浴槽の端に乗ってバランスをとるしかない。後者はいくらか危ない試みといえる。うちの浴槽の縁(へり)は幅が狭くて丸くなっているので、綱渡りまがいの曲芸を演じることになるからだ。バランスをくずして浴槽に落ちたら骨折。足がばらばらな方向にすべり、縁をまたぐかっこうで落下した場合は、もっと悲惨なことになるのを覚悟しなければならない。

当然ながら、じきに膝を披露する必要があるのはわかっていた――それどころか、考えてみれば昨日すでに、にやつくやじうまの前だけでなく、もっと重大なことにバリーの前でも三度に渡って披露していたことに気づき――先々どうすればもっとも見ばえがするか、脚景を眺めて決めたほうがいいと考えた。そこで浴槽の縁に上がり、検査を始める。

オレの膝の問題点は、位置が低すぎるように見えることだ。そのせいで、腿が尻の筋肉にくらべて長すぎる印象も与える——尻の筋肉のことは前から、いいかっこうで、小ぢんまりしていて、男によっては目立ちすぎるがオレの場合はちょうどいい腸骨（骨盤の一部）のでっぱりの下に、しっくりおさまっていると思っていた。もちろん、大腿四頭筋の形がよく、なめらかな皮膚に覆われていれば、長さのバランスが少しくらい悪くてもどうということはない。少なくとも前から見たぶんには。生殖器のあたりを効果的にひきたてることさえできる。そっちのほうも押し出しがよく、こそこそしていない場合に限られるが。

オレは自分のその部分を、危なっかしい足場の許す限りさまざまな角度から研究した。全体としては、生殖器の形は及第点をやれると思ったが、質だけでなく量ももう少しほしいところだった。とはいえ、大腿直筋と外側広筋は問題ない。内側広筋はよく発達しているが、膝のすぐ上のあたりが細すぎる感じで、膝蓋骨（膝の骨。いわゆる「お皿」）を過剰にごつごつさせて見せ、腿の長さをますます強調していた。

左腕を伸ばし、浴槽の後ろの壁につっぱることにより、バランスを保ちながら左脚を曲げて上げ、鏡に横から映すことができた。そのほうがずっと見ばえがし、細い膝の皿に丸みが加わり、薄筋（太腿の内側の筋肉）の線がかなり魅力的にさらけ出された。だが最善の角度で呈示された膝をみんなにひけらかし、ほめてもらうだけのために、一方の脚にのみズボンをはき、もう一方はむき出した格好で浜辺をはね回るわけにもいかない。

　後ろからの眺めを確認するには、鏡に背を向け、映った姿を研究できるよう、慎重に頭をひねる必要があった。この限られたぐらつく姿勢から見てとれたところでは、膝の裏側の外見は、感じよくついた膝窩筋にずいぶん救われていた。人により見られるひょろっとしたものがない。だがあまりよく見えなかったので、股の間から鏡がのぞけないかとかなり低く前に屈んでみた。これにはかなり高等な平衡感覚が要求された。

　やっと脚の間からのぞけるところまで二つ折りになったとたん、おふくろが浴室のドアに真空苦悶機をぶつけてきた。オレはバランスをくずして浴槽に突っこみ、体のさまざまな角を硬いほうろうにぶつけてすりむいた。

「大丈夫なの、ヘンリー？」かあさんは掃除機と災難の音に負けじと声をはりあげた。

　それ以上の解剖学的調査はとりあえず放棄するしかなかった。それに結局のところ、以後数週間にわたり、自分の体を調べる必要を覚えてもこんな苦労はしなくてよくなった。ゴーマン家の浴室の鏡張りの壁が利用できたからだ。不自然に体を曲げたり、身体に危険をおよぼしたりすることなしに、あらゆる細部をありとあらゆる視点から、厳密に検討することを可能にしてくれた。

18／台所で朝めしを半分ほど食べたところへ、かあさんがぞうきんを構えて入ってきた。戸棚の戸をうわの空で軽くはたく。ノイローゼ患者からの手旗信号。

「コーヒーでも飲んだら？」オレは言った。

「そうしようか」

そして自分で淹れ――例によって半分が牛乳、半分が水というしろものだったが――テーブルの向かい側に、ぞうきんをいつでも使えるよう構えたまま腰をおろした。

「ほんとはまだコーヒーの時間じゃないんだけど」と気がとがめたように言った。

「たまの贅沢さ」

するとカップからひと口すすった。「コーヒーってすごい値段なんだよ。ほんとにひどい。よくあんな値段で売って恥ずかしくないもんだ」

沈黙。オレはトーストを平らげた。

「ねえ、朝寝坊はもうやめたがいいよ」ぞうきんでテーブルの端をちょんちょんとつつく。「とうさんが怒ってる」

「オレが遅く起きたって、痛くもかゆくもないじゃないか。自分は勤めに出てるんだ」

「けど、帰ってくると必ず聞かれてさ」

「教えなきゃいい」

「そんなこと。言わないわけにいかないよ。うそなんかつけない。おまえのとうさんにうそなんて。そんなのいけない」

なおもテーブルの端を磨く。

それから「とうさんはね、おまえのことすごく考えてるの。おまえには最高のものを与えてやりたい。出世させてやりたいって」

座っている位置から腕を伸ばせば届くガス台を拭く。うちの台所では大抵の物が、テーブルから手を伸ばせば届くところにある。

それから「ゆうべ帰ってきたの、一時回ってたね。このままじゃだめだよ、ヘンリー。とうさんが黙ってない」

そう言うと立ち上がり、再び戸棚の戸を襲い、腰をおろした。コーヒーをすする。テーブルの端をまたもやこすり始めた。

「そろそろ気持ちを決めてくれないと。これからどうするつもりか。一日じゅうごろごろしてちゃためにならないって、とうさんはそう思ってる。何もすることがないなんて。アルバイト見つけてこいって言われてるだろ？　一時しのぎでもいいから。ほんとにやりたいことがわかるまで」

オレは皿を押しやった。「かあさんはどんなことすりゃいいと思ってるの？」

ぞうきんをいじり、細かいちりをつまみとる。ぞうきんの掃除。「それがわかりゃいいんだけどねえ。あたしにはむりなんだよ」

「このまま学校続けようか」

「とうさんは、いい仕事見つけたほうがいいと思ってる」

「けど、かあさんはどう思うのさ？」

このページの端まで届くくらい長い間があった。それから困ったように軽く、一度だけ首を振った。「おまえが一番いいようにすればいい。大事なのはそれだけ」

「いつもそう言うけど、何が一番いいのか、オレにもわかんないんだよ。そんなの、やってみるまでわかりっこないじゃないか」

鼻をくすんといわせた。「そうだね。そう思ってるのはおまえだけじゃないさ。大抵の人はわかってない。死ぬまでわからない。わかる人は運がいいんだよ。自分のほしいものがわかってて、そのうえ手に入れられる人はもっと運がいい」

ぞうきんがひらひらした。オレたちは黙って座っていた。

「オズボーンは、学校に残って英文学やるべきだと思ってる」

オレを見た。「どういう役に立つの？」

オレは微笑んだ。「たいした役には立たないってさ」

「変なこと言うもんだね。役にも立たないもの勉強しろなんて」

「仕事見つける役には立たないって意味だよ」

「だって、大事なのは仕事だろ」

「うん」

沈黙。テーブルの天板をひとこすり。

「あたしも学校じゃ英文学が得意だった」オレににっこりした。「すごくいい詩を書くって、先生たちに言われたものさ。綴りも得意だった。おまえは似なかったみたいだけどね」声を出して笑う。

「何やらせても天才とはいかないさ」と一緒になって笑った。

かあさんは立ち上がった。オレが使った皿をテーブルから水切り台に移す。テーブルをぞうきんで磨く。座る。

「けど本読むのは嫌いだった。おまえと違って」眼がオレの顔を所在なげに横切る。「誰のがうつったのかねえ」まるで読書が伝染病でもあるかのような言いかただった。

「とうさん、学校続けさせてくれるかなあ」

くすんと鼻を鳴らし、また自分の中に閉じこもる。「自分で聞いてみたらいいよ。

させてくれるんじゃないかねえ。おまえに合ってると思えば」

ふりだしに戻った。

「まあ、試験の結果が出るまでのバイトなら見つかったから」

すぐに元気づいた。「ほんとに？　どこだい？」

「ゴーマン・ミュージック。店の手伝いなんだ」

「ロンドン街道の？　いつ決まったの？」

「昨日。ゆうべ一緒に出かけてた相手がバリー・ゴーマンでさ。おふくろさんと二人で店やってる」

「驚いた！　もっと話しとくれよ。いつから始めるの？　いくらもらえる？」

オレは立ち上がった。「細かいことはまだ知らない。今日わかる」

「聞かせてくれるの楽しみにしてるよ。とうさんがどんなに喜ぶか。あっさり雇ってくれるなんて、よっぽど気に入られたんだねえ」

「うん」オレは答えた。「気に入られたのは間違いないと思う」

J・K・A　並行レポート【ヘンリー・スパーリング・ロビンソン】

九月二十一日。スウに ケース内容を話し、来週のチーム会議の議題に入れるべきか相談。スウは反対。ハルや一連の出来事が普通と違うため、私が目的を見失っているのかもしれないので、一緒に再度見直すことを提案される。

目的：

一、なぜハルがああした行動をとったか知ること。

二、自分の行動に対するハルの態度を知ること。

三、ハルが自分の将来をどう見ているか知ること。

四、ハルの背景を把握すること。

本件における当事務所の、法で定められた関与および責任範囲：

法廷に、以下に関する報告を提出すること。

一、本件に関して当事務所の知りえた事実。

二、ハルに対し、次にとるべき措置の助言。

少年が危険な状態になく、私に判断できた限りでは、精神科その他の治療を要するケースとは思われない、という点では意見の一致を見た。

唯一の困難は、先方が自分の行為を語ろうとしない点にある。

ここまでハルの扱いを誤ったのではという、私の懸念も論じ合った。スウは案じる根拠はないと考えた。とはいえ、より詳細なレポートを作り続け、ハルと会見後は必ず、自分と進展を話し合うことを提案した。私も同意した。本件については不安を禁じえない。スウが一緒に見守っていてくれると思うと気持ちが楽になる。

19／うちの近くのボックスからバリーに電話した。

「よかった！」バリーは言った。「あのな、今日は店がこんでるんだ。昼めしはむり。五時頃に店に来てくれよ。給料のことなんかはそこで決めよう。そのあとでお祝いだ。いいかい？」

「わかった、いいよ」

後ろで霧笛の音がしていた。

「待ってくれ、おふくろが話したいって」


「ハル？　もしもし？　あたしですよ。うちに来てくれるんだってね！　バリーから聞いたわ。おばさんうれしくて！　これでもう、あのいやな子供たちの相手もあまりしなくてよくなる。バリちゃんもいい友達ができるし。あんたは天の助けなのよ、知ってた？　けどね、ハル――聞いてる？」

「はい、おばさん」

「一つ文句があるの」

「文句ですか？」

「ゆうべ。バリちゃんを晩くまでひきとめないって、約束したくせに。四時だなんて！　悪い子！」

「四時？」

「わかってますよ！　若いから時間なんか忘れちゃうのよね。あたしにも若い頃があった。うちの人にひきとめられて踊りまくったものよ。時には徹夜で。昼も！　夜も！　でもね、約束したでしょ、ハル。四時は晩すぎます。バリちゃんは朝から仕事があるのに。あんたもうちで働きだしたらわかるけど」

「すいません、おばさん、オレ——」

「もういいの。たいしたことじゃないわ。ほんとに。それじゃね。長話をしてたら商売上がったりだって、バリちゃんが言ってる。人のことこきつかうんだから。あんたもじきにわかりますよ！　それじゃ、すぐまた会うまでね」

「ハル？」

「うん？」

「今夜、説明するよ。いいだろ？」

「いいよ」

「おれたち、仲良くやれるよな？」

「ああ」

「シャローム（ユダヤのあいさつ）」

「またな」

20／バリーが何をしていたのか予想はついた。酔っぱらいのところへ戻ったのだ。

予想はあたった。その晩、店に行くと教えてくれたが、その興奮ものの内容はまもなく登場する。

バリーは話の中で自分を茶化しまくることで、ことをごまかそうとした。話によると、あの気の毒な異教徒（！）を、大金を持ったままあんなところに寝かせてきたことに、誰かが通りかかって盗むんじゃないか、または、タクシーの運転手が戻ってきてまたやらかすんじゃないかとの不安を感じた。そこで引き返してみると、思った通り、酔っぱらいのそばをうろうろしているやつがいたので、バリーは〈友達〉を起こし、自分で自分のめんどうが見られる程度に酔いがさめるまで、そばにいておしゃべり（？）していた、等々。

話から抜かした部分も、聞かせてくれたこととおっつかっつだったろう。菓子と見るとつまみぐいしてしまう子が、また新たな誘惑に抵抗できずに終わったのを、最初で最後のことだと、誰にも信じてもらえないのを承知で言いつくろおうとするのにそっくりだった。それにバリーはもともと、簡単な小咄一つうまく語れないたち。おまけに記憶力も乏しかった。いいうそつきには必須のものなのに。いつも刹那的に生きていたので、記憶など必要としていなかったのだ。

オレは何も言わなかった。しかるべきところで笑おうとしたが、しょげているのがどうしても顔に出た。気にすることなんかないはずだった。前もってそういう事態を考えたことがあったとしても、気にしないと断言していたはずだ。だのに気にした。たぶん、魔法の豆缶を手に永遠の忠誠を誓い合った少年たちのように、オレもその時は忠誠こそ、心の友であることの一部だと思っていたのだろう。言葉にしなくても与えられるものとあてこんでいた。

バリーも、オレが落ちこんでいるのは見ればわかった。オートバイで連れ出してくれたのは、おそらくそのためだ。めちゃくちゃ楽しいことやおふざけを息もつかせず浴びせることで、また何もかも元通りにしようとする子供じみたやりかた。結果もこれから書く。

オレは受話器を置き、電話ボックスの外に十分間立ちつくし、起きたと思われることを咀嚼(そしゃく)していた。考えれば考えるほど——おそらく実際よりもずっと悪いように思い描いていたのだろうが——気分がめいった。そのへんの通りをしばらく歩き回った。自分の動揺を頭の中で嚙(か)みくだきながら。そういう自分の反応に驚きながら。そんな気持ちになったことで自己嫌悪を覚えながら。バリーにも自分にも、どう対処すればいいのか見当もつかないまま。そのあと、バリーが話をつむいでいた間もなお、迷子になった思いだった。

何週間もたったいまも、また同じようなことが起きた場合、ましに処理できるかどうか自信がない。いまなら、そこまで動揺や裏切られた思いをおぼえずにすむかもしれない。前ほどやわでなくなっている。と思う。思いたい。友達が、オレがこうあってほしいというものでなく、ありのままの姿を見せることにも、いまはもっと寛容になっているかも。

だが、ある経験の対処法を別の経験から学ぶなんてことは、実際には決してない。人生の奇妙な点の一つだろう。なにしろ、完全に同一の経験などというものはありえない。身に起きたことによって自分自身は変わっても、新たな経験はどれもみんな、前にあったことに劣らず簡単には処理できないものなのだ。


21／落ちこんでいる時はまずいことばかりやってしまいがちなのに、気がついたことはあるか？　いいことでもみんな、まずいやりかたでやってしまう。事態は悪くなる一方で、深まる困惑の渦に吸いこまれていく。

その日の午後のオレがそうだった。気をまぎらすと同時に、むだになった時間を有効に使おうと思い、学校へ出かけてタイク先生に会った。ミズ・タイクはオレの指導教師、〈牧者(ぼくしゃ)〉としての責任を負っている人だ。うちの学校では、生徒の個人的なこと——たとえば自殺したい気分とか足の爪を咬むとかいった、人間らしい兆候を示しているかどうか——を見守る職員を〈牧者〉と呼ぶ。オレの場合、牧者をつけられた成果といえば、羊になった気にさせられたことだけだった。それが目的なのかもしれない。いずれにしろ、タイク先生は牧場を思わせるところなど熱分解工場（石油類を高温で化学的に分解し、さまざまな化合物を生産する工場）程度しかなく、慎重さもブルドーザー並みとくる。イングランド全体、特にチョークウェル高校みたいな、男性主体の社会における男性優位主義のブタ的態度——この点については、男性名詞を耳にしただけで喋りだしてとまらなくなる——に対抗する最善の方法は、自ら男性優位主義のブタ的態度の最たるものをとることだと信じている。長いものには巻かれろという理屈なのだろう。そうすれば、少なくともホルモンだけは取り戻せると思っているらしい。確かに、T先生の言うことはなんでもT先生そのものになってしまう。

オレはその憂鬱な午後、おろかにもタイク先生の手に身をゆだねてしまった。進路指導を受け、オジーの六年級英文学クラスに入って勉強を続けるかどうか決めるうえで、通らなければならない手続きの最初のものがタイク先生だったからだ。最後は校長。校長とオレとの間には四つの関門がある。すなわち、タイク先生、学年主任、進路指導員、そして高等部の教頭。オレの将来に対する希望がなんであれ、四人全員が同意してくれれば、校長もゴム印を押しながらの面談に二分間割いてくれる。さもなければふりだしに戻る。よくよく決意の固い面談希望者なら一週間でやってのけたこともあるそうだが、この障害物競争の平均所要時間は三週間だから、早くとりかかるにこしたことはなかった。

「今日はなんの相談?」T先生は、オレが部屋に入っていくと大蛇のような笑みを浮かべた。ファイル・キャビネットのひきだしを力委せに開け、オレの名前が書かれた茶色の薄いファイルを取り出し、デスクに向かって腰をおろし、脇の椅子に座れと合図する。

「校長先生に会わせてほしいんです」と答えたのは、正攻法でふいを衝けば、邪魔されることなくトップにたどりつけるのではと期待したからだった。

笑顔がこわばったので、しくじったのがわかった。前にも言ったが、落ちこんでいる時はまずいことばかりする。

「校長先生にできて、あたしにできないことというと?」ペーパークリップを伸ばしたもので爪を削りながら言われた。

オレは居心地が悪くなって、椅子の上で体を動かした。「来年度も学校続けようかと思って」

眉毛がぴくりとしたので、この宣言には本当にふいを衝かれているのがわかった。

「喜ぶべきなんでしょうね。何をしに?」

「英文学です」

「英文学！　どこからそんなばからしいこと思いついたの？」

かっとなり（これも失敗。冷静を保たなくてはいけない）、辛辣な言いかたをしてしまった。「誰からってほうがあたってます。オズボーン先生です」

「なるほどね」笑みの端がだんだん下を向く。「で、あんたの将来における英文学の値打ちについて、何かまだうちあけてくれてない暗い秘密でもあるの？　それとも詩や何かが好きなだけ？」

「興味があるんです」

「あたしだってあるけど、だからって将来を賭ける理由にはならない。役に立つことやったほうがずっといい」

「文学は役に立たないんですか？」

「立たないね。物理や化学や数学や医学みたいな意味では。世間が必要としてるのは、そっちのほうに詳しい人なの。詩人なんかいなくてもなんとかなる」

「そうでしょうか」

「議論する気はないわ」

押し黙るのが最善の返事に思えた。

先生は眉根を寄せた。「まさか教師になろうなんて思ってるんじゃないだろうね」

「思ってません」

安堵がありあり。先生は大きくにやりとした。「助かった。じゃあ、教えて」職業柄、いやいや続ける。「自分じゃどうしたいと思ってるの？　変なこと考えないでよ。商売としてって意味だから」

「商売として、ですか？」

タイク先生は言葉の持つ含みには気づかなかった。気がつかない顔をしていただけかもしれない。「職種のことよ」と噛んでふくめるように言う。

オレは考えこむふりをした。「わかりません」

やっぱりというふうにうなずかれた。「わからない!?」

「はっきりしないんです」

「はっきりしない!?」冷たい緑の眼でまたもざっと見まわされた。先生は椅子の上で座り直すと、マカジキの棘のように尖ったむき出しの肘をデスクにつく姿勢をとった。

「いいこと教えてあげるよ、ロビンソン」

うれしい報せでないのは明らかだった。「なんですか？」

「あんたは骨なしよ」

憂鬱の特効薬とは言いがたい。

それで全部でもなかった。「英文学が似合いだわ。今でも詩を読んで泣いたりしてるんでしょ」と言ってわきの下を掻く。その無意識の行為がなぜか適切に感じられた。「この一年間、あんたのこと見てきたけど」オレのファイルをとんとんと叩く。「なんの役にも立たずにのらくらしてばかりだった。スポーツは嫌い、クラス対抗にちょっとでもひっぱり出されそうだと、図書館に隠れてしまう。協調性がない。自分から率先して何かやるってことがない。あんたにやれることとったら、討論部で知ったかぶりのスピーチしたり、学校文集にたわいのない文章載せることぐらい」

再度、押し黙っている手に出たが、ますます刺激しただけだった。

「オズボーン先生もあんたのどこがいいんだろう。まあ、ほしいとおっしゃるならあげましょう。けど、あたしが報告書の中でそっち勧めるなんて思わないでよ。あたしの見たとこ、あんたは冷たい現実の水を浴びてみるべき。生きるってのがどういうことか、知る必要がある。仕事につけばずいぶん違う。もう二年あんたにうろうろされたからって、学校の利益になるとは思えない。税金を使うんだったら、もっとましな方法がいくらでもある」

話が終わりかどうか確認し、自分の気持ちを鎮める時間を稼ぐために、オレは一分間待った。終わりだった。気持ちは鎮まらなかった。

「それで全部ですか、先生？」

「もっと聞きたいの？」こわばった大蛇の笑みが戻る。「マゾ。芸術家ぶってるのはみんなそうだ」

終業ベルが鳴った。タイク先生はオレの人生の数少ない書類を取りまとめ、ファイルを閉じた。立ち上がる。ファイルをひきだしにほうりこむ。ひきだしを叩きつける。「いいわ」デスクのそばに立ち、指から車のキーをぶらぶらさせながら言った。「気が変わったらまた来なさい」

オレは海を見にいった。

22／「海って相当すてきね？」

その娘（こ）はオレの後ろ、チョークウェル駅のすぐ下で浜と遊歩道を分けている低い塀に腰かけていた。振り返ると、ペディキュアをほどこした小さな足、体の線に沿ったブルージーンズに包まれたすんなりした脚、控えめな胸を覆うきちきちの赤いTシャツ、小さな逆三角形の顔、短く切った金髪が見えた。「相当」という言葉の伸（の）ばしかたが輪ゴムみたいで、イギリス人でないのがわかった。

オレはうなずいた。海に顔を戻す。

そばの砂の上にすべりおりてきた。

「話しかけても、あなたいやでない？」

いつもは知らない人と話すのは気が進まない。関係のない者同士のどうでもいい礼儀正しいおしゃべり。だがたまに、いまのように知っている人間に頭のはらわたを傷つけられたあとは、初対面の相手に話しかけてこられるとほっとすることがある。無意味な話をぺちゃくちゃされると。そういう時は、どうでもいい話がむしろ慰めになる。

「どうぞどうぞ」

「わたしの英語のため」と眉をつりあげ――きれいな眉で、茶色くて、鉛筆ですっと引いたような感じだった――首を左右にゆっくり振った。「わたしさびてるから」

「上手に話してるよ」

「そう思う?」大きく微笑んだ。「うれしい。二日――三日前に着いたばかり」

「どこから来たの?」

「ノルウェー。わたしの名前、カーリです」

「こんちは、カーリ。オレはハル」

握手をしたが、浜辺の砂に腰をおろしていることを考えると、しかつめらしくて滑稽だった。

「ハル?」

「ヘンリーの略なんだ。ヘンリーって名前、好かないんだよ」

「ハルはいいです。わたし、すごく好き」今度も「すごく」という単語を引き伸ばした。「サウスエンドも好き」テムズに眼を細め、快適な姿勢をとる。「とても楽しい」

「前にもイングランド来たことあるの？」

「一度。その時はバーミンガム」いやな臭いをかいだような顔をした。「バーミンガムはサウスエンドほど楽しくない」二人して笑った。「いやでなければ、わたし日光焼くします」

「いいよ。日光浴が正しいんだ」

両手を交叉させてTシャツのすそを引き寄せ、ひっぱり上げた。「日光浴」とシャツを頭から脱いで言う。「ありがとう。間違いの言葉、直してください。それが一番よくおぼえる」

「すごく上手だよ」オレはそのしなやかさ、赤い布製のホルタートップに包まれた小さな乳房、日焼けしたなめらかな肌を値ぶみした。

手際よくさっとジッパーをおろす仕草をしたと思うと、ジーンズを脱ぎ捨てていた。大胆な布の切れ端が股間を覆い、眼をむだのない脚の線に矢印のように引き寄せる。

オレは何度も生つばを呑みこむはめになった。

「あなたも日光浴しない？」砂の上にあおむけに寝そべり、丸めた衣類を枕代わりにする。「服着ると暑いでしょう」

「着てると」辛うじて言えた。

「わたし、ばかです」くすりと笑った。「いつもそれ間違う」オレは腕時計を見た。「もうじき人と会うんだ」

率直すぎてかえって落着かない眼でじっとオレを見た。「相当いい人とでしょう」

「友達だよ。夏休みのバイトさせてもらえるかもしれない」

「それならすごくいい友達」

「どうかな」

だがなぜか、そう言っただけでも気が少し晴れた。それにカーリの言葉のくせ、「相当」や「すごく」を伸ばすくせが、ゆかいで色っぽいだけでなく、バリーを思い出させてもくれた。バリーにも言葉のくせがあったのだ。サ行の音を発音するとき、舌が口蓋(こうがい)の前のほうでなく横へ動くらしい——動いただ、畜生、動いた。もう動くことはないんだから。舌足らずではなかったが、喋(しゃべ)りかたに普通と違う抑揚がつき、口調や口の動きを色っぽいものにしていた。それを思い出しただけで、オレは電話のことやタイク先生や、夜中に酔っぱらいを訪れたことなどで、それ以上すねる気がしなくなった。酔っぱらいはもう帰ったに決まっている。オレはまだここにいる。B(バリー)は、オレと知り合う前のやりかたを続けていたにすぎないのではないか？　これからは二人だから、前とは違うはずだ。そうだろう？　オレたちはチーム、二人ひと組になる。バリーが自分でそう言った。オレがゆうべ、家に寄っていれば、バリーだって酔っぱらいのところへ戻ったりしなかった。一緒にいてほしがっていたのに、ひとりにしたオレが悪い。二度とあんな間違いは犯さない。

それだけでなく、そういう考えが頭の中でこだましている間にも、カーリが裸に近い姿で隣に寝そべって日なたぼっこをしていることが、バリーといたくてたまらなくさせた。隣に寝そべって日なたぼっこしてほしいのは、バリーだったのだ。

オレは立ち上がった。砂を払い落とす。

「また会える？　会えたらいいね」カーリが言った。

「そうだね」万が一にもないと思いながら答える。

「わたし、オペア（語学を学ぶために、外国で住みこみのメイドをするシステム）してる。チョークウェル通りのピンク色の家。見たことある？　ガードのそばの。それともあなた、ここの人でない？」

「ここのもんだよ。その家も知ってる。じゃあ、しばらくこっちにいるんだ」

すると立ち上がった。笛のようにほっそりしていた。「六カ月。もっとになるかもしれない。家の人と仲良くやれたら。相当いい人たちだから、大丈夫だと思う」

「ま、オレもここへは結構よく来るから」

「注意してるね」

半分背を向けて歩み去りながら、挨拶代わりにてのひらを見せた。「じゃあまた」

23／【即時再生】

振り向いて彼女を見る。
オレを見ている。
オレは眼をそむける。
塀からおりてそばに座る。すぐそばに。
彼女を見る。
向こうもこっちを見る。
二人で海を見る。
彼女を見る。
向こうもこっちを見る。
服を脱ぐのを見守る。
お互いを見る。
バリーのことを考える。
立ち上がり、彼女を見る。
向こうも立ち上がり、オレを見る。
彼女を見ながら歩み去る。
オレを見ながら手を振る。

二度と会うことはないと思いながら背を向ける。
思い違いもいいところ。

J・K・A　並行レポート【ヘンリー・スパーリング・ロビンソン】

九月二十二日。一〇一五時。チョークウェル高校英語科主任J・オズボーン教諭と面談。

教務の人が案内してくれた狭くて暗めの部屋では、オズボーン教諭がすでに待っていた。外がよく晴れているにもかかわらず、室内は肌寒かった。教諭はテーブルをはさんで向かい合う位置の席を示した。型通りの挨拶をやりとり。

オズボーン教諭は、人をまた十三歳に逆戻りした気分にさせる種類の教師だ。物腰にあいまいさがなく、突き刺すような、少し寄り目ぎみの茶色い眼で、分厚い眼鏡の向こうからにらみつける。言葉も歯切れがよく、発音に鋭さがある。r音が巻き舌になったりかすれたりしがち。

会う約束を電話でとりつけた段階ですでに、何も話すことはない、会っても時間のむだだと言われていた。教諭は改めてそう言うところから始めた。なぜ自分が役に立てると思うのかと尋ねてきた。ハルをよくご存じのようだから、と言うと、なぜそう思うと聞かれた。ハルや両親が言ったことから、そういう結論に達したと答えた。

教諭は、ロビンソン夫妻の手助けをしたのは事実だが、ハルをよく知っているとはとてもいえないと言った。私は、よく知っている人間は一人もいない気がしてきたと答え、知りたいのは、ハルとバリー・ゴーマンとの間に何があって、ゴーマンの墓を荒らすようなことになったのかだと説明した。

教諭は一瞬無言だった。だがすぐに、ソシアルワーカーは好かないと言った。ソシアルワーカーの動機、「それとしばしば知性にも」、疑問をおぼえるそうだ。ソシアルワーカーに対する教諭の意見がどうあれ、法廷は私に、本件で何があったのかを突きとめ、ハルの将来について助言する責任を負わせたのだと応じた。すると、そんなことは自分とは無関係だ、ロビンソン本人と話すべきだろうと答えた。話そうとしてきたが、ハルが友人の死についても、その後の出来事についても何も言ってくれないこと、とはいえ、言葉のはしばしに、教諭なら経緯の一部なりとも知っているかも、と思わせるものがあったことを言う。

「ひとまず仮に」教諭はいかにも学校の先生らしく言った。「私が知ってるとしても、個人の秘密に属することだと考えますが」そして、「守秘義務という言葉をお聞きになったことはありませんか」と辛辣に付け加えた。私は、言われるまでもない、守秘義務は仕事の一部だと言った。すると、自分は、守秘義務が司祭や医師やソシアルワーカーだけの特権ではなく、教師にもおよぶものであるとの意見だと言われた。

私は、何を聞いても秘密は守ると言って安心させようとした。そういうことではないと言われた。相手も守秘義務に縛られているからといって、他人に話したら、もうそれは秘密を守ったことにならない、と。さらに、いずれにせよ、私に話したことが全て、コンピュータとまではいかなくても、どこかのファイルに納められずにすむと思うほど、自分はばかではない、ソシアルワーカーの仕事はまさにそれだろう——人についてファイルを作ること。さもなければ報告書が作成できないではないか、と言われた。

もちろんファイルを作る必要はあるが、同じケースに関与しているソシアルワーカー以外の人は見ることができないものだと答えた。つまり、本気で情報を手に入れる気のある人間なら、誰でも見られるということだ、と教論は言った。絶対に安全なファイルは存在しない、それくらいわかるだろう！

この議論を続ける意味はないと感じた。O教論は議論のための議論が好きなのではと思い始め、ハルのくせのいくつかがどこから来たものかわかってきた。先生の立場は理解できるが、ハルという子についてはどう思っているのか、頭の程度は、と言ってみた。

六年級に残り、そのあとも大学へ進学する程度にはいい、と教論は答えた。私はわざとらしくメモをとった。

ハルは今もゴーマンの死に動揺していると思うか？　当然だ、と教諭は答えた。ゴーマンとロビンソンは何週間か、とても親しくしていた。誰でも知っている。動揺し、ショックを受けるのはあたりまえだ。ハルに必要なのは自信を取り戻す——もしくは生まれて初めて持つこと。そのためには、なるべく早く復学させ、深い興味を感じている科目や活動に従事させることだ、というのが教諭の意見だった。

ハルは文学に深い興味を感じていると思われるか、と尋ねた。

さまざまな発想に深い興味を感じているのであり、それがハルにとって最もよく表現されているのが文学なのだ、と教諭は答えた。

先生はここ数週間、ハルと定期的に会っておいでだが、話の内容は文学に関するものか、と尋ねると、その通りだが、自分との会見など、正規の履修と同年齢の友達の代わりにはなれないと言った。

私は、同感だが復学には問題があると言った。手続き上の問題にすぎない、というのが教諭の答。そうたやすく片づけられるものではない、ハルは犯罪、それも法廷が理解に苦しむ、公序良俗に反する性質のものを犯した容疑をかけられているのだ、と反論した。その点を報告書でなんとか解明し、事実に照らし合わせてもっともと思われる助言を行ないたい。だが、何があったのか突きとめられなければそれもむりだ。本人は全く話そうとせず、ほかに知っていると見られる人物はあなたしかいない、と断言した。だのにあなたも協力しないと言われる、と。

教諭はしばしこの点を検討した。私は、次回の審理が来週であることを思い出させた。それまでにいま以上のことがわからなければ、ハルが非協力的だとの報告書を提出するしかない。そうなれば法廷は、ハルを更生施設に送り、福祉事務所だけでなく精神科医や警察も調べやすいようにするだろう。

O教諭は立腹した。そんな措置はとんでもない、それこそ犯罪だ、と言った。私は、こちらとしても、また法廷としても、選択の余地はないと告げた。法のもとではほかに手だてがないのだ。違法行為にはなんらかの処分があるべきであり、解明するだけの情報がこれ以上出ないようであれば、法廷としては最終的には、犯した罪に対し罰を与えることしかできない。

教諭は身を固くして椅子に座ったまま、私をにらみつけた。しばしどちらも無言だった。やがて教諭は、ハル自身に説明させるのがきわめて重要だと思うと答えた。ハルが本件について思い悩んでいるように感じる、本人のためによくない、長期的に見れば、法廷が押しつけるいかなる処分よりも悪影響をおよぼしかねない。だが同時に、自分に対するハルの信頼を損なわないことも重要だと思う、知っていることを私に話せばその信頼を破ることになり、よくよくのことがなければできない、と。

私はこの全てに同意した。すると教諭は、こうしたらどうだろう、自分がハルをなんとか説得し、経緯を話させるようにするが、その代わり、私から法廷に、ほかにどんな措置が必要と考えられようとも、復学だけは許すよう助言してほしい、と言った。

取引はできないと答えると、教諭は笑い、二流の犯罪ドラマのような言いかただと言った。私は、それでもハルにとっては更生施設に入れないほうがよく、本人にその気があるなら、学校を続けることが将来のためにもなるという意見には、私も賛成だと答えた。本人がその気で、話の内容にさらなる刑事手続きを要するものが見られなければ、おそらく条件つき放免もしくは観察処分を助言することになる。

そうなれば、ハルはしばらくは観察下におかれ、必要な場合は指導も受けるが、公式の調査はこれ以上受けなくてもよくなる。しかしながら、と私は断固たる口調を心がけて付け加えた。そうした助言をするためには、ハルをよく知っており、責任ある立場にいる人の支持が必要だ。いざという時、その支持役を買って出、ハルのために出廷してくれる気はあるか、と教諭に尋ねた。

もちろんある、と教諭は答えた。

そこで、ハルと会って、一部始終を私に話すよう説得してもらうことになり、来週の火曜に再び教諭と面談し、その後の進展を見ることになった。それまでに教諭の影響力が効を奏することを期待。

24／オレがたどりついた頃には五時半を回り、店は閉まっていた。おばさんはうちに帰ったあとだったが、バリーはウィンドウから見通せる位置で、ジャケットを飾りつけているふりをしていた。

過剰に明るくオレを中に入れ、後ろ手に鍵をかけた。

「あのな、ゆうべのことだが……」

そう言って話し始めた。オレはあまり乗れなかった。向こうも気づいたが、バリーがしゃかりきになればなるほど、ますます応えられずにいた。

「いいよ、わけなんか話さなくたって」とついに言ってやった。「だって、オレとは関係ないだろ？」

うそを聞かされるのがいやでしかたがなかったが、それでもバリーの存在だけでオレは言いなり。その後もずっと、自分の気持ちやあいつのしたこととはうらはらにそうだった。顔を見ただけで。（ずっと？　ついにある時終わり、ずっとそのままになるまで。あいつが抵抗を、憤怒をつつき出すまで）。

「わかった」バリーは言った。「もう忘れよう。それじゃ……眼をつぶって。びっくりするぞ！」

「何たくらんでるの？」

「いいから言う通りにしろよ！　ほら、眼をつぶれってば」

オレは笑いながら眼隠しをした。カウンターの後ろでごそごそやっているのが聞こえた。

「早く。さっさとしてくれよ！」

「わかった……あとちょっと……いいよ。開けてみな！」

すぐそば、眼の高さに突きつけられていたのは、ぴかぴかの赤いヘルメットだった。バイザーつきで、かっこよくて、戦士がかぶりそうなしろもの。

「どうだ（ヴォワラ）！　ぶっとばし用（ブール・ブルーム・ブルーム）だぜ！」

オレは身じろぎもせずに見つめた。

「なんだよ、取れよ。おまえのなんだから。さあ。かぶってみろよ！」

それでも動かずにいると、「こっち来い！」と言い、オレの頭の上に持ち上げ、その逆さ金魚鉢で戴冠（たいかん）させた。後ろに下がって見とれた。「最高だ」と言い、バイザーをおろした。「特に、おまえの顔が見えなくなるとこが！」そして新しいおもちゃを得た子供のように笑った――ある意味では実際、そうだったのだろう。

「こんなもの、どうしろってのさ？」と言うと、ヘルメットにくるみこまれた自分の声の響きに耳が茫然（ぼうぜん）となった。バイザーを上げる。「オレはバイクなんか持ってないのに、ばかじゃないの？」

「辛抱、辛抱。それもそのうち来るってさ」オレの手を取り、店の裏手の部屋に連れていった。見たところ、事務所と予備の在庫置場を兼ねているようで、光は高いところにある空気抜きの窓と、二つの電灯が提供するものだけだった。「それまでの間、いろんなとこへ行くのに、後ろに乗ってて身を守るものがないとな。法律もそうなってる。ほら——壁にかかってるだろ。鏡だよ。自分のこと見てみろ」

25／頭の隠し場所。

仮面。

仮面舞踏会のための。

顔を持たないバリーの後頭部もやはり枠の中にある。

枠の外に隠れているのは、鏡の中で重なっている二つの体の延長。

手もだ。鏡が見せてくれないことを反映している。言ってくれないことを。そこには言葉は決してない。

知らん顔の硬い鏡面から言葉が発せられることはない。

だがそのまま見ていてくれ。喋(しゃべ)らせる方法はある。

行動で。

そう。

26／そこから、オレみたいなおとなしいやつにとって、なんという夜が始まったことか。

「乗るか？」バリーが言った。「バイクにって意味だよ！　新しいメットに風を通すんだ。自由でいられる最後の晩を祝おうぜ。明日からは労働者なんだから。いいだろ？」

「うん」

バリーは、自分とオレの両方を、事務所のドアの裏側にかけてあった派手なパーカで決めさせ、さらにバイク用のジッパーつきのいかしたブーツをはいた。宇宙飛行士のあぶく式ヘルメットをかぶり、スピードの興奮に対抗できる服装に身を固めたオレたちは、店の後ろの置き場所から、バリーの武装しきらめく馬、走行記録計が千マイルを指し、関節のふしぶしに透明なオイルがはじけているスズキ２５０を転がしてきた。

「乗りかたわかるか？」

「初めてだよ」

「おぼえとけ。足をおろしちゃいけない。何があっても。足台に乗せとく。肩の力を抜いて。バイクと同じ方向に体を傾ける。逆らわない。おれのまねしてりゃいい。あとはつかまってることだ。きつく」

27／250というやつは、鉄面皮(てつめんぴ)なスピードに捧げられた彫刻家のオブジェの雛型みたいなものだ。そしてバリーと二人乗りするのは、死をおどかして道路から追っぱらおうとしている狂人を抱きしめるようなもの。

後ろにまたがると、オレの腿(もも)の下に手をひっかけ、もっとそばに引き寄せた。

「この体勢でいきなりとまったら」オレはエンジンをふかす音に負けじとどなった。

「君は再起不能だぞ」

「やっと調子が出たな！」肩ごしにどなり返した。「行くぜ。つかまってろ」

ロンドン街道を進み、信号のところで行儀よく右のサウスボーン・グローヴに折れ、左にさっと曲がって中央分離帯のあるプリンス通りの車の流れに入り、そこから幹線道路をロンドンの方角に、ダダダダとあばらぶるぶる視野ぼやけの世界にぶっとばす。オレは、七十マイルを指した段階でB(バリー)の肩ごしに速度計を見るのをやめ、運命に身をゆだねた。どうせ死ぬのなら楽しんだほうがいい。

レイナムの交差点で折り返し、時速三十マイルのジョギング速度で一マイルほど走ったのち、泥道にすべりこみ、国道から少し離(はな)れたところでとまった。

28／「いつもああいう運転なの？　金曜だけ？」スズキ(スージー)のわななく親密さから体をほどきながら尋ねた。

「どういう？」とぼけた顔で言う。

「危険。速い」

「おれがいつ速く走った！」

へえっと言ってやった。

すると笑いながら、それでも力をこめて、「やってないってば！　いや――うん、やってる。けど、速く走ってるって実感はないんだ」

「オレはすごく実感したな。スピード出しすぎだって」

「だからそこなんだよ」

「何がどこなんだい？」

「やれやれ、今夜はおまえに苦労させられそうだな！」

あたっていた。ゆうべのせいで胃の底がむかむかしていた。「ためしてみろよ」

バリーは二人のヘルメットの顎の部分を、バイクにひっかけていた。「速いのとスピードとは違うんだ」

「苦労するって言った意味がわかった」

「だってうまく説明できない」

「ゆっくりでいいよ。時間なら朝まであるんだから」

「うん、そうだよな！」

オレは黙殺し、休んでいるスージーの上で横向きの姿勢をとった。

「楽しくなかったか？」

「最高だった。けど、速いとスピードは違うって？」

バリーはスージーのほっぺたのもう片方に横向きに座った。

「こういうことさ。速いってのは、自分がすること。または向こうから自分に起きることなんだ」

「速く走るとか、速く行かされるとか？」

「そう」

「そこまでは簡単だな。じゃあスピードは？」

「そこにある」

「どこに？」

「ただそこにだよ」

この珠玉（しゅぎょく）の言葉が頭に落着くまで少し待った。

「いいこと教えてやろうか」とバリーに言った。

「なんだい？」

「君、変わってる。頭もちょっとおかしい。間違ってもいる。とりあえずスピードって言葉、辞書で調べてみろよ」

「辞書なんか知るか！　おれは自分の感じかた言っただけだ」わずかに怒りが見えた。

「知りたいのか知りたくないのか、どっちなんだよ？」

「知りたい。ほんとに」と答えて微笑んだ。

バリーも微笑み返した。「速さっていうのは、スピードを達成するために出すものさ」

頭の中でひっくり返してみた。

「ごめん。もうちょっと何かないと」

座り直す。「幹線道路みたいないい道だと……」

「うん？」

「……速く走ってる気は全然しない。じゃあどんな気かっていうと、スピードがどこかすぐ先にいて、そいつを追っかけてる気分なんだ。ところがいつも、あと少しで手が届かない。だからどんどん速く走ってつかまえようとする。けど、スピードはいつもおれより先にいて、同じ距離をずっと保ってるせいで、速く走ってるとは感じられないのさ。加速してるとも」

沈黙。オレは頬を搔いた。

「いつか追いつくことがあったらどうなるの？」

肩をすくめ、眼をそらした。「よく夢に見る。眼に見えないあぶくの中にいるようなものなんだよ。何かの力場の中かもしれない。で、そいつはどこへでも、ほんとにどこへでも、一瞬のうちに連れてってくれる。不思議な気分なんだ。動いてるのはわかるが、体のどこにも力が入ってなくて、音も振動もまるでしない。危険も全然ない。すばらしい経験でさ。そのエネルギーのあぶくにずっといる以外、もうほかに何もしたくない。永久に」

オレは二の句が継げなかった。バリーは振り返り、オレの反応を細大もらさずじっと見守った。

肩をすくめる。「すごい夢だね！」

「そういうやつ、見たことないか？」

首を振った。

「もう一つ教えてやる。一番いいとこ。眼を覚ますと、もうじき本当にそうなるって夢が教えてくれてる気がするんだ。現実の世界でだよ。すごいと思わないか！」

オレはスージーちゃんをおり、一、二歩離れた。

「君って、思ってたよりずっと変だ」と笑い飛ばそうとした。

「普通のどこがいい」

29／のんびり戻る途中、金曜の暴走にとりかかろうとしているオートバイの集団に抜かれた。刺激の種類を問わないリゾート地サウスエンド。連中は群れをなしていた。

バリーは置いていかれまいと速度を上げた。後ろに彼女を乗せているやつもいて、並ぶと女の子たちはかわいこぶって手を振った。前に乗っている中にも女がいたのかもしれないが、見ただけではわからなかった。

前のほうにいる、最初にオレたちを追い抜いたやつは、真っ白な革の上下に身を包み、ヘルメットと手袋とブーツは黒だった。あんまり小柄だったので、初めは子供かと思った。または猿。片方の足をサドルに乗せ、もう一方を後ろに伸ばして、サーカスの曲乗りのようにバランスをとっている。

オレたちを抜くと同時にサドルに腰を落としはしたが、それも後ろ向きで、両手を横に突き出していた。今やどっとまわりに押し寄せていたそいつの仲間が、警笛を鳴らし、手を振り、歓声を上げる。この喝采にガッツポーズで応えると、〈猿小僧〉は右足を後輪の反対側に渡し、左手をスロットルにかけて横向きになった。その危なっかしい姿勢で、旅行鞄を一杯積んだ乗用車を内側から抜いたので、動揺した運転手はひきつけたようにジグザグ運転しだし、自分を呑みこんだバイクの津波が通りすぎたあとも、漂流物さながらあっぷあっぷしていた。

バリーとオレは群れの中央にはさみこまれたまま爆進を続けた。

「ついてくの?」バリーのヘルメットの、耳のあるあたりに向かってどなる。

うなずいた。「面白そうだ」とどなり返してきた。

〈猿小僧〉は群れを率いてプリンス通りを進み、僧院クレセントを一周して東通りに入り、そのままボーンマス公園道に乗り入れ、サウスチャーチ通りを下って、エンジンを楽しそうにふかしながら、海浜通りのはずれの海に面した駐車場、保養地ならではのカジノと遊園地が安っぽくぎらつく向かいでとまった。


30／全員がヘルメットを脱ぐ。

「なんだこれ?」〈猿小僧〉がバリーとオレに近づいてくる。「仲間じゃねえぜ」(ヘルメットがないと、まさしく小僧めいた猿だ。大きな眼。眼をとりまく髪)。

「誰が違うって?」身長が六フィート三インチはある巨石が、こわもてのカワサキ500の上からオレたちに顔を近づける。しわが寄って油じみた古い革の上下は、金属製の鋲でぎらぎらしている。

「こいつらが違うんだよ」〈猿小僧〉が言う。

仲間が集まる。

「わかった」〈巨石〉は、近くで見るとオートバイで遊ぶにはふけすぎているように見える。二十代後半なのは間違いない。顔はアスファルトを敷いたよう。

「てめえら、どっから来た?」と言う。

仲間の一人は顔を見たら女だった。「町のすぐ外からずっとついてきてた」と言い、しなを作る。「こっちは——」とオレをゆびさし——「そっちのスケかと思ってた！」

かん高くひやかす声が上がる。

「だって」〈女顔〉は火に石炭をそそぐ。「この女の子のつかまりかた見てたら、スケとしか思えなかったもん」

「女の子？」すかさず仲間が合わせる。

「やだ、違ったあ！」〈女顔〉は叫び、意図的な間違いに大げさに混乱しているふりをし、片手で口を押さえる。「男の子って言わなきゃ！」そして体を二つ折りにせんばかりにして、超音波級のくすくす笑いを始める。

そのあとはやじの連続。

「そうか、おかまってやつかい」〈猿小僧〉が輪の内側をしゃなりしゃなり歩く。

「ホモかい」玄関マットのような髪のやつが言う。

「お稚児さんってやつかい」また別の、驚いたことに耳たぶが全くないやつが言う。もともとあった耳たぶは、そう遠くない過去に切り落とされたのが明らかで、傷痕がまだ赤く光っている。

「チャンスだぜ、リグジー」〈玄関マット〉が吠えると、ぶさいくで赤毛で、ひょりとした体には大きすぎてたるんだ新品の革ジャンの上から頭を突き出させた、街灯じみた少年が照れたようににやりとし、高い声で言う。「顔はまずくねえや」

またまた嬌声が上がり、〈人参頭〉は自分の大胆さに赤くなる。

〈巨石〉は動きもしなければ、笑いも、にこりともしていない。「おれはな」とコーラスを叩きつぶす。「どっから来たか聞いてんだ」

敵意が一点に集中し、みなぎる。

「クワート　ユイ　オプ?」バリーが言う。


31／図太い。

オレはパーカの中で震えている。


【即時再生】

うなる行列に加わった時から、オレは展開が気に入らなかった。人ごみは好かない。それどころか、集団恐怖症に違いないと思っている。(ノルウェー語で集団を意味する言葉がクリダで、群れるという意味なのを知っているか?　この状況下ではぴったりだった。カーリが教えてくれたのだが、いつのことかはもうじきわかる)。

オレが持っている地獄のイメージは、試合内容がひどいので暴徒と化しかけているサッカーファンの集団のまっただなかに、永遠に立たされるというものだ。サッカーは嫌い、サッカーファンはもっと嫌いとくる。ロビンソンの法則の完璧な例だからだ。人間のばかさ加減は、共通の目的のために一カ所に集合した人の数の二乗に、比例するという法則。

　駐車場でワルどもに囲まれて立ちながら、ロビンソンの法則の改訂版を新たに立証するものが、もうじき得られるかもしれないと思っていた。本能は回れ右をして逃げろと告げた。大急ぎで。だが、〈猿小僧〉がオレたちのまわりで跳ね、その猿の注目の的を眺めようと、鋲のスパンコールに飾(かざ)られた〈巨石〉が近づいてきた時、いつも英雄的な新しい友人に小声でこう言われていた。「じっとしてるんだ。何も言わずに」

　そこで、じっとしたまま何も言わずにいたが、B(バリー)に命じられたからか、金縛りになるほど怖かったからかは、オレの自我のためにもあまり深く追求しないほうがいいだろう。

　しかしながら幸いにも、〈巨石〉のしつこい問いに対するBの返事には、ワルどももオレに劣らずめんくらってくれた。

32／「クワート　ユイ　オプ?」バリーが効果を上げるために間をとって繰返す。

「きゃあ！」〈女顔〉の声は、かわいい赤んぼ二人を見かけた時もかくやと思わせる。

「外人なんだ。だからおかしかったんだよ」

　これを聞くと、仲間の大半は興味を失い、娯楽場のほうへぶらぶら向かいだす。

「どっから来たのさ？」〈女顔〉がそろそろ近づく。「フランス人？」〈猿小僧〉がそばへ来て、パリのセックスシンボルの歩きかたと想像しているものを演じる。「フランス語しゃべる？」とＢの顔のすぐそばでまぶたをひらひらさせる。

「クワート？」バリーはすっかりとまどった顔になる。

　神さま助けて！　オレは突然、信心深くなる。

「フランス語じゃねえぜ」〈人参頭〉が言う。（教養があるのだろうか？）

〈女顔〉が顔をバリーにぐっと近づけ、はずしっこない距離からゆっくりはっきり発音する。「あんた？　どこ？　から？　来た？」

　まだ残っていたわずかな仲間が、オレたちをもっとよく研究しようとのそのそ近づく。汗と油とたばこ臭い息の匂いが鼻をつき、口を閉じていやすくしてくれる。

「おい」〈玄関マット〉がいきなり興奮を見せる。「ロシアじゃねえさ。ロシアはでけえんだ。

「まぬけ！」耳たぶのないやつが言う。「ロシアじゃねえか？」でぶでよ。鼻がぶっとくて」

「鼻がぶっとい？　そんなばかな話どこで聞いた」

「ほんとだってば。ロシアなもんか」

「けど結構かわいいよ」と〈女顔〉。「イタリアかなあ。イタリア人って、恋人にしたらすごいんだって」

「違うんじゃねえか」〈人参頭〉が言う。「イタリア人は言葉のしっぽにァとかオとかつけて、女のけつをつねるんだぜ。こいつらはしてねえ」（教養もこの程度か）。

「てめえらァ、イタリアーノオ、喋るかァ？」〈猿小僧〉が空中で手をくねくねさせる。

「オプ？」とバリー。

「とにかく、あたいはかわいいと思う」〈女顔〉が言う。

「ワート　クイオプ。イト　ロプ　ウエ　クイ？」

「どこ……？」〈女顔〉はサウスエンドを腕でざっと示し……「あんた……？」バリーをゆびさし、ついでに顔と胸を指で撫でおろし……「来た？」

「ああ！」光明が射したかのように言う。「アート　オリン　ピア」

「オーリン・ピーア？」〈女顔〉は顔をしかめる。

「クイ！」

「どこだ、それ？」〈玄関マット〉が言う。

「てめえが知るわけねえだろ」〈耳たぶ〉が応える。「自分ちも知らねえくせして」

〈玄関マット〉は〈耳たぶ〉の腎臓を乱暴になぐる。〈耳たぶ〉は大声を出すが、ばかにしてか、痛いからか、オレには知る隙も与えられない。

「どこだか知らないけど、あたい気に入った。とっときたいくらい」

「おい」〈人参頭〉が言う。「サウスエンド案内してやんねえか」

「娯楽場見せてやろうぜ」と〈猿小僧〉。

「うん」〈女顔〉はバリーとオレの間に入り、バリーの腕をとる。「そりゃいい。こいつ、あたいの」

やだ、助けてくれ！　オレは頭の中で悲鳴を上げている。

「行こうぜ」〈巨石〉が言う。

33／仲間意識によってむりやり娯楽場に連れこまれる間、バリーはアートだのクワートだのロプだのオプだの言い、オレはマネキン並みに黙りこくって、怖さのあまりやはりマネキンに近いくらいこちこち状態。二人とも背中をはたかれ、ふざけてこづかれ、じゃれつかれひやかされ、何かと口実をもうけてはキスされ、抱きしめられつかまれる。

入口で残りのつむじ風と合流。オレたちは流されるがままに、娯楽場の遊園地を嵐のように騒々しく荒っぽく襲う。それほどやくざじみていない金曜の宵の歓楽客が、バイク用ブーツをはいたオレたちの行進する足の前に、おびえたスズメのように散る。会場の係員が遠くで警告の声を上げる。父親や母親は、じろじろ見ている子供たちを脇へ引き寄せ、オレたちをにらみつけて暗い呪詛の言葉をつぶやき、時にはやじり、嘲笑とお返しの合唱に見舞われる。缶ビールが手から手へ渡され、からになると蹴飛ばされる。〈猿小僧〉が、甲状腺ホルモンが多めの十歳児並みに興奮しながら、跳ねるように先頭に立つ。

〈北斗七星〉と呼ばれるジェットコースター、バンパーカー、〈たこ〉、さまざまな回転木馬や見世物。オレたちは、整然としているとは言いがたい軍隊行動めいた形でその全部を楽しむ。別の種類の軍隊が到着する前にと。どれにも金は払わず、ほしいものがあれば取り、支払いを丁重もしくはぶしつけに要求されても嘲笑う。雄鶏のように威張り、飛んだり走ったり跳ねたりすべったりひっくり返ったり、総じて爆発的に楽しい時を過ごす。回転する〈たこ〉に乗った〈猿小僧〉は、花火や爆竹に火をつけ、やじうまの中に投げこむ。水切りをする要領で人の顔の池に。やじうまが散らばるのが何よりうれしく、歓声やヨーデルやわめき声で満足のほどを示す。

そのあとじきに、例の別の種類の軍隊が到着する。

「サツだ！」〈猿小僧〉がどなる。自分に甘い大好きなおじさんでも見かけたように。

近づいてきた青服は総勢四名。素手とひさし帽と腕まくりで完全武装。だが殺人光線銃を手にした侵略軍か、特殊航空部隊派遣の歩兵大隊ででもあるかのように、見たとたんにオレたちのバイク仲間は四方に一目散に逃げ出す。

騎兵隊が助けにきた、とオレは思う。脱出の時は近い。

だが違う。とことん忠実なことに、〈玄関マット〉、〈耳たぶ〉、〈女顔〉そして〈巨石〉がバリーとオレのまわりを固め、〈人参頭〉と〈猿小僧〉が後ろを警戒しながら、ひっぱったり押したりこづいたりしてオレたちを逃げ出させ、娯楽場を出、人でごったがえす〈黄金の一マイル〉に沿って、勝ち誇ったように桟橋のほうへひっぱっていく。

こうして祝いながら前進し、ディジーランド児童遊園（ピアス穴あけ二ポンド五十ペンス）、森番亭（ランチタイムはストリップショーあり）、ハッピードローム劇場、脈打つポップスがやかましいラスベガス娯楽センター、はやぶさ亭、〈ケンタッキー・フェア〉、揚げ物の音がやかましく、酢をたっぷりかけてくれる海鮮食堂の前を通り、さらに、オレが希望を全て失いかける頃になって〈希望ホテル〉、コーニー・アイランド・レジャー・センター、モンテカルロ・ビンゴ、ガーデン・ディスカウント・ハウス（すでに閉店）、大波亭、レジャーが慌しさを意味するハーバーライト・レジャー・センターを通り越し、なおも〈全南部で評判のルイス・マンジの店〉、〈トッツ子供服〉、ミシシッピー亭、パピヨン亭（サウスエンドのヴィクトリア朝風パブ）、ローズが休憩知らずで働くローズ食堂、自由の鐘亭（勇気印ビールをどうぞ——そろそろ息が切れて、ほんとに必要になってくる）、〈海鮮〉に劣らずやかましくて気前のいいクラーク高級魚介食堂を通りすぎ、マリーン特売店とオリンピア娯楽センター（大ビンゴ）にたどりつくと、警笛を鳴らす車を傲然とかわしながら道を足早に渡り、西の遊歩道に出て桟橋の頭にたどりつき、白塗りで飾り狭間のある〈蠟人形館、恐怖の部屋あり〉のウィンドウの前の、保護のための手すりに、息を切らして一列になって倒れかかる。永遠に恐怖の表情を変えない男が、永遠に揺れ続ける振り子式の斧により、永遠に半分にちょんぎられているのを息をはずませながら見つめ、追いつ追われつの身ならではの笑いを楽しむが、バリーもオレも加わらずにはいられない。

「気をつけねえと」〈玄関マット〉が永遠の蠟細工の恐怖をゆびさしながら〈耳たぶ〉に言う。「てめえもああなるぜ」

「ちょんぎる役はてめえだろ」と〈猿小僧〉。

「それもいいいな」〈玄関マット〉は答える。「ゆかいじゃねえか」

34／【即時再生】

遊園地。数による匿名性。こわもてのいじめっ子の楽しみかた。冗談や、やじや、けたたましいおしゃべり。ちんぴら仲間の乱暴なスキンシップ。けんかっ早い者ばかり大勢いることから来る自信。わざと人のそしりを買うことの、ぴりぴりするほどの興奮。法の番人を刺激する危険な満足感。

オレはその全てを感じ、全てを知る。起きる端から。そしてこの不良グループがこうする理由も悟る。これがはけぐち。仲間になる道。こいつらにとっての魔法の豆缶。一体であること。ほかの形では口にすることも、見せることもできないもの。一緒に群れている間にも感じられる寂しさ。

思考を麻痺させるこうしたスリルには、強い伝染性がある。おまけにオレは喋るわけにいかない。ひとことでももらせばおしまい。罠にかかったようなもので、逃げようがない。

35／年寄りのゴリラが蠟人形館の、〈入口〉と記されたドアから出てくる。「おい」とオレたちの群れに声をかける。「ぞっとするような見ものなら、中にいやってほどあるんだ。そこでウィンドウ占領して、ただで人に見せてちゃ困るんだよ。消えろ。あっち行け――どっかほかで遊んでろ」

「おじいちゃんの言ったこと聞いた？」〈女顔〉が言う。「失礼だよ！」

修辞的な質問が、管理人のはげかけた頭に浴びせられる。たとえば、最近、鏡見たことあるのか、と〈猿小僧〉が知りたがる。〈耳たぶ〉は、おい、もうろくじいさん、この耳たぶさまが剝製にして、ウィンドウの人形たちと一緒に並べてやろうかと聞く。〈人参頭〉は、「てめえ、いつもそんなに朗々と喋るのかい？」と、それまで誰にも隠していた機知をひらめかせる。〈巨石〉はただ片方の手と腕を突き出し、老人がみずからの体にとらせるべき姿勢を示唆する。

だが移動することはする。観光客が少しばかり楽しむことさえいやがる行楽地について、不満をこぼしながら。

36／スパイクを見かけるのはその時。

訂正：スパイクがオレを見かけるのはその時。

（スパイクをおぼえているか？　行きあたりばったりで肉感的な気のいいスパイク、〈でんぐり号〉の持ち主の？）

訂正の訂正：フォート蠟人形館から後ろ向きにふらふら退却したオレが、はずみでスパイクにぶつかり、文字通り腕に抱きとめられるのはその時。そういう体勢になったからといって、必ずしも異議を唱える気にならない時もある。だがこれはそういう時では絶対にない。

「気をつけろ！」スパイクは言い、きっぱりオレを押しのける。

やつだと見てとってオレはびびる。だが自分が押しのけているのが誰か気づくや、スパイクはいつもの気前のいいやつに戻る。

「よう、ハル！」と言う。「どこ行くんだい？　ビル・ヘイゼルのとこでパーティがあるんだ。来ないか?」

オレはしゃっくりで答える。

近づいてきた族が、にわかにそれまでより大きく、乱暴そうで、数もふえて見える。

「こいつ知ってんのか?」〈巨石〉が砂利のような声で、オレの頭ごしにスパイクに言う。

ヒック、とオレ。

「関係ないだろ?」スパイクが答える。

「あのなあ……」とオレの隣でやはり囲いこまれているバリー。

ヒック、とオレ。

「こいつら、英語喋れんじゃねえか!」〈耳たぶ〉だ。「なんか変だと思ってた」

「待ってくれ」バリーが言う。「説明するから」

「外人じゃないの?」〈女顔〉は怒ると同時にがっかりしてもいる。「ウェールズ人ですらないの(ウェールズはイギリス西部の地域。もとは別の国だった)?」

ヒック、とオレ。

「だからさ、冗談だったんだよ」バリーが言う。

「おれたち、笑ってるか?」〈巨石〉が応じる。

「やっちゃえ」〈猿小僧〉はざまあみろと言いたげだ。「ほら、一発ぶちかましたれ」

「うるせえ」と〈巨石〉。

ヒック、とオレ。

「てめえ、ダチかよ?」〈巨石〉は「ダチ」という言葉にばかにした含みを持たせる。

「そうだよ」スパイクはオレのほうにうなずく。「こいつの。それがどうした」

ヒック。

「自信がありそうだぜ、こいつ」〈人参頭〉が言う。

「勝ち目があると思ってんのか?」〈巨石〉はオレを押しのけ、道連れになって以来初めて笑顔を見せる。

バリーが、「こいつは関係な……」

「おれは野郎と話してるんだ。鼠(ねずみ)とじゃねえ」〈巨石〉はスパイクから眼を離さない。

ヒック。「ビルのパーティにヒックほうがいいよ、スパイク」

スパイクは肩をすくめる。「かまわないさ。おまえのことが先だ」

「勝ち目があると思ってやがる」と〈巨石〉。

「何をやるかによる」

〈巨石〉は肩を怒らせる。「手荒なことはしねえさ。ちびのガキ一人が相手じゃ」

まわりの勇士たちからひやかすような歓声が上がる。

「やれるもんならやってみな」スパイクは答える。

〈巨石〉は鼻であしらう。「大きな口たたくな、ガキ」

「このガキは大きな口なんかたたいてないぜ、ガキ」

「へぇえっ——聞いたかい！」〈人参頭〉がかん高い声を上げる。

ヒックとオレは言い、もうだめだ！　と思う。望みはない。

「どっちにする？」〈巨石〉が言っている。「そのにやけ頭つぶされたいか？　腕をへし折られたいか？」

「験かつぎに両方じゃどうだ」と〈猿小僧〉。

「ついでに金もかち割っちゃえ」〈女顔〉が言う。

本気なのは疑いの余地がない。


37／この時点で、言いにくいことだが、次に何が起きたのかはっきりしなくなる。〈女顔〉の提案は突然、さし迫って排尿する必要があることをオレに意識させた。それまでの数分間の緊張だけでなく、〈女顔〉の希望が実行に移されそうだった事実にもよるものだろう。それがオレの注意をそらした。いずれにせよ、あとでバリーとスパイクがそれぞれ話してくれたことをはぎ合わせた結果、実際に起きたのはこういうことだった。

バリーが介入を決意する。〈巨石〉とスパイクの間に割りこむ。〈その後考えたのだが、これは犠牲的勇気のなせるわざだったのだろうか？　それとも、〈今月の英雄〉のはずだったのに、〈巨石〉にもスパイクにも無視されていることへのやっかみが動機か？）

次の瞬間、B（バリー）は地べたにくずおれている。あとで説明してくれたところによると、誰かの靴――本人の考えでは〈玄関マット〉の――がわざと前に突（つ）き出されたのにつまづいたそうだ。

だがスパイクは、〈巨石〉がバリーの下腹部に当て身をくらわせ、倒したのだと主張している。

バリーは、そうだとしても殴られた記憶はないと言った。というより、その後の乱闘中にあまりにも蹴られたり踏（ふ）んづけられたりしたため、その時もその後も、どの痛みがどれによるものかよりわけられなかったと。

なんにしろ、バリーは倒れる。オレは本能的に助けようと屈みこむ。スパイクの話では、その同じ瞬間に〈巨石〉が、だいたいスパイクのみぞおちの方向にパンチを繰（く）り出す。ところが、こぶしはゴールにたどりつく前に、降下しつつあったオレの頭と出合い、オレの左頬、鼻、そして口に命中する。

その勢い（および当然の反応）で、オレは反転し、バランスをくずし、ショックを受けながらも顔を守ろうと両手で覆う。（おそらく、まだ頭がばらばらにならずに肩の上に乗っているか、確認する意味もあったろう。体から吐き出されてしまった気がした)。

屈んだ姿勢で身をよじったはずみに、頭が〈女顔〉の腹に激突する。

〈女顔〉は悲鳴を上げて体を二つ折りにする。すなわち、屈んでいたオレの体の上に倒れこんできて、背中に半ばかぶさり、オレの頭を下敷きにして押さえこむ形になる。そして倒れまいとそのへんのものをつかもうとした手が、オレのある部分に出くわす。先ほど口にした、誰かの金をかち割りたいとの希望を実行に移す気なのだと思い、オレは自衛上すさまじい勢いで体を起こす。

〈女顔〉は上へ跳ね飛ばされ、宙を飛び、〈巨石〉とスパイクの間に落下する。スパイクによれば、実に優美で完璧なとんぼを切って。

〈女顔〉にとって悲しいことに、〈巨石〉はまさにその瞬間、またもや一発繰り出している。今度はだいたいスパイクの顎の方向に。スパイクは再び一歩下がっている。

〈女顔〉が二人の間に落下してくる。〈巨石〉のげんこつがばしっと小気味よく、異議を唱える〈女顔〉の口と出合い、いっぺんで口と持ち主の両方に鳴りをひそめさせる。

〈女顔〉はぐったりとなり、やっと両手両足を突いて起き上がりかけていたバリーの上に落ちる。バリーは今や意識のない娘の体重を受け、またもや伸びてしまう。

この頃にはオレは、〈女顔〉の噴射台をつとめた時にバランスをくずし、地面に倒れこんでいる。気がつくとどぶにあおむけになっており、その後の進展を溝の視点から見る。

リーダーが〈女顔〉をのしてしまったのを見るや、〈耳たぶ〉と〈玄関マット〉は、交尾中のオオシカの声もかくやと思われる音を発し、助けに突進してくる。どっちも情熱の対象に注意が集中しているため、相手が近づいてくることには気づかない。

二人は倒れた〈女顔〉の体の上で頭から正面衝突する。ブロックを叩く槌、パックを打つホッケー・スティックの音。〈玄関マット〉と〈耳たぶ〉は跳ね返り、頭を押さえて苦痛と怒りに毒づき吠える。

だがここで〈巨石〉が動く。〈玄関マット〉と〈耳たぶ〉が額を寄せるまでの間、そこに寝ている〈女顔〉をあっけにとられて眺めていたのだが。〈玄関マット〉らが視野に侵入してきたことが再び〈巨石〉を活性化させる。いっそう怒らせもしたらしい。なんといっても、〈女顔〉は〈巨石〉の彼女。だのに〈玄関マット〉と〈耳たぶ〉がこうして、騎士道精神豊かな求愛者の熱意に溢れて、助けようと飛びついている。それまでは賢明にも隠してきたと思われる〈女顔〉の魅力への献身を、はからずも露呈してしまって。いまや怒りと困惑と焦りと敗北を燃料に眼を燃えたたせ、〈巨石〉は〈玄関マット〉と〈耳たぶ〉の髪をつかみ、乱暴に脇に投げ飛ばす。倒れまいとつかまり合うが、〈玄関マット〉は〈猿小僧〉にぶつかり、つんのめらす。

歩道に音を立ててひっくり返る結果に終わり、互いをどなり、殴ることでうっぷんを晴らす。一方、〈耳たぶ〉はあまりの勢いで〈人参頭〉にぶつかったため、歩行者が十五フィート下の子供用ゴーカートレーンに落ちるのを防いでいる歩道の手すりを、もろともに越えていく。二人はうつろな悲鳴をほとばしらせながら視界から消える。

〈巨石〉がこぶしを固め、全身の縫い目をはちきれんばかりにして大音声に呼ばわる。

「アイスクリーム！」

実際に〈巨石〉がどなった言葉がなんだったのか、あとで多少もめる。オレはずっと、〈女顔〉の本名と思われる「アイリーニ」という名を叫んだと思っている。バリーは、〈女顔〉の革ジャンに覆われた胸という毛布の下で聞いたからとはいえ、〈巨石〉がもうこんな遊びは沢山だと判断し、喉をうるおそうと、通りかかったアイスクリーム屋の車を呼んだものと考えた。だがスパイクは、自分に最後の猛攻を試みる前に、イーストエンド（ロンドン東部の貧しい地域）のときの声の一種を口にしたのだと言い立てている。

〈巨石〉の成功をこれ以上阻むものは何もないようだったので、スパイクはなんとかしたほうがいいと判断し、さらなる回避行動をとることはせず、自分のほうから反撃に打って出た。

〈巨石〉が本当はなんと言ったにせよ、実際に起きたのは、スパイクがなめらかに効率よく進み出、〈巨石〉の鼻に一発、猛打を浴びせ、続けて歯が咬み合わさるようなアッパーカットを顎にくらわせたことだった。

お見舞いしてやれ、ワンツーパンチ……そうだ、そこでワンツーパンチ……〈巨石〉は後ろへよろめく。信じられないという顔で、鼻から血を噴出させて。身震いする。地面のほうにくずれる。ノックアウト。

38／それはそうと、この全て（ビット37の全て）が十秒とかからなかったことを述べておくべきだろう。現実にものごとが起きる時間より、本で読むほうがずっとかかることがこれで証明された。（自分で書く場合はもっとかかる。ビット37を書くには午前中いっぱいかかった）。あと、これも参考のために記録しておくが、オレたちがちょっとばかりもめていた間、

＋オレのおふくろと親父はテレビで金曜名画座を見ていたが、その晩は『明日に向かって撃て』だった。二人とも、すでに四回も見ていた。親父はほとんど寝て過ごし、撃ち合いの時だけ起きた。おふくろはそういう部分では雑誌を見、ほんとはまるで違うものを見たいと思っていた。

＋ゴーマンのおばさんは『ミス・ピンカートン、死にに来る』――それまでもその後も聞いたことのない本――を読み、章と章の合間に家族のアルバムに眼を通していた。同時にコーヒーも飲んだ。二時間で六杯。

＋カーリはその日の夕方、オレと別れたあとで浜辺で会った（ナンパされた？）男と、ディスコで踊っていた。英語はきれいとはいえない男だったが、相当かわいかったのでつきあってみた。だがヤニ臭いのがわかり、途中でおっぽり出して、一人でぶらぶらうちに帰った（と本人は言っている）。

＋〈巨石〉の仲間のバイク野郎たちは、森番亭で酔っぱらうべく努力しながら、ストリップが始まるのを待っていた。だが始まらなかった。土曜のランチタイムだけのショーで、店の外のポスターを注意して読んでいればわかったはずだった。結局、けんか沙汰になって店を追い出され、たまりたまったうっぷんを、ベンフリート町のごろつきどもと浜辺で殴り合いになることで解消した。青服が到着した時にへべれけかぶちのめされたかで逃げられなかったやつらは、やがて警察の車で運ばれていった。

オレたちはなんて楽しく忙しい世界に住んでいるんだろう。

39／スパイクはオレを助け起こした。バリーは〈女顔〉の下からもがき出た。オレたち三人は、〈巨石〉とその仲間を集まってきたやじうまにゆだね、道を渡った。

「二人とも大丈夫か？」スパイクが言った。「怪我は？」

バリーが答えた。「腕のいい整形外科医なら直せる程度さ」

「新しい顔を作るとか」とオレは言った。左の頬にはさわることすらできず、鼻はクリスマスどきの風船大に感じられ、上唇ははれあがって裂けている。鼻も口も出血がひどく、唾を呑みこむたびに、いまにも息が詰まるか、あっぷあっぷして溺れるのではという気にさせられた。言うまでもなく、頭の中では誰かがロックをがんがん鳴らしていた。

「ちょいとばかしひどい顔だな」スパイクがオレの顔を点検する。「この光じゃ誰でもだが」道ばたのナトリウム灯のことを言っているのだった。気がつかなかったが、たそがれは闇に道を譲っていた。

「何時だい？」口と鼻をハンカチで押さえ、顔をしかめながら尋ねた。

「十一時半」スパイクは腕時計を参照した。「ビルのパーティがちょうど盛り上がってる頃だ。どうする？」

オレは首を振り、そうしたことを後悔した。動かしたせいで核融合が起きている。

「うちに連れてって、きれいにしてやったほうがよさそうだ」バリーが言った。

「好きにしな。じゃあな」スパイクが町の方角に歩きだした。

「おい、スパイク」オレは後ろから呼びかけた。振り向く。「ありがとう」

「おまえのためなら」とにっこりした。「いつでもこいさ」手を振り、歩いていった。

バリーとオレはゴーマン家への最短距離をとった。バイクは、とりあえず今夜は運命に委せることにした。（翌日、B（バリー）が取りにいってみると、置いてきたままの場所にちゃんとあった。連中は親切にも復讐を、タイヤを切り裂き、ヘッドライトを割り、リアミラーを壊すにとどめていたのだ。ヘルメットもハンドルからぶらさがったまま。何はなくても正直者ではあったというわけ）。

幸い、オレたちが着いた時には、おばさんはぶじベッドの中で、夜ごとの睡眠薬の影響下にぐっすり眠っていた。

40／オレたちは鏡の宮殿で服を脱いだ。お互いの傷をそっと調べ合う。オレははれた顔と裂けた唇。バリーは両の脇腹と腿の打ち身と、歩道の砂利がつけた手や膝のすり傷。その程度。

そして、ほかになんの言い訳も必要とせずに、初めてお互いの体の線をさわり、抱き、愛撫していた。

シャワーを浴びた。オレがバリーのすり傷を脱脂綿できれいにする。バリーがオレの唇にばんそうこうをはる。

いまや頭がぼうっとし、冒険の匂いとお互いを発見し知ることに酔って食事をし、ビールを飲み、バリーの部屋のベッドに寝そべって、その夜のことを反芻した。

「クワーティとかいうあれ、なんだったの？」オレは尋ねた。

「タイプライター語じゃないか、ばかだな！」

「タイプライター語？」

「Q・W・E・R・T・Y・U・I・O・P・疑問符。タイプライターの一番上の文字列」

「どうかしてるよ！　暴走族にばらばらにされかけてる時に、タイプライターの文字思い出すなんて」

「親父とよく遊んだんだ。ゴーマン語(ご)って呼んでた。退屈な時とか、なんか落着かない気分の時とかあるだろ。そういう時、でたらめの言葉で喋(しゃべ)り合ってた。で、おれのがオリンピア語だったわけ」

「オリンピア語？」

「おれのタイプライターにちなんだのさ。オリンピア社のだったから」

「オリン・ピア！　あのときのやつらの顔！　オレにもギリシャ語（オリンピアはギリシャ語起源の言葉）並みにちんぷんかんぷんだった！　変わった趣味のやつだとは思ってたけどさ」

「おまえのことも含めてな」

そう言って、オレに〈サウスエンドみやげ〉をくれた。


うらやましいか？

41／「泊まってけよ」バリーは言った。「もうこうなったら」

　腕時計を見た。二時半。

「だめだよ」オレはベッドを出た。「おふくろがめちゃくちゃ心配する。晩くまで出歩いてたってだけでものすごくしかられる」

「じゃあ、明日泊まれよ。前もって言っとけばいい」

「今日だろ！　わかった。けどこれじゃオレ死んじゃうよ」

　服を取りに手を伸ばしたところだった。バリーはまだ裸のまま、夜の重さに劣らず深刻な顔でそばへ来た。

「おまえときたら死ぬ話ばかりだ」オレの腰に腕を回し、服を着るのを中断させた。

「そんなに死ぬのが怖いか？」

「べつに」

「じゃあ、なんでその話ばかり」

「興味があるからだよ。君、ないの？」

「あんまり」

「おとうさんのことは？」

「気になるのは、親父がもうそばにいないことさ。一緒にいられないこと。おれ、好きだったから。寂しくて当然だ」

「ほらね」

「わかってないな、ばか」オレにキスした。「おれが言ってるのは自分のことなんだ。生きてるのに、親父がそばにいないこと。死に関して、人が本当に動揺させられるのはその点だけだから。いてほしい人がもうそばにいなくなること。けど、おまえが気にしてるのは、死という発想そのものだ。違うか?」

「まあね」

体をもぎ離し、服を着始める。バリーはベッドに寝そべって見ていた。

「じゃあ、死んだ人の気持ちは?」オレは言った。「君のおとうさんは?」

「何もありゃしないよ。死が終わり——無——を意味してるなら、何を気にするっていうんだ。けど、もしほかのことを意味してるとすれば……そうだな、教えてやる。もしほかのことを意味してるとすれば、親父はいまだって、自分もそいつになじめるよう段取りをつけてるはずだね」

服を着終え、引きあげるしおどきを待った。**訂正**:帰る気分に自分を持っていけるのを待った。本当は泊まりたかった。見つけたばかりの魔法の豆缶を、たとえ一秒でも手放したがるやつがどこにいる?

「死についてどうすればいいかわかるか?」バリーは言った。

首を振る。どっちみち、死のことは考えていなかった。

「笑い飛ばすんだ」眉をつりあげ、どう思うかと問いかける。

「そりゃ、いま言うのは簡単だよ。現実に死にかけてるわけじゃなし」

「なあ」ベッドをおりてオレに近づいた。あの危険な笑みを浮かべながら。「おれと約束しよう」

「いいよ。一度だけならなんだってやるさ」

「どっちかが先に死んだら、残ったほうはそいつの墓の上で踊るんだ」また眉をつりあげた。

オレは笑い、ドアに向かった。

「前にも言ったけど、君ってどうかしてるよ」

「ふざけてると思うのか」

振り返って向かい合った。バリーは部屋のまんなかに立っていた。

「いいや。どうかしてるだけ」

そばへ来た。オレの髪を指でつつく。

「この髪の毛、なんとかしないとな」

「たとえばどんなふうに?」櫛を渡した。

「わからない。明日やってみる」

オレの外見を整え終えると、一歩下がって頭のてっぺんから爪先まで眺め回した。

微笑(ほほえ)んだ。わがもの顔で。

それからふいに、握手を求めてきた。理由もわからないまま握る。力をこめてきたのでひっこめるのが難しくなった。

「約束しろ」

「それって――」

「おれが先に死んだら、おれの墓の上で踊るんだ」

「もう、バリー(ビー)、ばかなこと言うなよ」

「おれは真面目だ。約束しろ」

「八十まで生きるぜ、きっと」

「けちつけるのよせ」

二人とも笑った。

それでも離してくれず、つかんでいた右手に左手まで添えてきたので言う。「でも――」

「でももくそもない。いいから約束しろ」

「なぜさ?」

「おれのために」

何も考えていなかったこの二時間から揺り起こされ、まじまじと見た。

「オレ、くたくたなの。放してよ」

「いやだ。約束しろ。そんなに難しいことか？」

「違うけど――」

「じゃあなんだ？」

「わからない。理解できない。それだけさ。意味がない」

「だから約束してほしいのかもしれない。おまえに理解できないから。おまえは理解できないと何もしない。そうじゃないか？　そればっかり求めてるだろ？　理解することばっかり。けど世の中には理解できないこともあるんだ。それともできるのか？　できるもんか。だから約束してくれ。おれのために」

もう言い争っても無意味に思われた。オレにそうしてほしいというなら、拒む必要がどこにある？　向こうもオレがほしがっていたものをくれた。そして今は、ばかみたいな誓(ちか)いを求めている。守る必要なんか、まず生じそうにない約束。魔法の豆缶を持った男の子が、オレに誓いを立てさせたがっている。そういうことなのだ。その瞬間には、バリーのためならオレはなんでもした。

「約束する。君のために。理由はそれだけ」

そして誓いに封印をしたのは、ないない島（ピーターパンの住む島）で傷をつけられた手ではなく、あざになった口に重ねられた裂けた唇(くちびる)だった。

第三部

死が最大の刺激だ。
だから最後まで取ってある。
——落書き

1／始まりから終わりまで七週間だった。

オレが海藻びたしになってから、あいつが死ぬまで四十九日。あいつが〈あれ〉になるまで。

千百七十六時間。

七万五百六十分。

四百二十三万三千六百秒。

その間ずっと、そしてその後もかなりの間、オレは考えた。なぜバリーなのか？　なぜあいつであって、たとえばスパイクではないのか？　外見が気に入っただけのはずはない。肉体的なことだけ、セックスだけだったはずはない。だろう？　それともそうだったのか？　それだけのことだったのなら、スパイクが相手でも同じ。愛していたのかもしれない。オレはそう思っていた。その言葉の意味と理解している限りにおいて。

わかる時はあるのだろうか？　その時が来ればわかると、前は思っていた。考える必要なんか何もなく、即座にわかるものだと。

だが、確実にわかっていたのは、いくら一緒にいても足りなかったことだけ。オレはいつも一緒にいたかった。だのに、一緒にいればいたで、まだ足りなかった。バリーを見て、バリーにさわって、さわられて、喋るのを聞いて、こっちもいろいろ話して、一緒にいろいろしたかった。ずっと。昼も夜も。4、233、600秒間。

例をあげよう。バリーがオレを店にひとりにすることがよくあった。オレは戻ってくるのをじりじりして待つ。眼と頭が二、三秒おきにドアのほうへさっと動くので、客はきっと、けいれんでも起こしていると思ったことだろう。だが、〈最高の彼氏〉が姿を見せるが早いか、何が起きているかは見違えようもなかったはずだ。なにしろオレはすっかりうろたえてしまい、自分のすべきことがまるでわからず、バリーのことしか見えなくなる。そばにいるのにまた馴れるまで。

まるでペットの犬だ。しかも、自分がそうなっていることも、ちゃんとわかっているのだった。

最初は自分を抑えようとした。だがむり。どうにもならないこと、一種の強迫観念だったのだ。抵抗は不可能。しばらくすると、自分の態度がどうとか、人がどう思っているとか、気にするのをあきらめた。気持ちを隠すのが苦しすぎたうえに、どっちみち成功していない。みっともないざまをさらしていただけ。だから表に出るに委せ、起きるに委せた。すぐに気分が楽になった。ずっと自然に。自分がコントロールできている気に。そういうものなのなら、違うふりをしてどうする、と自分に言い聞かせた。

この点について、二人で話し合ったことはない。話ならいつもしていた。だがこの部分については一度も。どうせバリーの言うことはわかっていた。「おれは感じたままにしてる。それだけのことさ」

いまのオレは、起きたことを全て、頭の中で繰返し（くりかえし）さらっている。話したことの全て。したこと。どんな細かい点も。どんなささいなことも。ささいなかけら（ビット）を組み合わせて、一つの〈大きなビット〉にしようとしている。何かしらすじの通る全体に。意味の通るものに。〈**意味**〉。大文字の。あいつをオレに、オレを自分自身に説明してくれるもの。何もかもどういうことだったのか、説明してくれるもの。

ここからのビットは、楽しかった頃（ころ）のビットだ。つきあいだして最初の月曜、オレが店で働き、夕方は毎日、そして夜も大半は一緒に過ごしていた頃から、終わった金曜までの。

2／最初の一週間がすぎると、土曜の夜は必ず、そして平日の夜もほとんどはバリーの家に泊まるようになった。

「君のおかあさん」最初の晩、オレは言った。

「え？」

「気にならないの？」

「お堅いやつだな」

「どうなのさ？」

「おふくろは、知りたくないと思うことは知らずにいるのが得意なんだ。知らずにいられないことも、医学が消してくれる。親父が死んでからずっと睡眠薬服んでるよ」

だが絶対に知っていたはずだ。どうして知らずにいられる？　だからこそ、法廷でのあの態度が理解できない。オレがバリーに道を踏みはずさせたとか、無茶をさせたとか……そういうこと言って。気が狂っているんだ。

3／「ハムなんかどうだ？」ある晩、バリーは言った。

「ユダヤ人のくせにいいのかい、おにいさん（ユダヤ教徒は豚肉は食べない）」

「茶々入れるな」

　何が言いたいのかさっぱりだったので、「お好きにどうぞ」と言うと、それまでもらったことのない形で〈サウスエンドみやげ〉をくれた。そういうものなら沢山くれた。新しい体験。バリーのわくわくするところの一つ。次に何が起きるのか、前もってわかったためしがなかった。

最初の驚きが薄れると、この体験は楽しめた。

4／ある朝、日の出のすぐあとに眼が覚めた。バリーと一緒だと早起きは好きだった。一番気持ちのいい時。静かで。温かくて。外で早朝の物音がしていて。眠気のなごりがあって。あいつがいて。あいつを見て。バリーは眠るのも、ほかのことと同じようにした。徹底的に。

その朝はもう起きてこっちを見ていた。

オレにキスして言った。

「愛(いと)しき者よ、眠れる頭を
我が不貞なる腕に人らしく横たえよ、
物思いする子らの
ひとりひとりの美しさは
時と熱とに焼かれ、墓は
幼子(おさなご)のはかなさの証(あかし)
されどこの腕に夜明けまで
生けるものは横たわれ、
死すべき身として、罪深く、

だが我には全てうるわしく」

オレは、礼のつもりで、「詩人なのに本人は知らないんだ」と言った。

「天才の卵が聞いて呆(あき)れる」バリーは笑った。「オーデン（W・H・オーデン。イギリスの詩人。のちにアメリカに帰化。一九〇七～七三）の詩だよ。W・H氏のね。妙な偶然だ」

「偶然って？」

「おいおい、オジーも大変だぜ、こりゃあ！　シェイクスピアじゃないか」

「シェイクスピアがどうしたのさ？」

「参った参った！　なんて無知だ！」

　この知ったかぶりに微笑(ほほえ)み、つい自慢そうな顔になった。「天は二物を与えずって言うだろ。こんなに若くてきれいなんだもの」

「シェイクスピアが十四行詩(ソネット)を捧げた相手がW・H氏というんだよ。恋人だったと一般に思われてる」

「ああ、そういうこと！」光明が射した。「けど、罪の意識になんか、君はこだわらないって思ってた……『死すべき、罪深き……』なんとかってとこ」

「うん。オーデンもだろうな。けど、これを書いた時とは時代が違ってるから」

「いつだったの？」

「さあね。一九三〇年代だと思う」

「だいたい、どこでおぼえたんだい？」

「オジーに六年級に誘われたのは、おまえが初めてじゃないんだぜ」

驚いて頭を上げ、そちらを向いた。「君も？」

うなずいた。

「ってことは、学校やめた時、あいつの六年級の英文クラスにいたの？」

「やめることずいぶん惜しまれたよ。おれもそれなりに素質があったから」

「えらそうに。けど、なんでさ？」

「言ったろ。あいつは狂信者なんだ。この世の何よりも英文学が大事だと、心から思ってる気がする。おれがやめるって言ったら、自分の才能への裏切りだ、金の神に魂を売り渡して、独占欲の強い母親に負けて、と言われた。容赦ない言いかただった」

「だって、説明したんだろ？　店のこととか——どう感じてるかとか。わかってくれなかったの？」

「おまえはわかってくれたか？」

「最初はわからなかった。でもいまはわかる。一緒に働いてみたから」

「オジーを雇えってのかい？」

「そしたら笑えるね」

「おまえは笑えても、客は面白いとは思わないかもしれないぜ」

「自分がいいと思わないものは売ってやらなかったりして」

「一つ学ぶ必要があるな、相棒。O先生も人間なんだ。従って、かわいいおばかさん、間違うこともありうる」

その点は追求しなかった。言い争うには心地良すぎた。その代わり、六年級の英文学クラスを中退するのが、バリーにとって何を意味したかを考えた。部屋の中の、本や、写真や、積み上げられたCDや、全体の雰囲気——オレが好きでたまらない理由——を見まわし、重大でなかったはずはないのを知った。

しばらくして言った。「今でもつらい?」

すると息を吸いこんだ。「オジーのことかい? それとも英文学あきらめたこと?」

「両方」

腕をはずし、あおむけになり、両手を頭の下で組んだ。

「両方ともな」

声には苦いものがこもっていた。

どちらも二度と口にしなかった。

5/三週間めのある朝、バリーが席をはずしていて客もいなかった時に、帳簿をつけていたおばさんが言った。「おとうさんが亡くなって以来、あんなに幸せそうなバリちゃんは見たことないわ」

「よかった」オレは答えた。

バリーとつきあっていることに関して、おばさんが何か言ったのは初めてだった。最初はオレのことをお気に入りの客扱いした。甘やかし、圧倒されるほど世話を焼き。そのうち突然、意識的に決断したかのように、家族の一員として扱い始めた。洗濯物を出させたり、用事を言いつけたり、逆らうとしかったり。だが、絶対知っているはずなのに口にしないことがあった。B(バリー)がオレと寝ていること。それについて何か言うつもりなのだと思い、その場合どう答えればいいのかわからずにいた。

「父親が死んだあと」おばさんは続けた。「あの子ったらすっかりふさいで。かわいそうに、少し荒れてたの。家にもほとんど寄りつかなくなって。それも――そのう、感じの悪い人たちと一緒のこともよくあった。ためにならないような人たちと。心配でたまらなかったわよ、ハル。あんたになら言える。わかってくれると思うから。でも今はまた、すっかり幸せそうになった。いい形でよ。わかる？　昔のあの子に戻った」

気をよくし、ばつが悪くなって（なぜ？）、カウンターからジャケットを何枚か取り上げ、ディスプレイ棚に置いた。

「二人ともほんとに、お互いのためになってる」オレがまたカウンターの後ろに戻ると、おばさんは言った。「二人でなら、商売ももっとうまくやれるかもしれないね」

「どういう意味ですか？」

するとペンを置き、オレの肩をつかんで自分のほうを向かせた。「考えてたのよ。あんた、ここで正式に働かない？　いい話よ。お給料もいい。二年ぐらいして、あんたがもう少し大きくなり、仕事の段取りをおぼえたらもしかして——もう一つお店を開いてもいい。二つ持つの。一つは、日帰り客がみんな行くサウスエンドの商店街に。どっちかをあんたが切り盛りするのよ。町なかの一等地のもっと大きなビルに移転してもいい。うちの人もずっと、あそこに店を出したがってた。あんたとうちのバリちゃんが組めば立派にやれるわ。どう思う？」

どう思っているのか、自分でもわからなかった。バリーともっと一緒にいられるということ以外。

「わかりません」と答え、沈黙したあと、口に出して言えるのはそれだけだったので、「バリーはそうしたがってるんですか？」と尋ねた。

おばさんは眉をつりあげ、肩をすくめた。「言葉に出して言ったわけじゃないけど。でも——バリちゃんのことなら、あたしはよくわかってるの。あの子のことだから、考えちゃいるに決まってる。あんたも考えてみてくれない？」

「考えときます」オレは答えた。

6／けさ、勘定してみたら、一緒に過ごした七週間の間にオレたちは、

＋〈カリプソ〉で十二回出かけ、一度はケント県沖まで行き、その夜は船に泊まって、翌日うちに戻った。

＋本を八冊読んだ。

＋初めて一緒に出かけた晩のやつも含めて、映画を四本見た。

＋食事を百九回、一緒にとった。朝食が二十三回、昼食が四十四回、夕食が三十一回、ピクニックが九回、そしてベッドでの夜食が二回。

＋バイクで約八百マイル走った。ほとんどは近所を走っただけだったが、ある日曜は日帰りでノリッジまで行った。

＋文字通り一緒に寝たことが二十三回、形はいろいろ違っても婉曲表現で言えば寝たとなることが五十五回。

＋電車でロンドンに芝居を見にいき（このあとのビット11を参照）、むかつくピカデリーの屑どもの間をつっきまわった。

＋何百時間も音楽を聞いた。（店があったので）。

＋手紙を五通やりとりした。バリーからオレへのが三通、オレからバリーへのが二通。

＋話に熱が入ってやめられず、徹夜したことが四回。（正確には、四回とも午前五

時には寝たのだが、その頃には夜は明けていた)。

＋お互いにプレゼントを六個買った——一週間に一つの割合。七週めにオレがやったプレゼントが死だった。

7／こうやってリストにするとせかせか忙しそうだ。だがその頃は時間なんか意識しなかった。離れている場合は別で、そういう時は時間が無限に感じられた。一緒にいる限り、時間はどうでもよく、オレたちのやっていることもどうでもよかった。何かしても、一緒に何かしたかったからというだけの理由で、必要があってしたことなんか一つもない。絶対的なことは一つだけ。二人が一緒にいること。

オレはそう思っていた。

8／「おまえはどんなものが怖い？」ある晩、徹夜で喋(しゃべ)っていたのが終わりに近づいた頃、バリーが尋ねた。

間髪を入れず、自分では冗談のつもりで「君さ！」と答えた。そのあとで本音だったと知った。

バリーは無言だった。オレも自分でめんくらい、無言で待っていた。

ついにうなずき、微笑(ほほえ)んだ。「おれも自分が怖いよ」

9／二週めにオレにくれたのは黒いスウェットシャツだった。

「なんでいつも同じもんばっか着てるんだよ？」と訊かれた。「金か？」

「だけじゃない」

「じゃあなんだ？」

「何が着たいのか決められないんだ。何が似合うのか、わかったためしがない。理由はわからない。店で何か見かけていいなと思っても、試着してみるとどっか合わなくて」

「簡単だ。おまえに似合いそうな服知ってる。おれが選んでやるよ」

そうした。やはり合わないと思った。だがバリーの好みだったので着るようにした。
二、三日前に、その服を全部裏庭に持ち出し、焼却炉に入れて燃やした。そこに立ったまま、燃えて灰になるまで見ていた。

10／あの七週間のことを、もっと何ページも書くつもりだった。オレたち二人が一緒にいてどうだったか、わかってほしかった。バリーがどんなだったか。オレにどんなだったか。オレがバリーをどう見、どう知り、どう思っていたか。

けど今朝、起きるとすぐ、ここまで書いたことを全部、特に昨日書いた部分（第三部の、ここまでのビット全部）を読み返してみて、すぐにわかった。むりなのだと。

言葉が正しくない。とにかく**正しくない**。オレが言わせたいことを言っていない。うそをついている。真実を隠している。言葉を読んでみると、言うべきなのに言っていないことが感じ——**感じ**——られる。意味は言葉の陰に隠れてしまっている。言葉は煉瓦（れんが）。壁を作っている。裏で起きていることを見えなくしてしまう壁。こもった物音がもれてきはするが、意味はどうにも、ほんとにはどうにも聞き取れない。音の主が殺されかけている人なのか、遊んでいる子供なのか、抱き合っている恋人たちなのか、本当はありもしないことを起きているように見せかけているやつなのか。

もう少しで全部破いてしまうところだった。何ページも全部。一時間も座りこんで、自分をばか呼ばわりした。

それから思った。要するにこういうことなのだ。オレは自分でもわかっていない。だから言葉も、オレが言わせたいことを言ってくれない。

ほらな、またただ。今、オレはなんと言った！　今の文を見てくれ。オレは自分でもわかっていない。これは、オレ自身、自分のことがわかっていないという意味か……？　それとも、オレにもバリーのことがわかっていないという意味……？

実を言うと、こうやって書いてみると、どっちの意味もあたっているのがわかる。だがオレ自身は、あとのほうを意味して書いた。けど、説明しなければわからなかっただろう？　確信は持てなかったはずだ。とにかく、言葉が完璧に正しいことは絶対にない。

だからもう一度言い直す。

要するに、オレはバリーも、バリーの事情も、自分の事情も、自分自身も、ちっとも理解していないのだ。

それなら、あんたにわかってもらうにはどうすればいい？　最初は、起きたことをその通りに書きつけ、できるだけ沢山書いていけば、説明になるだけでなく、自分でも理解できるようになるかもしれないと思った。だがうまくいっていない。じゅうぶん書ききれない。いつも余りが出る。書いたことも全部は言えていない、何も本当には説明していない。何一つ。だから書き続ければ続けるほど、何を理解するのも難しくなる。

二、三日前、ここに座って、理解できないという事態に抵抗していた時、バリーの顔がもう頭に浮かばなくなっていることにふいに気づいた。まだこれっぽっちの時間、ほんの数週間しかたっていないのに、もう頭に浮かばない。どう見えたかは感じることはできる――妙なものだろう？――だが思い描くことはできない。頭の後ろのほうにかすかに、さっとひらめいたと思うと、ちゃんと見つめるひまもなく消えてしまっている。カメラのシャッタースピードが速すぎると、フィルムに映像が記録されないように。かすかにぼやけたものがあるだけ。出現しそこなった幽霊。

写真があれば、それほどつらくはない。だがお互いの写真は一度もとらなかった。必要になるなんて思いもしなかった。いつも一緒にいるのになぜわざわざ?

たったいま、ゴーマンおばさんの家へ行ってきた。もう落着いているかもしれないと思って——期待して。またオレに会ってくれるかも。口をきいてくれるかも。説明させてくれるかも。写真をくれと頼んでみるつもりだった。けど、オレにはドアも開けてくれなかった。中からどなっていただけ。何がほしいか言ってみた。おばさんはヒステリーを起こしかけた。ぎゃあぎゃあわめいて荒れ狂って。まだちっとも落着いていない。あの日、あのことが起きた時と同じ。だから帰ってきた。

11/それで思い出したが、ロンドンに一度だけ、芝居を見に出かけた時のことを——もうどうでもいいのだが——書くつもりだった。見たのは国立劇場の『ハムレット』。劇場を出ると、すぐ前を歩いていた女がわっと泣きだした。連れはきまり悪そうにおたおたし、やはり劇場から出てきた人が何人か、見て笑いだした。バリーはそばへ近づき、「大丈夫ですか? 何かできることありますか?」と言った。すると女は、涙をぽろぽろこぼしながらバリーを見、微笑んで肩をすくめ、首を振った。「いえ、いいの。お芝居のせいよ。お芝居のせい」

その女のことは、理解できずにいるのがオレたちの眼にも明らかな友達にゆだね、劇場からウェストエンド（ロンドン中心部の繁華街）のほうへ、ウォータールー橋を渡っていった。二人とも口をきかなかった。橋を半分渡ったところで、バリーがオレを見ずに言った。

「難しいのは思い出すことなんだ」

どういう意味かわからなかったので黙っていた。また少し歩いたところでバリーは、今度はオレを見、混乱しているのに気づいた。「ハムレットの悩みだよ。父親の幽霊が『わしを忘れるな』と言うだろう。けど、思い出せないのさ。だからあんなに罪悪感がある。だから父親の肖像を首からぶらさげている。思い出せるように。だから母親にむりやり見せる。母親のこと、父親を忘れてしまったって責めるけど、本当は自分のこと言ってるんだ。ハムレットがおかしくなりかけているのは、自分の罪悪感のせいなんだよ。母親がおじさんとくっついたからじゃなくて」

ストランドに入り、トラファルガー広場のほうへ行く。

「さっきの女が泣いてたのも、それなんだと思う。あの女は知ってたんだよ。思い出せないのに思い出すべきだと思う気持ち。いや、ある意味じゃおぼえてはいるんだ。だけど顔が浮かんでこないし、思い出してももう取り乱さない。それで罪悪感をおぼえる」

もちろんこの頃には、バリーの言っているのが自分と父親のことなのに気づいていた。なんと言えばいいのかわからなかった。

するとオレを見て微笑み、日頃の普通のバリーの顔になった。「おれを忘れるな！」とその夜の芝居に出てきた幽霊の声色をまねる。だが本音の部分もあって、オレに向かって言っているのがわかった。

「誓え！」なおもハムレットの父親の幽霊の声で言われた。

オレは笑い、向こうが冗談のふりをしているので、こっちもそれで通そうとした。だがあの誓い——あのめちゃくちゃな夜のふざけた誓いのことを考えているのがわかった。前の時もオレは真面目にとらず、今度もとっていなかった。バリーが本気なのは感じ、おびえはしたものの。バリーには時々、怖くなることがあった。そう言ってやった時、オレは一つの真実を発見していたのだ。何が怖かったのかはわからないが、怖いと感じるのはいつも、バリーがオレに多くを求めすぎていると感じる時だった。与えられるまで待とうとせず、勝手に奪う。同時に必ずといっていいほど、求めていたものを結局は手に入れていないという気がした。そういう時はオレに失望していると。

続けられない。ひどい気分だ。頭痛がこめかみの間で眼を、万力にはさんだココナツみたいに締めつけている。吐きたい。便所へ行ってくる。

12／昨日の午後はあまり気分が悪くて、寝こむはめになった。同じことが前にもあった。バリーが死んでから三、四回。切りつけるような鋭い痛みを秘めた、押しつぶされそうな頭痛。眼がしょぼしょぼし、明るい光に耐えられなくなる。吐くが、胃液ばかりのいやな吐きかただ。脳天を割られ、体が冷えきってもろくなり、ぶちのめされた気分になる。神経がぴりぴりする。はじかれて鳴っているのがわかる。しまいにはふとんを何枚も重ね、窓のカーテンを閉めて横になるしかなくなる。

おふくろは偏頭痛と呼んでいる。そうなのかもしれない。だがオレの呼びかたは違う。おぞけ。びびり。恥。罪の意識。出てこようとする封じこめられた怒り。自己憐愍。

その全部。まとめて全部。災害区域。

鏡をのぞき、自己嫌悪にかられる。ばかで弱いことに対して。

頭痛が始まる前は何も感じられない。何についても、誰についても、何一つ。やんだあとも、やはり何も感じられない。感じるふりはする。感じている態度はとる。だけど感じられない。何も。

バリーが死んでからずっと、そういう状態だった。それがいっぺんに全部、うみのように噴出する。発作じみた形であらゆることを感じる。感じた全てがオレの中でからまり合って吹きこぼれ、爆発寸前の圧力鍋みたいなこの頭痛を起こす。最後はみずから吐き出される。みじめさの噴火。

言ったろう、一番最初に。オレはどうかしていると。

絶対にどうかしているのだ。ほかに説明がつくか？

13／昨日、なぜ気分が悪くなったかわかるか？　頭痛がやみ、吐気がおさまったあと、夜中に考えてみた。おさまったあとはいつも、一、二時間ほどだが気持ちが落着く。消耗しきっているが、終わったと知ってほっとする。またまともにものが考えられるようになる。まあ――まともに近い線で。

昨日、気分が悪くなったわけは、もうじきバリーの死のことを書かなければならないと知ったからだと判断した。これまでずっと先延ばしにしてきた。文字にすることに耐えられなくて。ほかの人が読む文字に。

そう判断すると同時に、もう一つ判断したことがある。バリーの死について書くのをこれ以上延ばしたところで、なんの役にも立たない。早く書いてしまったほうがいい。ページに言葉を吐き出せば、はらわたを便器に吐き出すのも終わる。

14／これで全部だ。さまざまな体験。書かなかったこともまだどっさりある。オレたちはそれをともにした。あいつとオレ。オレの中のあいつ。あいつの中のオレ。オレたち。

経験は、銀行に預けている金のように、自分の中でだんだん積もり積もっていくものなんだろうか？　利息がついて、いずれは本当に大きなものが買えるくらいたまるんだろうか？　巨大な超新星並みの体験が。

オレなら何を買うだろう？　ためこんだ経験の全部で。オレたちだったものの全部で。

いまでもそれはオレたちなのだ。オレの中では。オ、レ、の、頭、の、中、で、は。

第四部

1／終わりが始まったのは、七週めの木曜にチョークウェル駅の近くの浜で、バリーとオレがカーリに出会った時だった。

カーリをおぼえているか、ノルウェーから来たオペアの？　相当すごくの彼女。二度と会うことはないと思っていた美人。

「こんにちは、ハル」カーリは、アフロディテ（ギリシャ神話の美の女神）のように海から立ち上がって呼びかけてきた。バリーとオレは潮位線（満潮時に水の達する地点）のすぐ上で服を脱いでいるところだった。海の中でビキニからこぼれたところを調節しながら、にこにこ顔で近づいてきた。

思考の光線が頭の中で炸裂し、原子を分裂させた。カーリがオレを――驚きとうれしさ――おぼえていてくれたこと。この数週間でずいぶん裸を焼いたらしいこと。バリーが眼を丸くしていること。その瞬間にもオレが、位置の低すぎる膝(ひざ)をカーリの点検にさらしていること。

赤くなって迷った――またジーンズを引き上げるべきか、それとも膝蓋骨(しつがいこつ)を無視してさっと脱ぎ捨てるべきか――はずみに、オレは砂の上にひっくり返った。

「あたし見てそこまでする人、普通はいないわ」カーリはそばまで来ると言った。「でもすごくゆかいよ」

バリーもゆかいに思っているようだった。オレはジーンズを足首にくしゃくしゃにしたまま、なんとか立ち上がった。

「カーリ！」くくられた足をほどこうとぶどうを踏みしだくようにした。「カーリはノルウェーから来てるんだ」バリーに言う。「こっちはバリー」カーリに言う。「カーリは英語の勉強にオペアしてるんだよ」バリーに言う。「ずいぶん上達したみたいだね」カーリに言う。「何週間か前に初めて会ってさ」バリーに言う。「ほら、最初の晩——だから、暴走族と会ったあの夜、店に行く前に」

「ああ」バリーはカーリに大きな笑みを浮かべた。カーリも大きく微笑み返した。

「やあ、カーリ」

「こんにちは、バリー。実を言うと、二人とも前に見かけてるの。黄色い船に乗ってた。相当速そうに見えた。きれいな名前がついてたと思う」

「〈カリプソ〉」バリーが答える。

「〈カリプソ〉。それよ。あなた上手ね」

「あそこにあるよ」オレはゆびさした。「あの緑色のキャビンクルーザーのすぐ向こうにもやってある」

「ああ、ほんと。見えた。相当きれいよね」

「そのうちカーリも乗せてあげないとな」バリーはオレに言ったが、眼はまだカーリを見ていた。「航海用語を教えてあげよう」

「それも相当楽しそう」

「帆船は操れるかい？」バリーは尋ねた。

「誰かに指図してもらえれば」

（あとでわかったが、ひかえめな表現もいいところだった！　バリーより上だったのだ）。

「人に指図するのなら、バリーは得意だよ！」オレは笑いながら言った。

「泳げるかい？」

「もちろん」

「よかった。ハルは転覆が得意だから」

カーリは笑った。「あなたがリードしてくれたほうがよさそう」

「心配いらないさ。こいつなら黙っててもするから」膝蓋骨がなんだ。カーリは膝どころか、オレのどこにも眼もくれていなかった。オレはジーンズをさっと振りほどき、払った砂をそよ風が二人のにやけた顔に吹きつけるようにした。

「とても楽しそう」カーリは砂嵐を黙殺した。

「今すぐ行かないか？」バリーが腕を取り、小型ヨットのほうへ案内しかける。

「いいわね！」

オレは装備の入ったセイルバッグをつかんであとを追った。


2／オレに思い出せる限りではそんな感じのやりとりで、そうやって終わりは始まった。だが、それが困る点で——**訂正**：それが困る点の一つで——終わりのことはあまりよくおぼえていないのだ。それが人に話すうえでの障害にもなっている——警察であれ、うちの親であれ、オジーであれ、ミズ・アトキンズ、あんたであれ。ばかみたいだろう？　ほかのことは細かくおぼえている。救出された時のこととか、あの最初の晩、映画館で一緒に座っていたこととか。後者については言うべきことはたった一つ、オレたちが一緒にいた、ということだけだ。だが心臓の鼓動の一つ一つでそう綴ることができるくらい、オレはどの鼓動も全ておぼえている。合間に起きたことも全部。（少なくともそんなふうに感じている！）〈**偉大な瞬間**〉だったからだ。そして、あれが〈**偉大な瞬間**〉だったのは、**一緒にいた**からにつきる。ほかには何もない。実際にそばにいたことだけ。体と心の言葉。

そこへいくと、終わりの始まりは〈**偉大な瞬間**〉ではなかった。ちんけ。なまくら。本当にあれしかなかったのだろうか？　オレが大事な部分を忘れているだけか？　記憶は辛い経験を抑圧してしまうことができるという。〈偉大な瞬間〉の一秒一秒を鮮明に記録できるのと同じように。本当のことに違いない。さもなければ、みんな恐怖の瞬間をおぼえているはずではないか。たとえば生まれた時のこととか。死ぬ時のことも、すんだあとは思い出せるのだろうか？

続けろ、続けろ……

3／一緒。

あいつの手がカーリのうなじにかかる。

撫でる。

手に入れるために。

4／隣のやつの墓の草は青い。

5／次の朝、バリーが店に姿を見せたのは十時半だった。オレはもう来ていた。八時十五分からずっと。義務感からではない。〈うるわしの王子〉のそばにいたいという飢えた欲望のせいでもない。かんかんになっていたせいだった。

嫉妬？　オレが？　まさか！

ドアから入ってくるや、オレと眼が合った。オレの眼に怒りの光線が見えなかったはずはない。バリーの眼には——ざまあみろ！——恥ずかしさの塵、悪魔のへつらい。だがやつは、後悔をおぼえていたにしても、意気揚々たる顔の陰に隠していた。

「やあ、ハンサム！」誰もいない店内を歩き回り、ジャケットのディスプレイにあいそよく話しかける。「商売はどうだい？」

「少々ってとこ」いやみたっぷりに答えた。

「少ショーほどすてきな商売はない」そして反応がないと見ると「ドッカーン！」

「楽しい晩だったかい？」オレは事務作業をしているふりをしながら言った。

「組んずほぐれつ。独創的。ぷち・ぷち・ぷりん」挑発の棘をつけた言葉を投げつけながらうろうろ歩き回る。「新鮮」

「いやになるほど北欧じみてるな」

＊この部分を読んだオズボーンは、「この調子で続けると、いまに宗教に走るようになるぞ。わかってるんだろうな？」と言った。オレは、「先生が死ぬまでは大丈夫ですよ！」と答えた。「本当に死が頭にこびりついているんだな、ハル」と言われたので、「無意識です」と答え、「死が頭にこびりついてりゃ当然だ」と言われた。

「性的刺激の叙事詩」

「想像がつく」

カウンターごしにまともにオレと向かい合った。「そうかい」と皮肉った。「おまえにどうしてわかる？」

挑発していたのだった。間違いない。

「先生がよかったからね」眼には眼を、尻軽には尻軽を。

「いくらゆうびんにおだてたってこの男（メール）は手に入んないぜ。今日はな」

「こっちこそ、ノルウェーからの傷ものなんかお断わりだ」

すると頭を振りながら乗り出してきた。「今朝の誰かさんはちょっぴりごきげんななめみたいだな」

「誰かさんがちょっぴり裏切ったようにね」

ここから荒らげた息、不機嫌な顔、きつくひきしめた口、うわずった声、言葉の悪意のぶつけ合いが始まった。

「図に乗るな」バリーがけんか腰で言う。

「オレが図に乗る？　よく言うよ！」

ばかみたいだ、とオレは思っていた。こんなことしたくないのに。なぜしているんだ？

ゆうべ、何度も眼を覚ますたびに、冷静でいろ、落着きを保て、かっとなるな、怒りを見せるな、と自分に言い聞かせてきた。だのにいまは全く反対のことをし、言うまいと自分に言い聞かせてきたことを言っている。頭の中のスイッチが混線し、〈切〉が〈入〉を意味し、〈よせ〉のボタンが〈やれ〉の回線を作動させているかのように。まるで自殺プログラムを組みこまれたロボット。

「おれはおまえの持ち物じゃないぞ、ガキ」

「そんなこと言ってない。それにガキってなんだよ」

「そう思ってるのが態度に出てる。ガキなのもな」

「オレは友達だと思ってただけだ」

「ただの友達か?」

「なんとでも呼べよ。言いたいことはわかってるだろ。なにしろ、そっちから迫ってきたんだから」

「おれが……迫って!……ばか言え!」

鼻で笑われて、やばいスイッチが一斉に入った。バリーが嫌いになりだした。傷つけたくなった。どんなやりかたでも。

「助けとやらに来たのはオレじゃなかったぜ。人のジーンズ振り回しながら」言葉を濃硫酸の塊(かたまり)のように吐き出し、あの最初の日の仕草をもじって、大げさにしなを作って添える。「人に熱い風呂をつかわせ、水夫同士みたいに自分の服着せて、食事しながら色目つかって、映画館ですり寄ってきたのは――」

「わかった、わかった――」

「もっと続けなくていいのかい？　まだまだいくらでも出てくるぜ」

「たいした硫酸工場だよ、おまえは！」足音を荒らげて事務所に入っていき、戸口のところから一発狙撃してきた。「ろくな抵抗されたおぼえ、ないけどな」

それから十分間というもの、お互いをすねた沈黙で攻撃し合った。客も一人二人はいたはずだが、おぼえていない。おぼえているのは、カウンターの後ろに立ち、ジャケット棚を茫然と見ていたことだけ。頭では何も考えていなかった。腹でしか。

腹が事務所のドアに近づかせた。オレが来るのが聞こえたのだろう、近づくと同時にバリーが動くのが聞こえ、戸口にたどりついて中を見た時には、鏡の前に立って髪をとかしていた。

「なぜ？」腹が言わせた。静かに。怒り委せではなく。

鏡の中のバリーの眼が、自分の髪を離れ、オレの顔をかする。

「なぜ？　おまえときたら、いつだって質問してばかりだ。なぜかなんて、どうだっていいじゃないか」振り向いてオレと向かい合った。オレの六フィート先に、蝋人形となって。「そうカリカリするなよ。もう忘れろ。何もなかったんだから」

「何も！」

「意味のあることは何もなかった。おまえが気にするようなことは……おれたちが気にするようなことは」

「それでも、なぜなのか知りたい」

ためいきをついた。「うっとうしいんだよ、ハル」

「なぜなのか、教えろよ」

「前にもあったろ。前はぎゃあぎゃあ騒いだりしなかった。もう勘弁してくれ」

「今度は違う」

「相手が女だったから？」

「それもある」

「ほかには？」

「オレをおっぽり出したじゃないか。それも露骨に。オレなんかいないみたいに、船の上でカーリにちょっかい出して。装備しまったりあと片づけしたりするの、全部オレに押しつけて、二人でさっさと降りて。おまけにオレが船をもやってる間に姿を消して、新しいおもちゃと都合よく行方不明になった。今朝の十時半にしゃあしゃあと、何も変わってないとあてこんで入ってくるまで。オレは君の下男でも、おとなしいお稚児さんでもないんだぞ」

「よくまあ、喋ること！　もういいか？」

「よくない。なぜやったのか、まだ知りたい」

「本気で知りたがってるとは思えない。ちょっと妬いてるだけだろ。むりもない。けどじきに忘れるって」

「子供扱いしないでくれ」

「してない、してないよ。たんま！　説明してるだけじゃないか！」

「今ののどこが説明だよ！」

「とりあえずいいだろう？」

「オレはよくない」

バリーは深呼吸をし、壁にもたれた。「わかった、わかった」と言った。「二人とも落着こうぜ。おれが悪いことしたと認めればいいんだろ。もうこのことでやいやい言い合うのはやめよう。忘れて、また二人で楽しくやろう。いいな？」

オレは首を振った。「悪いけど。今度はだめだ」

いつそう決めたのかわからない。あの場でだったのだろう。だがもう口にしてしまっていた。本気だと自分でもすぐにわかった。

嵐の前の静けさがあった。下生えの中のざわめきが。深い沈黙。眼を合わせ、息をひそめ。こんなつもりじゃなかったがしかたがないという、最後の見つめ合い。何かの終わり。何より悲しい瞬間だ。だった。

バリーが言った。「口に出さないほうがいいこともあるんだ、ハル。言ってしまったら、もうひっこめられない」

かたくなで疲れて苦々しい気分で答えた。「不滅の友情の誓いとか。墓の上で踊る約束とか。そういうやつな」

するとバリーの眼に怒りがこみあげ、頬が紅潮した。

「そんなに知りたいか？　いいさ、教えてやる」

「ああ」

「飽きてたんだよ」

「飽きて？」

「そう。飽きてたんだ！」

「何に？」

「何じゃない。誰だ」

「誰？」

「それ、質問か？　それとも驚いてるのか？」

「両方だよ。で、誰に？」

「おまえさ」

「オレ！」

気づかずにいたとは滑稽だが、そうだったのだからしかたがない。それでもなお、あいつの言う意味がわからなかった。

「オレたち、楽しんでたじゃないか」

「そこが問題だった」

「問題？　どう問題なんだよ？」

「おまえは楽しんでる。おれも前は楽しんでた。前は楽しんでたが、もう違う」

「なんで言わなかったのさ？　ほかのことやってもよかったのに」

「そういうことじゃない！」

オレはどなった。「じゃあ何なんだ！」

どなり返された。「言ったじゃないか！」

「もう一度言えよ！」

「何じゃない。おまえなんだ」

「オレが何なんだ？」

今度はバリーはどならなかった。絶叫した。「おまえに飽きたんだ！」言葉は分離し、発音され、腹へのパンチのように投げつけられた。その時は腹で考えていたので、息が詰まり、力が抜けると同時に絶句させられた。

バリーに背を向けて腰をおろした——へたりこんだ——事務机の回転椅子に。何も見えない眼で、机に散らかっている送り状やカタログ、試聴盤、テープ、予備のジャケット、手紙、帳簿、文房具を見つめた。おばさんが明日出てくる、と関係ないことを考えた。週に一度の爆撃で片づけるために。

バリーは後ろでまだ喋(しゃべ)っていた。「そりゃゆかいな時もあったさ。楽しく過ごせた。けどおれは、時々変化があるほうが好きなんだよ。いや、それ以上のものだ。できるだけなんとでも関わり合いたい」くすりと笑った。「できるだけ誰とでも。一人じゃ足りないんだ。おれには」

言葉を切り、オレが何か言うのを待っていた。だがこっちはショックでスローモーション状態。

バリーは続けた。「おまえをナンパしたのは、ちょっといいと思ったからだ——けどすぐに好きになった。おまえ自身が好きになったって意味だぜ。おれと同じこと望んでると思った。もっとよく知り合えば、一緒になんでもやれるって」

また沈黙。オレは防腐処理された死体。

そして再び、バリーの声がした。今度は静かに。「だけどおまえは違ったんだよな。おまえが望んでたのは、二人で一緒にやれることじゃない。おれの全部だった。全部ひとりじめすること。そういうの、おれには重すぎるんだよ、ハル。誰のものにもなりたくないし、からからになるまでしゃぶりつくされる気もない。誰にも。絶対に」

腹は原子炉になることに決めた。バリーの言葉が原子核分裂を起こす。爆発の時が来た。

にわかに眼の前の散らかりに耐えられなくなった。右腕のひと振りで、散乱した物を床に薙（な）ぎ払う。オレの歴史がさせたこと。おふくろとけんかしたあとお茶のテーブルを襲う親父の姿が、直後に記憶にひらめいた。

そこでやめなかった。立ってバリーに向き直ったのも、腹の爆発にあおられたバレエの一部。海の石を顔に投げつけたのは、親父の記憶のひらめきの複製（クローン）。腕で机を薙（な）いだ時、手がとらえ、怒りの鉤爪（かぎづめ）につかんだのが、ある日浜辺で見つけた真珠母色の石だったのだ。バリーは机に置いて文鎮にしていた。今はやつの頭を狙（ねら）う弾丸。

飛んでくるのを見てよけた。

よけた体が後ろの壁の鏡をさらけ出す。

ほんの一瞬、歯咬（はが）みし返す自分の顔が見えたと思うと、真珠母色の鈍器が鏡を砕き、オレの顔は細かいかけらとなって床に落ちた。

6／砕けた鏡は言葉の深いところを切りつけた。もう誰も無言。

亀裂の生じた瞬間に沈黙が入りこんだ。そして沈黙もまた耐えがたくなった。

オレは回れ右をして店を逃げだした。その朝は自転車で出勤していた。自転車をつかみ、あとも見ずにペダルをこぐ。

いまもその時も、頭の中にはある叫びがこだましていた。車の間を縫って朝も半ばの道を飛ばしていくオレの背中に、「ハル！　ハル！」と呼びかけるバリー。

本当にオレに呼びかけたのだろうか？　それとも自責の念が呼び起こした幽霊の声？　いまだにわからない。

7／五十分後、バリーは死んでいた。

バイクが道をそれ、立木に衝突したのだという。

という。言っているのは誰だ？　警察。新聞。ラジオ。

わかっていることは？

町のすぐ外の幹線道路を、サウスエンドへ向かってくるところだった。どこに行っていたのだろう？

目撃者の話では「まるで飛ぼうとしてるみたいだった。急にぶっとばして。信じられなかった。酔ってたかラリってたかしたんじゃないか。気が変だったのかもしれない」

実はそのどれでもなかった。だが同時にその全部だった。時間のない時間のあぶくに酔っていた。スピードにラリっていた。離陸した時は普段と違い、気が変になっていた。

正夢だったのだ。いや、自分で夢を本当にしたのかもしれない。どっちだろう？

思うのは、オレのせいだ、オレのせいで、怒りのうちに死んだのだ。

思うのは、違う、オレをやっかいばらいできて喜んでいたからだ。祝っていたのだ、自由を証明して。

思うのは、そんなことではない。カーリのせいだ。カーリが気に入ったから。

思うのは、そう、カーリのせいだが、気に入ったからではなく、気がとがめたから。後悔して死んだのだ。

思うのは、いずれにしろ、全部オレのせい。

思うのは、オレも一緒に乗っていればよかった。そうすべきだった。呼ばれた時に戻っていれば、そうなっていたかもしれない。だが、本当に呼んだのだろうか？

思うのは、いまもここにいてほしい。

思うことはいろいろあるが、いつも思っているのは一つだけ、いまもここにいてほしいこと。

だから頭がおかしいのはオレのほうなのだ。だから死が頭にこびりついている。

8／訃報を聞いたのは夕方の地元ニュースでだった。

店から自転車で戻り、おふくろには胃がむかむかする（あながちうそでもなかった）、仕事にならない、部屋にいると言った。

自分の部屋を出ず、耳をヘッドホンで押さえこみ、テープにあとからあとから耳を傾け、なんでもいいから手あたり次第かけ、やかましい立体音響が大脳のやわらかい中枢をかき消すに委せ、眼はどこも見ていないがあらゆるところを見ていた。

夕飯の時間。軽い不調をけなげに無視している演技をする必要がある。親父の考えかたでは、本当に病気なら床につき、医者を呼ぶ。そうでないなら黙って耐え、仕事する。

だから黙って耐えながら下におりた。台所ではラジオが鳴っていた――いつでも鳴っているのは、おふくろがそうでもしないと頭の中の雑音に耐えられないと言うからだ。おふくろの脳にはドルビーシステムがない。

オレは聴いていなかった。

「……バリー・ゴーマン、十八歳……」

いまは聴いていた。

その報せはオレを複合撞着語法（反対語を重ねて使うこと）に変えた。熱く冷え、ぐったり硬直し、頭がものすごい速さで回転していながら茫然とし、感情の欠落に気持ちがぐちゃぐちゃになり、腰をおろして歩き回りたく、部屋に隠れてバリーを知っていた全ての人、何が起きたのか正確に知っていそうな人と話しにかけ回りたかった。かあさんは聞いてこそいたが注意は払っていなかったので、オレと結びつけることはせず、グリルの下でステーキをじゅうじゅういわせ続けた。

食事はおぞましく感じられた。

オレは震え、わななき、股の付け根からけいれんがひろがりだした。

「出かけないと」とドアのほうへ向かう。「電話」おふくろが文句を言ったとしても、耳に入らなかった。

9／クリフ街道に自転車で向かった。

カーテンは閉まっていた。

玄関ベルを何度も鳴らし、ドアを叩いた。

応答はない。ついに郵便受け口の蓋（ふた）を上げ、中をのぞいた。ドアのすぐ内側に立っていた。黒一色に身を包んで。

「おばさん」郵便受けに口をつけて言う。

「やめて！　うるさくするのやめなさい！」声をひそめてとがめられた。

「オレです、おばさん。オレ――ハルです」

「わかってる」

「入れてもらえませんか?」

「だめ」

「けど、おばさん」

「帰って」

「——話があるんです」

「今日うちの子が死んだの知らないの!」

そして泣きだした。おいおいとではなく、手放しの焼けつくような激しさで。

「知ってます、おばさん。だから来たんです。たったいま聞いて」

「息子は死んだ」

「おばさん、お願いだからドア開けて」

するとと異様な、しめつけられるような声をほとばしらせ、オレに向かって吠えた。

「あんたが殺したんだ!」

郵便受けの蓋を放す。ぱちっと閉まった。


10/毎日言われることではない。聞くとショックだ。同じ言葉をすでに自分で思い浮かべていてさえ。オレはすでに思い浮かべていた。うちからクリフ街道まで、同じ文句、おまえが殺した、のエンドレス・テープが頭の中でずっと鳴っていた。だが他人に、声に出して、否定を許さぬ勢いで言われるのとは違う。

オレはドアを見つめるばかりだった。動けなかった。口がきけなかった。意思を失っていた。

長い静寂があった。もちろん、オレの中だけの静寂だったに違いない。車も通りすぎたろうし、人も通ったはずだ。もしかしたら喋（しゃべ）ったり笑ったりしながら。匂いをかぎにきた野良犬もいただろうか。鳥は鳴いていたに決まっている。着いた時には、二軒先の歩道で子供が遊んでいた——いまは思い出せる。その子たちはまだ、お互いにぎゃあぎゃあわめき合っていなかったか？　八月の宵だ。芝刈り機は草の上でうなっていただろうし、開け放しの窓は中のやりとりを語っていただろう。だがそのいずれもオレの耳には入ってこなかった。そしてそのいずれも、ただの一秒たりとも、悲しみにより変えられたり影響されたりすることはなかった。

そこへ、ドアの向こう側で、おばさんが厳しい口調で言うのが聞こえた。「……わかった？　帰って。警察呼ばせたいの？」

むし暑い八月に寒い冬が訪れた。オレはぶるぶる震えだした。人のいないところで暖かく丸くなり、何も考えずにいることしか望まなかった。

ゾンビ状態でうちに戻り、二階に上がってベッドに入り、繭（まゆ）のように包みこむシーツの間でなおも震えながら、さいなむような悲しみ相手にスクラブル（アルファベットの記されたタイルで言葉を作るゲーム）をやった。

11／**かなしい**【悲しい】（形）1．悲しみをおぼえること、不幸。2．上記の感情を喚起、示唆、もしくは表現するもの。「悲しい話」。3．不運な。不本意な。みすぼらしい。なげかわしい。「彼女の衣類は悲しい状態にあった」。［古代英語sæd〈疲れた〉、古代北欧語sathr、ゴート語saths、ラテン語satur、satis〈じゅうぶん〉と同根］。

悲しい　不幸、運がない、呪われた、不運、宿命の、断罪された、哀れな、かわいそうな、みじめな、ふさぎこんだ、憂鬱（ゆううつ）な、つらい、失意の、遺憾な、情けない、うちひしがれた、泣きぬれた、涙の、哀惜の、不満な、失望した、不服な、くやしい、恥ずかしい、うらめしい、惜しまれる、慙愧（ざんき）にたえない、悔やまれる。

その全てが長く続く夜にまんじりともせずに。

辞書は言葉の鉱脈だ。掘ればあたる。だが何も言ってくれない。

12／夜が明けたあとで眠った。ようやく暖まり、自分の地獄の火に疲れはてて。

七時半、サイが登場するが（記憶が欠如している人は第二部・ビット12を参照のこと）、今日は暴走していない。カーテンを引き開けさえしない。そうする代わりにベッドのかたわらに立ち、受け皿の上のカップをかたかたいわせ、オレの肩を、サイにしてはやさしいとしか言いようがないやりかたで押した。

「かあさんが紅茶持ってけとよ」と、今回ばかりはおちゃらけではなく（洒落にするつもりはなかった）本当に、無意識から浮かび上がって身じろぎしたオレに言った。馴れない贈り物を受け取るひまもくれずに、枕もとのテーブルに置く。

オーブンから出したての加熱皿みたいなまぶたの隙間から、眼をこらして見た。

「大丈夫か？　かあさんが少し心配してるから言うんだが。ゆうべ帰ってきた時、ただいまも言わなかったそうじゃないか。せっかくとっといた晩めしも食わなかった」

「ごめん。ショックだったもんで」

「うん、まあ」足をもぞもぞ動かす。「なんのことで？」

「知らないの？」

知らないとは信じられなかった。自分が何時間も同じことばかり考えていると、世間の人もみんな考えていたような気になる。自分の頭が世界じゅうでたった一つのラジオ局で、みんなが傍受していたみたいに。

とうさんは傍受していなかった。「何があったのかわかるわけあるか？　何も話してくれんのに」

否定できない。だが話すのは、声に出して言うことを意味する。初めて。言っても自分がばらばらにならずにいられるか、自信がなかった。

ゆうべ服を投げつけておいた椅子の端にとうさんは尻を乗せ、膝に肘をつき、両手を前で組み合わせて、こっちへ身を乗り出した。オレは焦った。部屋で腰をおろされたことは一度もない。六歳ぐらいの時以来。

「何か言ってくれよ、ぼうず。かあさんが——。わかってるだろ、かあさんがどんなか」

体をそろそろと起こし、行動で情動を隠しながら、ぶっきらぼうな口調で、怒っている印象を心ならずも与えつつ、「バリー・ゴーマンが死んだんだ」

とうさんは眉をつりあげ、口角を引き下げた。「昨日か?」

うなずく。

「どうして?」

「バイクの事故」

いまやオレのほうからは見ていなかったが、じっと見つめられているのは感じた。もう何日も、何カ月も、二人きりでこんなに長く過ごしたことはない。

しばらくすると、「やけに参ってるみたいだな。いやな、知り合ってそれほどたってないじゃないか」

「七週間」

「うん、まあ、こういうことはあるもんなのさ。いちいち落ちこんでたらだめだ」

沈黙。階段がきしる。

その時なら説明できた。説明したかった。何もかも。あの時ほど親父に話しそうになったことはない。だが言うべきことが多すぎた。それにその瞬間、階段のきしりがオレの中の、その気になっていた部分を全部冷凍してしまった。

再び、とうさんを見ても感情を出さずにいられるようになった。

するととうさんは、「ゴーマンの奥さんは？　どんなようすだ？」

「こたえてる」

「当然だよ。奥さんの身にもなってやらんと。できるだけの助けを必要としてるはずだ」

オレのは必要としていなかったが、それも説明できなかった。

「オレにできることなんて」何か言わないわけにいかずに言ったが、頼りなく響くのが自分でも聞き取れた。

「店はどうする？　なんとかせんわけにいかんだろうが。おまえがいればずいぶん助かる」

「このまんまおっぽり出すわけにはいかん。奥さんにはよくしてもらったんだ。雇ってもらって、いい給料もらって。少しは支えになってあげんと。こういう時こそ忠実なとこ見せて」

「かもしれない」

また間があった。ばつの悪い、長い間が。眼のやり場に困る。

とうさんはためいきをつき、立ち上がった。「で、どうする？　起きて店に出るんだろう？」

できっこない話をしない限り、返事も不可能なはずだったが、「うん」

すると微笑んだ。オレは十歳の子供に戻った。「すぐおりてくると、かあさんに言っとくよ」ドアのところへ行き、開けたが動きをとめ、オレをちらりと見、鼻をすった。「なんか困ったことがあったら」と言った。「助けてほしいとか――誰のとこ来ればいいか、わかってるな」

うなずいたが返事できなかった。

「うん、まあ」とうさんは言って部屋を出た。

13／浴室でマクリーンズ歯磨きを使いまくっているうちに、ふと思いついたのが、

（一）まだ店の裏口の鍵を持っていること、（二）とうさんが正しくて、今日だけでも

店のめんどうを見てあげればおばさんも助かるかもしれないこと、（三）手伝ってあげれば、また好きになってくれるかもしれないこと、だった。

だが、はるかに重要で、自分にさえ認める勇気のないことがもう一つあった。バリーのいたところにいたかったのだ。バリーのものだった物にふれたかった。そして、思考とも気分とも違う、不思議な感覚に襲われた。店に入っていけば、いつものようにバリーがいて、あのけんかについて冗談を言い合って――

冷水を何度もすくって顔にかけた。

鏡に映った自分を見ようとはしなかった。自分の一部分たりとも見るに耐えられなかった。

14／バリーがいるという感覚が最強になったのは、店の裏口を開けた時。あまりに強くて信じてしまった。

名前まで呼んだ。「バリー！」

返事はなかった、もちろん。

事務所にかけこんだ。何もかも片づいている。机も整然としている。オレが引き起こした床の惨状はどこにもない。一瞬のほんのかけらだけ、すぐにもバリーが入ってくる、何もかも夢だったのだと信じ、微笑んだ。悪夢だったのだと。

そして振り返り、割れた鏡のからっぽの枠が、見えない眼で壁からオレを見つめ返しているのを知った。

鏡に口をきかせる方法なら知っていると言ったろう？

15／その瞬間から、バリーを見なくてはならないことがわかった。バリーを？　バリーの体を。死体を。それが求めている証拠だった。必要としている証拠だった。バリーの死の。この眼で見れば、信じる以上にわかる。わかる必要があった。どうしても。だが死体はどこにあるのだろう？　どうすれば見られる？　自宅だろうか？　事故死した人は普通、どうされる？　いつ埋葬される？　今日は土曜だ。今日は埋めないだろう。明日は墓地もきっと休み。すると月曜だろうか？

答を知っている人が一人いた。

受話器を取り上げ、考え直す間もなくダイヤルを回した。

「おばさん――」

「誰？　またあんた？」

「おばさん、聞いてくだ――」

「あんたには情けってもんはないの？　人間らしいとこはこれっぽっちもないの？」

「バリーを見なきゃならないんです、おばさん、どうしても――」

「なんだって！　あたしを苦しめたいの？　そういうこと？」

「違います！　見る必要があるんです。大事なこと——」

「どうかしてる。そうなんだ。あんた、頭がどうかしたんだ。もう口もききたくない」

「どこにいるか教えてください。お願いです、おばさん」

「警察に訴えるよ。これは警告だからね。あたしのことだまして。信用してたのに、こんなことして。これがあたしやうちのバリちゃんへのお礼？　あの子から聞いたわ。あんたのやったこと全部。あの子に物を投げつけて。うちの店を壊して。あたしが自分で片づけたのよ。この眼で見た。あんな乱暴なこと。あんたみたいなたちの悪い乱暴者、刑務所に入るべきなんだ。ごろつきじゃないの」

「違います、おばさん……誤解です。説明させてください。オレが壊したのは鏡だけです。すみませんでした、弁償します。けど、おばさん、バリーがどこなのか教えてくれませんか。どうしても見なきゃ。おばさんも知ってる通り、オレ、バリーのこと愛し——」

「よくも！　よくもそんなことが言えたもんだ！　あんたのことは全部わかってる。うちの子にひどいことしたうえに、今度は名前までけがそうっての？　まだ足りないわけ？　あんたのこと追っかけてかなきゃ、いまでも生きてた。ほっとけって言ったのに、聞いてくれなくて」

「追っかけてきた？　どうしてわかるんです？」

「そう言ってたからよ。店から電話よこして。あんたがめんどう起こして店をめちゃくちゃにした、これから捜しにいくって。すぐに飛んでったんだけど、もうあの子はいなくて店はひどい状態だった」

「だって、おばさん――」

「今度はあたしにつきまとって！　たいした度胸だわ！　言っとくけど、もうじき娘夫婦が来ることになってる。もしまたあたしみたいな弱い女を苦しめたら、どうなるか見ておいで。せいぜい用心するんだね」

電話は切られた。オレは発信音に耳を傾けながら、それが言っていることを割り出そうとしていた。


16／受話器を置くや店を逃げだし、鍵は郵便受け口から押しこんで処分した。おばさんが警察や義理の息子のことを口にしたのが、オレを逃亡者にした。バリーのいないからっぽの店は、死体を見る必要をつのらせるばかり。その場にいられるわけもなかった。

逃げ道。息をつくゆとり、考える時間。

チョークウェル駅のそばの浜まで自転車で行き、自転車を転がして駅の高架橋を渡り（高架橋の壁には、誰か気のきいたやつがスプレーペンキで〈オジーマンディアス（イギリスの詩人シェリーの詩『オジマンディアス』とオズボーン教諭にかけた洒落）が大将〉と落書きしていた）、遊歩道のそばの見張っていられる位置に置くと、砂の上にあいている場所を見つけ、防砂堤の太くて灰色で、木目の盛り上がった材木に背中をあずけた。そこからは、浜沿いにサウスエンドと桟橋(さんばし)が、そして泥と水ごしに、ケント県の海岸を秘めたかすむ水平線が眺められた。

　空は曇ってどんよりとし、風はないに等しかった。潮はずっと沖まで引いている。海水浴客にはよくない日和(ひより)、ヨット勢にはまだ時間が早すぎる。砂浜にはわずかな人影がまばらに散っているだけだったが、遊歩道はじゅうぶん活気があった――観光客や野放しの子供、そして自分や赤ん坊や犬に運動させている地元民。といっても、オレはろくろく注意を払っていなかった。すっかり内面指向になっていて。実を言うと、これっぽっちのことを思い出すにもさんざん考えるはめになった。嵐の海と流れる砂を阻(はば)む木の楯(たて)のそばで、心の冷気を避(さ)けようと体を丸めている自分の、まわりの空間を埋(う)めるために記しているにすぎない。

17／今朝、この二日間に書いた、事件の余波に関する部分を読み返してみた。役立たずもいいところだ。本当に感じていたことは全然伝わっていない。すりつぶされ、こまぎれにされ、きざまれ、粒にされ、皮をはがれ、しぼられ、恥じ入らされていたのに。

この言葉だ。mortified 恥じ入らされる。

ラテン語の mors「死」と facere「する」。すなわち、古フランス語を経由して（知らないかもしれないので念のため）教会ラテン語の mortificare「死にいたらしめる」から、1. 屈辱を与える、恥ずかしさをおぼえさせる、2. 組織の死もしくは壊疽を起こさせる、もしくは経験すること。（コリンズ英語辞典参照）。

言語というのはなんてすごいんだろう！　たったひとことにこれだけの意味がある。それでも何も伝わらない。

オレは死にいたらしめ、自らも死にいたらしめられているのだった。だがオレ自身の組織の死や、心の友を持つという夢を壊疽が腐らせていたことを、伝える方法はどこにもない。

ええい、もうわかったことにしてくれ。

J・K・A　並行レポート【ヘンリー・スパーリング・ロビンソン】

十月八日。ハルの次回出廷の二週間延期を申請し、認めらる。理由は、満足のいく報告書が完成していないこと。本件の通常と異なる性格を強調。私に見せる手記を早急に完成させてくれる必要があることを、ハルに言ってきかす。

一一四五時。オズボーン教諭に電話。出廷延期を報せる。ハルをせかしてくれるよう頼む。O教諭によればハルは、本人の言いぶんでは、入れるべきと感じている詳細を全て盛りこめないために焦(あせ)っている。「言葉がどうしても正しくならない」とばかり言い、絶えず書き直している。二日もすると下書きに不満をおぼえるからだそうだ。だがどうやら一日じゅう、ものにつかれたように書きまくっているらしい。O教諭は、手記を書くことがいい癒(いや)しの効果を上げだしており、さらには、自分自身について書くことがハルの人生に、目的意識に満ちた新たな興味の中心を与えたと確信している。

多少のめどがたつように、手記を一部なりとも見せてもらえればと提案してみた。だがO教諭は、流れが中断され、ハルがまた動揺するかもしれないという理由で強く反対した。ハルに知らせずに何ページか見せてもらえないかと尋ね、最初の会見の時と似たような、信頼と守秘義務に関する言葉で一蹴された。

さし迫って早急に仕上げてもらう必要があることをO教諭に強調すると、自分は毎日、放課後にハルに会い、進展を話し合い、ハルが持参したページを読んでいると言われた。「小説を書いてるかと思うほどですよ」と言ったが、ハルのケースの深刻な面についてと同様に、その点についても気をよくしているとの感じを受けた。私は、ほしいのはハルとゴーマンの行動のわかりやすい記録だけだ、と説明してみた。小説を読んでいる時間はない、ハルが作り事を書いているのでないことを願う、と。

十月九日。ハルよりこの手紙を本日受領。

ミズ・J・K・アトキンズへの宣言
ヘンリー・スパーリング・ロビンソンまたの名ハルより

本状は、私ことヘンリー・スパーリング・ロビンソン（以下〈作者〉、略して〈サ〉と称する）が、不健全なる精神と悩める体をもって、私の能力のおよぶ限り精勤し、貴殿すなわちジュディス・カレン・アトキンズ（以下〈あせった福祉担当者〉、略して〈アタフタ〉）に対し、バリー・ゴーマン（以下〈賛嘆おくあたわざる死者〉、略して〈サシ〉）の〈死〉と〈埋葬〉に関するサのいかれた行動の記録を、サに可能な限り手早く完成し、届ける意思を真剣に有するものであることを証す。しかしながらサはここに、以下のことをアタフタに指摘せざるを得ない。すなわち、前述のサシをめぐる記録に関し、〈真実〉を知ってサシの件でサに刑を宣告したいとの〈法廷〉の苛立ちを、アタフタがサに伝え、それによりあたふたせしめたことにより、サシの物語のこのビット以降、サはサのとった行動のみを、詳細な解説抜きでアタフタのために記すことを余儀なくされ、このため、サシとサに関する全てへのアタフタの理解、というより無理解が案じられるものである。

ハル・ロビンソン

18／カーリは浜でほとんど文字通りオレにぶつかった。

その朝、バリーと話したくて電話し、おばさんから聞かされたと言った。「気持ちを落着けようと思ってここへ来たの」とカーリは言った。「ひどい話だわ、ハル。わたし泣きだしてしまった。家にいられなかった。グレイさんの奥さんはそれは親切で。慰めようとしてくれた。なぜわたしがこんなに悲しんでるのかは知らなかったし、わたしももちろん、説明できなかった。それでも、旦那さんがいじわる言うんで、わたしが浜に来ること許してくれた。旦那さんは、べそ——べそ?——かくのやめて仕事しろって。でもどうせ、子供たちのめんどうなんか見てられなかったし。

相当つらかった」

ジーンズと白いセーターという姿で、そのうえにだぶだぶの——たぶんグレイさんの奥さんのだろう——くたびれた茶色いレインコートをはおり、きつく体に巻きつけていた。雨の降る寒い日のように。

そんな日ではなかった。内なる気持ちが表に出ただけのこと。オレと並んで砂の上にむっつり腰をおろす。

そう遠くないところで、三、四歳の男の子が二人、裸で砂遊びしているのを、夏服を着た女がそばにタオルを敷いて座り、見守っていた。カーリが喋っている間、オレは子供たちを見つめ、四歳に戻って砂で城を造っていられたらどんなにいいかと思っていた。

【即時再生】

バリー抜きの最初の日のイメージで、記憶に最も強烈に残っているのは、このスナップ写真のような静物画だ。裸の子供が二人、砂に膝をついて、顔をうれしさに輝かせている。その時の砕けた感覚の一つ一つをよみがえらせる記憶補助装置。脳に凍結された、幸せそうな子供二人の人生におけるある一瞬が、これほど悲しいことをこうもまざまざと記念するとは不思議だ。といって、このイメージは単に思い出を喚起するだけでもない。子供たちは、見守るオレの悲しみをみずから体現して見える。なぜだろう？　あたかも、この世のどんな小さな喜びにも、全世界の悲しみが内包されているかのように。

19／「ゴーマンさんに会いにいかないと」カーリが言った。「そう思わない？　電話した時、すごく取り乱してた」

首を振る。「入れてくれないんだ」

「入れてくれない？　どうして？　あなたとバリー、とても仲良しだったのに。この間もあなたのことばかり喋(しゃべ)ってた。正直に言うと、そんな友達がいて相当うらやましかった」

オレは言った。「ただの友達じゃなかった」

すると振り向いてオレをじっと見た。眼がメッセージを捜して顔を巡回する。何もないツンドラ地帯。「ただの友達じゃなかった？　それ、イギリス人の言いかたで、友達以上のものだったっていう意味？」

うなずいた。

子供たちが小気味よげに乱暴に砂の城を壊し、女が笑っている。

カーリが顔をそむけたので、いまやオレたちは互いの複製じみた姿勢をとって座っていた。ざらざらした防砂堤に背中を押しつけて丸め、脚をジャックナイフのように曲げ、足裏を砂にくいこませて。

「ごめんなさい」沈んだ声だった。「知らなかった」

「知らなくて当然さ」

「気がつくべきだった。でも相当ショック」

「道徳的な意味で？　それとも意外だったってこと？」

「道徳的な意味じゃないわ。全然。意外だったってことよ」

「あいつが君と寝たから？」

間があった。砂を指の間から流し落とす。

「知ってたの？」

「そのことでけんかした」

「えー、ますます困ったわ」

子供たちは新しい城を築いているところで、女は二人の好きにさせ、自分は魔法瓶から飲み物を注いでいた。

「君のことはそれほど重要じゃなかった。君が悪いんじゃない。オレがやきもちやいたんだ。バリーはそれをいやがって。オレがひとりじめしたがってるって言った。独占欲が強くて息が詰まるって」

「ひとりじめしたがってたの？」

「自分じゃそうは思わなかったんだけど……どっちだって同じだろ？　あいつはそう思ってたんだから」

間。

それから言った。「わたし、いないほうがいい？」

腕に手をかけた。「ううん。いてよ。いてほしい。本当に」

手はすぐひっこめるつもりだった気がするが、そうする前に、カーリは自分の手をすべりこませてきて、オレたちの間で二つが重なるようにした。

「難しいものよ。一人の人に何もかも捧げるのって」

「そんなの望むほうが間違ってるのかな。やってみるほうが悪いのかも」

カーリは首を振った。「混乱しててよくわからない」

「オレもまぜてくれる？」

とまどってオレを見た。「まぜる？」

笑いかけた。「気にしないで。言葉のあやさ」

二人して再び子供たちに注意を向けた。手先が器用にならないうちに何かをする時の、乱暴でゆかいなやりかた。達成するだけの腕がないものをほしがって。ローレルとハーディの小型版。（LとHがゆかいなのもそのせいかもしれない。大人の体に閉じこめられた子供で、どう操ればいいのかわからない大人の世界で迷子になっていながら、心得ているふりをし続けているのだ）。

前もって考えるひまがあったなら、カーリこそその時は世界じゅうの誰より会いたくない人物で、バリーとオレの間のいきさつを全部話すことなど、思いもよらないと断言したろう。

だがいざとなってみると、逆こそ真実だった。カーリこそが、一緒にいることができる唯一の人物、そして何よりも、話を聞いてもらえる唯一の相手だったのだ。そのためにこそあの朝出会ったかのように、オレは何もかも話した。〈でんぐり号〉の転覆から始まり、ゴーマンおばさんにその朝拒絶されたことにいたるまで。いくつかの箇所では二人して笑った。オレが笑うのは四十八時間ぶりだった。時々カーリは質問をした。終わりが近づくと泣いた。騒いだり焦ったりせずに、静かに。

その間に、女は二人の子供を呼び、人形の服のように小さいパンツと靴をはかせ、ピクニック用品をしまい、悠然と歩み去った。ぺちゃくちゃ喋っている二人を従えて。遊歩道をさまよう人々は昼食に行き、まばらになった。潮は泥を横切って砂浜に達し、ヨット乗りが一人二人、早くも出てきて艤装（船のロープや帆の準備をすること）にとりかかっていた。空の灰色が明るくなり、うっすら射した陽が次第に光をましている。午後には人がどっと繰り出し、浜はもはや逃げ場ではなくなる。

20／オレたちは、途中で食い物を買ってリー庭園に移動した。

「仕事、どうするの？」オレは聞いた。

カーリは肩をすくめた。「あと回しにするしかないわね。グレイさんの奥さんならわかってくれる」

植えこみに背中を守られる姿勢で、草の上に腰をおろした。

「まだ話してないことが二つほどある」

「全部知りたいわ」

オレはあおむけになり、頭の下で手を組んだ。カーリは寝返りを打って隣にうつぶせになり、肘をついてオレの顔をのぞきこめるようにした。

「最初につきあいだした時、バリーに立てさせられた誓いがあるんだ。どっちが先に死んでも、残ったほうはそいつの墓の上で踊るって誓わされた」

呑みこむまで間があった。

「けど、それ……」

「変だろ？」

「少し」

沈黙。

「そんなことだめよ」

「やらないと」

「誰かがとめるわ」

「夜中でも？」

「夜中！」

「誓いは誓いで誓いだからね。手伝ってくれる？」

「えっ！」

「踊りをじゃないよ。それはひとりでなくちゃ」

「じゃあ、どういうふうに？」

「バリーがいつどこに埋められるか調べてよ。さっきも言ったけど、おばさんは口きいてくれないんだ。墓がどこになるか知る必要があるのに。君となら話すだろ。友達だ、葬式に出たいって言ってやってよ。詳しいこと聞き出して」

「信じられない」寝返りを打って起き上がり、膝(ひざ)を抱えた。

「オレだって信じてるかどうか、よくわからない」

「けど――」

起き上がり、あぐらをかいてカーリと向かい合った。「頼む」

「考えてみる」

すばやく言った。「もう一つのこともある」

おそるおそるオレを見た。「もう一つ?」

「こっちも少し変なんだ」

「知りたくない気がする」

「全部知りたいって言ったじゃないか」

すると庭園の向こうに眼をそらし、顎を膝に乗せた。「わかった、話して」

「ちょっと……とりつかれてることがあるんだ。いかれてるのはわかってる。けど、どうしてもバリーを見たいんだよ。死体を。確認しないとだめなんだ。説明できない。なんでもいいから、とにかく見ないと」

カーリはためいきをついた。「かわいそうなハル。あなたにはただの……遊びじゃなかったのよね。すごく真剣なことで」手を伸ばし、ほっそりした指でオレの手をつかんだ。

「相当つらいでしょう」

両手でその手を握る。「バリーがどこへ運ばれたのか、どうしても知りたい」

うなずいたのが指を通して感じられた。

21/「リー総合病院の死体置場だって」一時間後に戻ったカーリは言った。「ゴーマンさんのおむこさんと話したの。かなりいい人だった。ゴーマンさんは休んでたから。

娘さんとおむこさんがお昼頃着いてみたら、とても取り乱して、ずっと寝てないんで疲れてたからすぐに寝かせたんだって。娘さんがつきそってる」

「死体置場？　なんでそんなとこに？　なぜ自分ちじゃないんだ？」

「検診が――ううん、違う言葉だった――検視審問？――そう、検視審問があるからよ」

「検視審問！　どうして？」

「ゴーマンさんのおむこさんは、よくあることだって言ってた。事故で死んだ人がいると、この国の法律では検視審問が行なわれるって。やるのは――検視官？」

「そう、検視官」

「その人が、何が起きたか突きとめるんだって。誰かに責任のあることかもしれないから。ゴーマンさんのおむこさんが全部説明してくれたんだけど、初めて聞くことばかりで」

「検視審問はいつなの？」

「火曜になること期待してるけど、もっと遅れるかもしれない」

「じゃあ、葬式は？」

「水曜。でも火曜の検視審問が早めに終われば、その日のうちにする」

「なんでそんなに急ぐんだ？」

「急いでるわけじゃないわ。そういう決まりなの——習慣」

「習慣?」

「ユダヤの習慣よ。バリーがユダヤ人だったことぐらい、知ってるんでしょう?」

「知ってたさ。けど実践はしてなかった。教会にも行ってなかった。教会じゃなくてシナゴーグ（ユダヤ教の会堂）か」

「そんなこと関係ない」

「関係ないわけないだろ！　オレとおんなじだったんだ。宗教は信じてない。そんなこと言や神の存在も」

「だから?」

「だから、あいつが信じてもいなかった時代遅れの習慣に、いまさらなんでこだわる必要があるのさ?」

「時代遅れ?」

「そうだよ！　南米のウティナ・インディオは敵の死体の頭の皮をはぎ、腕と脚の骨を折ったあとで丸めて縛り、日干しにしたあとで、けつの穴から矢を射こんだ。ウティナ族がそうしたからって、南米人はいまでもそうしなきゃいけないってのかい?」

「ばかなこと言わないで。気持ち悪い。そんな話、聞きたくない」

「中世には、文明化されてたはずのヨーロッパでも、死体をゆでることがあった。そうやって肉をはずして骨だけ荷物の中に入れて持ち歩き易くしたのさ。骨は特別のところにしまっておくべきだって思ってたのさ。思い出のある置き物みたいに。いまでもそうしろっていうのかい？　オレたちの先祖の間じゃひろく行なわれてた習慣だぜ」

「ひどい」

「だって、そうだったんだ！　我らが勇敢で騎士道精神に溢れたキリスト教徒の十字軍騎士たちも、共通して信じてたはずの神の栄光のためにイスラムの異教徒をぶち殺しに出かけた時は、そのためにわざわざ専用の大釜を持ってった。自分たちが死んだら、きれいにした骨を故郷に持って帰ってほしかったんだよ。左の大腿骨が反対勢力の手に落ちたりしたらいやだろう？　どこに運ばれるかわかったもんじゃない」

「なぜわたしがこんなばかな講義聞かされるの――」

「べつに講義してるわけじゃ」

「――あなたの――変な計画に協力しようとしてるだけなのに」

「感謝してるよ。本当に！」

「じゃあ、あなたならバリーをどうするっていうの？　何も信じてないみたいだけど、いくら信じてなくても、死んだ人はどうにかしないわけにいかない」

「わかってる」

「で？　死体をかまどに投げこんで、それっきり忘れてしまう？」

「まさか！」

「じゃあ、どうするのよ？」

「わからない。まだ決めてない」

「まあ、すてき！　あなたがどうするか決めるまで、世界じゅうに死人がたまっていくのね」

「ばか言うなよ。自分が死んだ場合どうしてもらうか、まだ決めてないって意味さ。バリーは宗教的な習慣なんかにこだわってなかった。オレが言いたいのはそれだけだよ」

「そんなこと言うまでもないでしょ？　お墓の上で踊るって誓わせた以上。でも、それだと火葬じゃなくて、土葬を予期してたってことにならない？」

「それは考えてみなかった」

「あなたが考えなかったの、それだけじゃないでしょ」

「どういう意味だよ？」

「あなたはね、ゴーマンさんにひどくつらい思いさせたのよ」

「ゴーマンさんがどうしたっていうのさ？」

「電話かけてつらい思いさせたの。特に、バリーを見たいなんて言ったことが。よく言えたわね！」

「喜ぶのが普通じゃないか。人が死んだら、友達なら顔を出すもんだろ」

「ううん。ユダヤ人の家じゃ違うの。親類や友達が死んでも、顔を見にいったりしない。なるべく早く、簡単に、そして誰の場合でも同じように埋めることになってる。お金持ちと貧乏人の差をつけないで。死んだ人に敬意を表する。立派で美しいことだと思うわ。だいたいあなた、そんなに死の習慣に詳しいんだったら、それくらい知ってるべきじゃないの！　気持ち悪いのしか興味ないんでしょ！」

「そっちこそなんでそんなに詳しいんだ？」

「ゴーマンさんのおむこさんが説明してくれたのよ」

「ずいぶんいろいろ説明してくれたみたいだな」

「言ったでしょう、すごくいい人だったの」

「だろうよ！　君の体なら見たいとでも言ったんだろ」

カーリはかっとして飛び上がった。「よくそんないやらしいこと」と咬みつき、めちゃくちゃな英語で口角泡を飛ばし、じれて足を踏み鳴らしたと思うと、あっけにとられているオレの頭にノルウェー語を吐き捨てるように浴びせた。おおまかなところは、燃え立つような顔と激しい仕草が訳してくれた。ののしっていたことは間違いない。言い終わると、古いレインコートを脚のまわりにはためかせながらさっさと離れていき、オレは荒れ狂う胃液の中に一人取り残された。

22／実をいうと、カーリがノルウェー語でなんと言って毒づいたかはわかっている。見当がついたと思うが、オレも人間テープレコーダーではないので、会話の内容を一言一句おぼえていたわけではない。カーリが再現を手伝ってくれたのだ。そう、カーリとはいまもつきあいがある。本人は、オレが望むなら法廷で全部、おおっぴらに証言すると言っているが、今度のめんどうには巻きこみたくない。約束を忘れないでくれ、アタフタ。**〈完全守秘〉**。あんたは、自分ひとりの参考のためにということで、真実と釈明を求めたはずだ。（念のためにカーリの名前と住まいは変えてある。これでどの程度信用しているかわかったと思う……）。

　カーリによれば、その時オレに言ったのは、簡単に訳すと、「あなたみたいな利己的で陰険なちびの屑なんか誰に助けてもらえなくてもあたりまえでわたしに言わせりゃ勝手に月に向かって飛び×××でもすりゃいい自分のことばかりかわいそうがって知ったかぶりの思いつきのほうが人より大事で自分のけちでちんけでブタみたいな気持ちにしか興味がないってだけで罪もないお年寄りにつらい思いさせることしかできないんなら」

　＊カート・ヴォネガット『スローターハウス5』参照。これのおかげでカーリが読んでいることを知った。

その時はノルウェー語でしか表現できなくてよかった。そうでなければ、HSRの人生にはもうカーリは存在しなかったかもしれない。

だが、意味が通じていなかったため、その夜は、自分に友達がいないこと、助けを求められる相手が一人もいないこと、みんな自分のせいであることを考えて悶々とし、いっそ死んでしまおうかと思った。

そこから、望ましい状態に到達する方法をさまざまに思い描き始めた。

喉か手首をナイフで切る。これは、痛いのはもちろん、あちこち汚れるうえに時間がかかるという理由で却下。薬がいいかもしれない。だが手に入るのはアスピリンだけで、それもおふくろの腰痛も治せないしろものだ。それに、死ぬまでには相当飲む必要があって、その前に吐いてしまうとも聞いていた。（おふくろの睡眠薬は寝室のどこかに鍵をかけてしまわれている）。部屋の窓から飛びおりるのも役には立たないと思われた。ここは二階にすぎないし、落ちる場所はうちの前庭のテーブルクロス大の芝生だ。毒は？　うちの浴室で毒に近いものといったら、親父のひげそりローションかおふくろのシャンプーだけだが、裏庭の物置になめくじ退治用の丸薬が残っていることは思い出した。もっとも、なめくじ退治にあまり効果がなかったので、賭けてみるのはやめる。首をつるのはどうだろう。天井が落ちてしまう。誰にも聞かれずにフックを打ちこむことができたとしても。窒息死は？　死ぬまで枕を鼻に押しつけているなんて、なぜかオレらしくない気がした。拳銃にはロマンがあるが、うちにあるのは子供の頃遊んだ水鉄砲だけで、水の入る内側の筒は漏るとくる。念じて死ぬというやつは？　何かで読んだが、寿命がつきたと感じると、横になって念じることで死ぬ部族がどこかにあるらしい。三十分ほどやってみたが、とりかかる前よりもっと眼が冴えただけだった。

　二時間ほどかけて選択肢をよりわけたのち、結局あきらめた。自分で自分を始末する場合、かなり前から注意深く計画を立てる必要があるようだ。もちろん、何かぞっとするほど無残なやりかたで死ぬことに決め、あと片づけは他人委せにするなら話は違う。オレにはそういうのは不当に感じられた。いまも感じられる。その夜のオレぐらい鬱状態にあると、落ちこむことおびただしい。そういう時は、簡潔かつ静かかつ快適にことときれたいものなのだ。最後の息を吸う前に、死後の見どころを思いきり味わえるだけの余裕をもって。たとえば、死体の発見が引き起こすみんなの絶望の小気味よさ。人でごったがえす葬式でのふんだんな悲しみの表現。自分の死をみんなが嘆き、ああもしてやりたかった、こうもしてやりたかったと言うさま。ほめ言葉ばかりの弔辞。過去にいやな思いをさせてくれたやつの盛大な悔やみかた。みんなが感じている、人生にぽっかりあき、生きている限り消えないであろう穴。ああ、世界はどれほどの損失をこうむることか――だがそれも自業自得！　そして、救うために手を打たなかったことに対してみんなが感じるはずの、うれしくなるほど深くて苦痛に満ちた〈罪〉の意識。

この種の甘ったるい酢に延々ひたっているうちに、さすがにうんざりした。一、二時間眠った。眼を覚ました。ヘッドホンをつけ、ブリテンの『弦楽四重奏曲三番』のテープをかけた。この曲には感傷的でない悲しみに溢(あふ)れた、身が焼かれるような旋律(せんりつ)がある。二回ばかり通して聴いたあと、またうとうとした。夜明け近くに眼が覚めたのは、寝返りを打ったはずみにヘッドホンの片方が耳からはずれ、鼻にかぶさったからだった。（考えてみれば、窒音死も死にかたとしては目新しくて面白いかもしれない）。

その夜のオレみたいに削りつくされて眠りにつくと、朝になって目が覚めた時、脱水機にかけられた気分ではあっても、また自分というものを取り戻していることがある。その朝がそうだった。考えるまでもなく、行動をとることができた。こういうふうに。

カーリへ。**ごめん**。オレがばかだった。また会ってくれないか？　Bのことを話せる相手は君だけだし、誰かと話さないじゃいられないんだ。チョークウェル駅のそばの浜、昨日会ったところで待てば会ってもらえるか？今日――日曜――十時半から十二時半まであそこにいる。頼むから来てくれ。ハル

手紙をたたみ、カーリの名前を書くと、ビートルズの『レット・イット・ビー』のテープを入れたカセットケースの、窓の部分にさしこんだ。親が起きないうちに――日曜は十時半ぐらいまで寝ているから――家を抜け出し、カーリの家まで自転車で行って、包みを郵便受けから落としこんだ。

23／その次に起きたことだが、オレの身に起きたとは自分でも信じられない。そういうことのやれる人間だと、誰かに前もって言われていたとしたら、なんてこと言いやがるとばかりに殴っていたと思う。いや、殴りはしなかったろう。忘れていたけどオレは平和主義者だ。いや、それも違う。けんかがあまり得意でないので、人を殴ってまわったりしないだけ。なにしろ、殴り返されないとも限らない。だが言いたいことはわかるはずだ。早い話が、これから語ることはオレにとってもあまりにも驚異的、普段思い描くようなこととは似ても似つかず、およそオレらしくないので、一時的な逸脱だとしか考えられない。（ほっとしたことに、オズ先生も同じ意見だ。実を言う

と、最初に逸脱だと言ったのは先生のほうだった）。とはいえ、これをオレのこと、

「オレ」がやったこととして書くことはとてもできない。いたたまれなくなってしまう。

昨日一日、この問題を考えめぐらしていた。何も書かずに。（いつものパターンだ。ヘッドホン装着。テープに次ぐテープ。メモ帳に落書きしながら、書きとめられたがっている思考が浮かぶのを待つ。妙なことに、大脳で風に吹きまくられているもみがらのうち、書きとめられたがっている数少ない思考がどれとどれであるか、オレにはいつもわかる。その間じゅう、体は力が抜けて重く、かったるく感じられる。口もけない。人に言えることなど何一つない。今度のこのお遊び、自分に起きたことを書きつけるということが、こんなに難しいとは夢にも思わなかった。苦しいのは実際に起きたことではなく、起きたことをどう伝えるか。小咄と一緒で——うまく話せるやつもいれば、まるでだめなやつもいる。［バリーはだめだった］。オレのみたいなおそろしい悲劇を語る場合も、同じことが言えるらしい。とにかく、決めるのが一番大変だったビットの一つが次のやつだ）。

必要としていた発想が浮かんだのはゆうべ、それも深夜になってからで、その頃には疲れきってしまい、今朝まで延ばすはめになった。**解決法：**何もかも別人の身に起きたことのように感じられるなら、オレが別人であるかのように語ればいい。単純だ

って？　単純な答ほど割り出すのに時間がかかるらしい。

24／『死体置場での一日』

主演　ヘンリー・Sとカーリ・ノルウェー

これはヘンリー・S・ロビンソンが相棒バリー・ゴーマンの死体を、新しい友人カーリ・ノルウェーの協力を得て見るにいたったてんまつである。

日曜の午後、カーリに計画を提案された時、気が狂ったのかとヘンリーは思った。

「気でも狂ったの？」とカーリに言った。

「わたしは狂ってないわ。狂ってるのはあなたよ。でなきゃこんなことやりたがるわけがない。まあ、手伝うわたしも少しは狂ってるのかもしれないけど」

「だって」ヘンリーは言った。「女装して死体置場の入口に近づいて、死体の一つを見せてくれと頼むなんて、できるわけないじゃないか」

「ほかに方法がない」

二人は計画の細かい点を何時間も論じ合った。カーリは死体置場に電話し、死体を見ることが許可されているのは公式の面会者だけで、それすらあらかじめ申し入れる必要があることを突きとめていた。

「だからだまして入りこむしかないの」とヘンリーに言い、ヘンリーはカーリのことを、いざとなると冷たく計算できる女だと思った。「ああいうところには、係の男の人がいるに決まっている。でも日曜は、とりあえず眼を配り、緊急事態に対処するだけの、ただの交替要員だと思う。いつものやりかたを知らないだろうから、はったりにごまかされやすいはずだわ。それに男だから、悲しんでる女の子が来て、死んだ恋人の顔が見たいだけだ、恋人の母親に嫌われていて会えないってそう言えば、断るわけがない。半分は本当のことだし。それでもうまくお芝居する必要はあるけど」

「オレにはむりだよ」ヘンリーは何度も言ったが、言いながらもずっと、やってみるしかないのがわかっていた。

「やりましょう」カーリは言った。「いいかげん二の手踏むのやめて」

「二の足」

「細かいこと言わないの」

「英語を直してくれって言ったじゃないか」

「時間稼ぎしてるだけでしょ。上は全部脱いでよ。髪の毛から始めるね」

この全ては、グレイ邸にあるカーリの部屋で行なわれていた。グレイ一家はその日一日、グレイ夫人のロンドン住まいの母親を訪れていて、カーリが留守を預ったのだ。

カーリはまず、ヘンリーの髪の毛の特に伸びたあたりを裁ちばさみで刈りこんだ。

それがすむと、グレイ夫人の衣装戸棚から取ってきたという、ブロンドの巻毛のかつらをかぶらせた。さんざん押しこんだり合わせたりしてやっと、いいだろうということになった。

「毛むくじゃらのヘルメットみたいだ」ヘンリーは言った。

「とりあえず間に合うわ」カーリは脱がせた。「次は顔」

部屋のシングルベッドの向かいの壁一面を占領している、衣類収納ユニットの一部に造りつけられた、洗面台と鏡台の前の腰かけにヘンリーを座らせる。（ベッドには、〈立入禁止〉という大きな道路標識がプリントされたふとんがかかっていた。一生、独身でいるつもりだろうかとヘンリーは思った。標識違反もかなりあるように見えたが）。

「ひげをそらないと」カーリはヘンリーの頬を撫でおろすと言った。

「なぜさ」と、その尻ごしに鏡をのぞく。

「うぶ毛でばれる」そう言い、うぶ毛を調べるに委せて部屋を出、使い捨てのかみそりを持って戻った。「これ使って」

ヘンリーは洗面台の前に立った。カーリが肩の後ろから見守っている。ためしにそろそろと刃で頬をかすった。

「いたたっ！」泣き声を上げた。

「騒がないで」

「痛いんだよ！」もう一度やってみながら言う。

「ばかばかしい。男ってみんな赤ちゃんみたい」

「女ってみんな鬼なんだ」

「差別発言だわ」

「違うよ。そんなこと言うなら君のだってそうだ」

「男はみんな、一度は赤ちゃんだったわけでしょ。大部分はそれっきり成長しない。女ならみんなそう言う」

「かみそり持ってる時に言い合う気ないね。だいたいオレ、初めてそるのに」

「とっくにやってるべきだったのよ。せっけんと水をつければ……わたしがやってあげる」カーリは手を伸ばし、せっけん水をきびきびとヘンリーの顔に塗り始めた。

「わたしの脚のむだ毛よりずっとやわらかいじゃない」

「けどそっちはそらなくていいんだから」ヘンリーは口をすぼめた。

「いいわけないでしょ」また後ろに立ち、鏡の映像を見守る。

「えっ？」

「何がえっよ」

「君、脚そってるの？」

「知らないの？　女の脚はやわらかくて毛が生えてないほうが、男はよろこぶの。だから、やわらかくて毛が生えてない脚をあげるわけ」

「そって？」

「一番簡単だもの。ほんとに知らなかったの？」

「うん」

カーリは笑った。「ほんとは相当ねんねなのね、かわいいハル！」

そして頭を屈め、肩の丸くなった部分にキスした。

ヘンリーは顎を切り、悲鳴を上げた。

カーリはまたもや笑った。「わたしの勝ち！」

ひげをそり終えると、ヘンリーは尋ねた。「今度は？」

「薄くお化粧して、きれいな顔を強調する。でも目立つようなことはまずいわ。さりげなくするの」顔を検討するために、ヘンリーをベッドの端に座らせ、自分はヘンリーと鏡の間の腰かけに座った。「ファウンデーションを少し、口紅をちょっぴり、眼をはっきりさせるためにマスカラをうっすら。それでじゅうぶんね」

「気に入らないな、オレ」

「気に入ってくれとは言ってない」カーリは作業にとりかかった。

いじられることにヘンリーは耐えた。目的がこれほど腰の引けるものでなかったなら、世話を焼かれるのは楽しかったろう。さわられるのは好きだった。訂正：相手によっては、さわられるのも好きだった。カーリの指はやわらかくて正確できっぱりしていた。感覚をスケッチする鉛筆。だが作業の進めかたは手早いもので、早いところ終わらせたがっていた。いかれた思いつきをもう後悔しているのだろうか、とヘンリーは思った。

自分の顔にカーリが絵を描いている理由を思い出したことが、ヘンリーを沈黙させた。その沈黙をカーリは指先で聞き取り、作業が終わるまで、用心深く眼を合わせようとしなかった。

「できた」と終わると言った。「立って」

鏡を見ようとしたが、視野を遮られた。

「服を着るまでだめよ。それで初めて全体の効果がわかる」蜂蜜色のパンティストッキングを一足よこした。「これはいて」

「いやだよ」

「はくの。ジーンズはだめ。男だってすぐわかる。状況にふさわしいワンピースは一枚しかないし、どうしても脚が見えてしまう。だからちゃんと隠す必要がある。男は必ず女の脚を見るものなの。胸と脚。そこがちゃんとしてないと」

「ひどいよ、こんなの」

「じゃあやめる?」

うつろな頭で考えてみたが、答は見つからなかった。

「あなた、バリーが相手の時もこんなふうに——なんだっけ——優柔不断だったの?」カーリは歯切れよく言った。「あの人は優柔不断じゃなかった。あなたに興味なくしかけてたのも当然だわ」

「黙れ!」ずきんとこたえてヘンリーは言った。

「だったら、さっさとしたら? やっぱりだめなのかもしれない。やっぱりあなたにはできないのかも。そんな勇気、ないんだわ」

ヘンリーは怖い顔でにらんだ。

「どうなの?」

「そこに立って見てるのかよ?」

「もう、いいかげんにしてよ! 何を怖がってるの? 特別な体でもしてるわけ? なんて気取ってるの! 後ろ向いててあげるけど、部屋は出ていかないからね。そこまでやったらばかみたい」

この頃にはヘンリーはかんかんで、靴と靴下とジーンズとパンツをむしりとるように脱ぎ、床に投げつけた。

「それから」カーリは腕組みをし、背中を向けたまま言った。「パンストはく時、伝線させないように相当気をつけてよ。高いんだし、新しいのはそれしかないんだから」

ヘンリーはむしゃくしゃしながら、ナイロンのストッキングをたぐり、ベッドに腰をおろし、脚の部分に足をすべりこませ、引き上げ、腿と尻をもぞもぞ動かして押しこみ、平らに撫でつけ、皮膚にあたる感触にぞっとした。

ずり落ちて足首のあたりにたまりそうな気がし、その上からパンツをはいた。パンツをはくと、自分がまだ自分であるという認識をいくらか保てたせいもあった。気持ちも萎えて尋ねる。「次は？」

カーリが振り向いた。「ブラ」

「ああもう！」ヘンリーはうなだれた。

カーリが手伝って紐に腕を通させ、長さを調節し、ホックを留め、カップ部分に脱脂綿を詰めた。

自然な感じに見えるようにブラをいじっているのを、ヘンリーは見守っていた。胸をしめつけられる奇妙な感覚が、子供の頃の記憶をよみがえらせた。はずむぶらんこのような遊具で安全に遊べるよう、母親がベルトを締めてくれたのだ。自分が、楽しいことを予期して興奮し、くすくす笑っていたのをおぼえている。母親は微笑み、ベルトクリップをはめる間、元気がよすぎるのを抑えようとしていた。あれはいくつの頃だろう？　三歳？　もっと下か？　あれがものごころついて最初の記憶か？

カーリがブラをそっとひっぱり、胸にぴったり沿わせた。

今度はヘンリーの脳裏によみがえったのは、前日の浜辺で見た男の子二人と、遊ばせたあと、女がゆっくりと辛抱強く服を着せていたさまだった。子供たちはぺちゃくちゃ喋り（しゃべ）かわし、従者に世話をされる王子のように、世話を焼かれるがままになりながらも女を無視していた。

「それじゃワンピース」

丸めた服をヘンリーの頭の上に持ち上げたので、その下で屈み、また体を起こしながら、長いシャツを頭からかぶる時の要領で袖（そで）に腕をさしこむと、カーリの手から解放されたワンピースの軽い木綿のひだが、ゆるやかにまわりにこぼれかかってきた。

腕をおろす。カーリは一周するようにしながら、撫でつけ、整え、調節し、判断した。

「ちゃんと立って。あなたが服を着てるんだってかっこうして。服に着られてるんじゃなくて」

おとなしくポーズをとり、自分が何であるか、これにより何になったかを頭から消す。これは演技なのだ、と自分に言い聞かせた。役柄を演じているのだ。そのつもりにならなくては。方法はそれしかない。

「手を見せて」

さし出した。

カーリは両手で持って点検した。

「ほっそりはしてるけど、骨張ってるね。手に注意引かないようにして。ううん、もっといいことがある。待ってて。座って」そして男女兼用のサンダルを戸棚から出すと、ヘンリーの足元にほうった。足の指を押しこんでいる間に――わずかに小さかったのだ――部屋を出たが、まだベルトを締めきらないうちにすばやく戻ってきた。

「誰のだよ、これ？」ヘンリーはたずねた。「爪先も足首もきちきちだ」

「あそこ行くまではいくらよたよたしてもいいけど、着いたらちゃんと歩くのよ。苦しむがいいわ。自業自得」

「君ってほんとに親切なんだな！」

カーリは腰かけをヘンリーのそばに引き寄せ、腰をおろして小さな箱を膝に載せ、蓋を開けた。中にはアクセサリーがごたまぜになっていた。腕輪、指輪、バングル、首飾り、ブローチ。一つ一つあてがってはためしてみた。ブローチと首飾りを喉にあててみたが、どっちもやめて、短い金鎖のついたメダルの一種に決めた。右手首にさまざまな腕輪をはめさせたのち、細くて針金のような銀色のバングルをじゃらじゃらさせることにした。左手の薬指には最終的に、金の輪に模造ダイヤのついた指輪をはめさせた。

「あなたは婚約してた恋人が死んで、面会に来たことにするの。これでいいと思う。もう一度立ってみて」

ぎごちなく、あちこち締めつけられて苦しく、手錠をかけられたように感じながらその通りにする。

カーリは鏡台のかつらを取り上げ、注意深くヘンリーの頭にかぶせると、櫛と指で毛を整えた。一歩下がる。じろじろ眺め回す。

「まだちょっと違う」と言った。「何か足りない」

ヘンリーはためいきをついたが、息は焦りと失意にはさまれ、つぶされかけていた。

「それとも何か、あったらいけないものがあるのかしら」と、さらなる検分ののちに言われた。

「見てもいいだろ?」必死の思いで言う。

「いいわ」裏側に姿見のついた衣装戸棚の戸を開け、ヘンリーに見えるように脇へのく。

するとふいに、そこにヘンリーがいて自分と向かい合っていた。だが違った。

自分といえる部分は何一つ見あたらない。いや……? そうだ、一つだけは別だ。眼。鏡からじっと見つめ返している。自分の眼だ。それもつらそうな。その瞬間には、驚きの陰でおびえてさえいるようだった。

　ヘンリーが見ていたのは、高い頬骨にうっすら色をさしただけの日焼けした顔を、わずかに縮れたふわふわブロンドの髪が後光のように取り巻いている少女だった。口は大きくてやさしく、顎は少しはっきりしすぎ。着ているのは、白地に細い紺の横縞入りのゆったりした夏服で、細い首ぎりぎりまでボタンがかけられ、あとはやわらかいひだが、覆い隠している体のスタイルのよさが辛うじてほのめかされる程度にまつわりついている。ワンピースの袖は、深くゆったりした袖つけから先すぼまりになり、手首ではぴったりしていた。

　ヘンリーが眺めていると、カーリは色のちょうど合う白と紺の縞の、リボン状のベルトをウェストに回し、ワンピースを少しだけしぼりこむことで、少女の胸と腰を目立ちすぎない程度に強調した。

　気がつくとヘンリーは、自分でも驚くほど冷ややかに、この少女に魅力を感じるだろうかと考えていた。道ですれ違ったら気をひかれるだろうか？「いいな！」と思うだろうか？　一瞬、うん、うん、思う！　と考えてぞくぞくした。だがすぐに、見つめ返している自分の眼と出合い、またもや変装の陰に見知ったものがあった衝撃を味わった。感じている焦りが形になって見えた。にもかかわらず、この少年／少女の中の自分の不思議なあいまいさには心を奪われるものさえおぼえ、その後も長いこと記憶を悩まされた。

「どうかしら」カーリが言った。「大丈夫かもしれないけど」

「ここまで一時間半もかかってるんだぞ」ヘンリーがすねて言ったのは、服が体を隠しているのに劣らず、気持ちを隠すためでもあった。

「それが何よ？　男によく思ってもらうために毎日それくらいかける女は、いくらでもいるわ」

「けど、どこか違うよね」ショックから立ち直りだしたいま、前より冷静に自分を観察できるようになっていた。「眼がまずいんだと思う。オレだってわかる」

「ああ！　それだ！　ほら、わたしのサングラスかけてみて」

二人は、新作に加えたばかりのひと筆を検討する画家のように効果を検討した。

「ましになったね」

「うん。これでいいと思う。気分も少しましになった」

眼が失せたいま、自分とわかる部分は全くなくなっていた。気持ちがくつろぐ。とはいえ、胸と股間は相変わらず拘禁服を着せられた感じで、頭もかゆいヘルメットに詰めこまれた気分だった。最悪なのは、脚を窒息させている化学繊維の鞘。

閉じこめられていた。頭から足まで覆われて。そのくせ無防備で、なぜか誰の眼にもさらけ出されている気がした。この薄っぺらなワンピースが透明で、服でもなんでもなく、ただの飾りにすぎないかのように。何も着ていない時よりもっと裸に感じられた。女も同じように感じているのだろうかと思った。それとも馴れてしまうものなのか?

「行こう。すませちゃおう」自分をせきたてて行動を起こし、靴と靴下とジーンズとセーターをまとめる。「自転車で行こうか? そのほうが早いし、人に長いこと見られずにすむ」

「風でスカートがまくれるのだけ気をつけて」

笑いながらカーリは先に立って部屋を出、ヘンリーは鏡の中の自分をもう一度だけ見た。早くもわきの下に冷や汗をかいていた。

外に出ると、役の扮装をして馴れない場所に立った役者の気分になった。変装どころかさらしものになっている。見世物。むりやり自転車に——スカートを注意深くたくしこみながら——またがり、カーリの家からリーの死体置場までたどりつくという、機械的な作業以外の全てを頭から消す。

半分ほど行ったところで、並んで自転車を進めていたカーリが、「ほらね、誰も見てない。気がついてもいない」と言った。

ひたすら前だけを見ていたヘンリーは、そう言われて歩道の人々に慎重に眼を走らせた。誰も見もしない。

「見るわけがある?」カーリは微笑みかけた。「日曜の午後に女の子が二人、自転車に乗っててどこがおかしいの?」

そうはげまされ、ヘンリーは死体置場にたどりついた。

横手のドアから見えないところに自転車をとめる。カーリはヘンリーにざっと眼を走らせ、かつらを直し、服を調節した。

「本当にやるのね?」

「いまさらなんだよ!」そう言ってヘンリーはうなずいた。もう何も確信が持てずに。するとカーリは、「だったら説得力のあるお芝居して。悲しんでる女の子になりきるの。最初はわたしが代わりに話すから、何も言わないほうがいいわ。質問に答えるはめになったら、うなずくとかそういうふうにして。それからハンカチをうんと使うこと。でもお化粧をにじませないように気をつけて」

ヘンリーは反射的に、手をズボンのポケットに入れるしぐさをしかけた。

「わかった、わかった!」カーリがとめる。「わたしの使っていいよ」

ショルダーバッグに手を突っこみ、切手くらいの大きさしかない布きれをヘンリーの手に押しこんだ。すがれるものがあるだけありがたいと、わらをもつかむ思いで握りしめる。

「ここで人に見られないように待ってて。呼びにくるから」

そして行ってしまった。戻ってきた頃には、ヘンリーの胃は爆発する金属たわしで一杯になっていた。

カーリはにやりとした。「うまくいったわ」と言ったが、初めて会った時からひさびさになまりがきつくなっている。緊張がそういう形をとっているのだろうか？「いいって。でもちょっとだけ。ばれたらくびになる。すごいきさく違反なのよ」

「規則だ」ヘンリーは言った。「規則！」

「そう、きさく。それはそうと、ケリーって人だからね。あなたはスーザン」

「スーザン！　大嫌いな名前だ！」

「前もって考えるべきだった。名前のこと忘れてたもの。その場で作るしかなくて」

「ああ、神さま」

「信じてないんでしょ。さあ、行くわよ……行くわよ！」

ケリーは死体置場のドアを少し開け、その陰に隠れるようにして待っていた。長い白衣を着た大柄な男で、縮れた黒髪はびんのあたりが白くなりだし、太くて黒い口ひげはたれさがっていた。ヘンリーはひと眼で嫌いになった。眉も太くてもじゃもじゃし、肉の厚い耳の穴からも毛が生えている。毛深い肉屋に見えた。

「それじゃ、お嬢ちゃん」声も髪にぴったりだった。「入んな」二人の後ろでドアを閉める。

そこは長方形の広い部屋で、ぴかぴかの白いタイルがそこらじゅうに貼られていた。明るすぎて空気がかすみ、消毒薬の鋭い匂いが鼻の中をつんとさせる。

「つらい話だね、お嬢ちゃん」

ヘンリーはハンカチを鼻に押しあて、うなずいた。壁の一つは一面、大きなステンレスの把手がついた四角く白いドアに覆われていた。縦に三段ずつ、全部で二十かもっとあり、死体のための冷蔵室であることがヘンリーにはすぐにわかった。死人のためのファイル・キャビネット。

膝から力が抜けた。へたりかける。カーリの手が肘を支えた。

「こういうとこ、前にも見たことあるかい？」ケリーが尋ねた。

ヘンリーは首を振った。

「ほんとは部屋に入れるのもまずいの、わかってるか？」

顔を伏せ、ハンカチで口を覆ったままうなずく。

「悪いけど時間かけられないよ」

ヘンリーはうなずいた。

「あんまり喋らないんだな、この子」ケリーはカーリに言った。

「相当動揺してるから」カーリが答えた。「すごくショックだったの」

「死体、見たことあるかい、スーザンちゃん？」

首を振って鼻をすする。ハンカチはもはやただのおもちゃではなかった。

「見ても大丈夫かい？」

うなずく。

白衣のポケットに入れた手がバナナのようにふくれて見えるケリーは、「どうしよう……まずいんだよ……」

「もうここまで来たんですから、ケリーさん」カーリが言う。

「うん……」

「お願いです、お願いです！」ヘンリーはハンカチと化粧とサングラスと必死の思いの陰から言った。

ケリーはじっと見た。

「いいだろう。今度だけ」とついに言った。「ちょっとそこにいてくれ」

冷蔵室ファイルの壁に近づき、下段のを一つ開け、長い金属製のお盆のような物を引き出した。そこに横たわっていたのは、上で合わせ、安全ピンの列でとめられた白い布にすっぽり包まれた死体。眠る赤ん坊のふとんを直す母親を思わせる繊細さと注意深さで、ケリーはピンをはずし、布をめくった。

死体は白い麻のガウンを着せられ、手を腹のところで交叉させていた。それを別とすれば、見えたのは頭だけ。

部屋のこちら側からでもヘンリーには、誰だか疑問の余地なくわかった。すうっと空気がもれるのを聞いた。苦しいほど長く詰めていた深い息を、ついに吐き出したかのように。

【即時再生】

動けない。筋肉が硬直する。関節が融合する。眼が離せない、あの頭、あいつの頭、バリーの頭から。金属のお盆の上に平らに横たわり、謎めいた沈黙のうちに、あいつらしくなくじっと寝ている。オレの眼にはそのさまがきざみつけられている。

ケリーはうやうやしい護衛さながら一歩下がって待った。

ヘンリーが動かないので、そばへ来て腕を取り、そっと押して部屋を横切り、辛抱強い死体のところへ連れていった。見たもののせいで床に溶接されてしまったカーリは、そのままドアのそばに残った。ヘンリーの足取りは、カーリの眼にも、ヘンリー本人にも、四肢が麻痺した人間の硬直した歩みと映った。

ケリーはヘンリーを死体の横で立ちどまらせ、のぞきこめる位置に立たせた。バリーの顔を。バリーの死を。

眼は閉じられていた。当然だ。なぜ開いているなどと思ったのだろう?　口もだ。

日焼けした肌は風呂から出たてのように小ざっぱりしていた。だが輝きがない。ことごとく見馴れた目鼻立ち。どんな小さなものも全て知りつくしている瑕（きず）。バリーの美しさの地図。全てがあるべき場所にあった。

子供の頃に石で怪我をした右の眉の切り傷。やや狭めの左の鼻孔。鼻の傾斜。右顎の下に秘められた、そばかす程度しかないほくろ。頭にぴったりはりつき、豊かな烏（からす）の濡れ羽色の髪に半ば隠れた、薄手で小ぢんまりした耳。

そして重ねられた手。間違いなくバリーのものだ。片方の手首に結ばれた荷札。まるで遺失物預り所に置かれた包み。むりに眼の焦点を合わせて読んだ。名前と身体的特徴。

〈死体〉としてのバリー。**〈もの〉**としてのバリー。

〈死〉。真実の陰画。ないことによりあることを証明するもの。

【即時再生】

オレは見ている、見つめている。願っている。死体が動き、眼が開き、口が語り、手が伸びてきてふれることを願っている。この死体がまたあいつになることを願っている。

オレの願いは譲らない死体と闘い、衝突する。

最後の闘い。

オレは人生の崖っぷちからあいつの死の浜を見おろし、間の空間を一気に飛びおりてそばへ行きたいという、ぴりぴりするような誘惑を腹の底におぼえる。死において〈死〉と闘うのだ。バリーと一緒に永世に入る。いなくなることによってなる。〈永遠〉において一緒になる。

ヘンリーが死体のほうに飛び出すと同時に、ケリーがつかまえようとする。死体置場係はヘンリーのワンピースの襟首をとらえ、ひっぱる。

カーリが悲鳴を上げる。

ヘンリーは救いの手を拒み、悲嘆に身悶えし体をよじる。

布がちぎれ、破れ、裂ける。バリーの死体にたどりつこうとのヘンリーの断固たる決意と、同様に断固たる、係のそうはさせじとの決意の間で。

「放せ！」自分が絶叫するのを聞きながら、ヘンリーは最後に思いきりケリーのがっしりした体を突き飛ばす。格闘は唐突に終わる。夏物のワンピースがもちこたえられなくなり、襟からすそまで縦に裂けたため、ヘンリーは反転する形で服から投げ出され、ブラとブリーフ姿ですべり易い床を頭からすっとんでいく。騒ぎで頭からむしられたかつらが、つけたしのようにあとに残され、ケリーの足元に落ちる。サングラスが宙を飛び、バリーの胸に着陸する。

「何なんだ！」ケリーが動転して叫び、ヘンリーの破れたワンピースをいまや指からぶらさげ、眼を丸くしてヘンリーのばたつく軌跡を追う。

「ハル！」カーリがまたもや悲鳴を上げる、今度は手を口にあてて。

「ハル？」

「神さま！」ヘンリーは壁にぶつかる。

「……どうするか……！」ケリーは吠え、怒髪天をつく勢いで、ワンピースをかつらのそばに放り出し、ヘンリーのほうへ雄牛のごとく突進する。

「ハル！」カーリの悲鳴は、今回は逃げられるうちに逃げたほうが賢明との意味だ。ヘンリーは助言されるまでもない。怒れるケリーが近づいてくる光景だけでじゅうぶん。自分のたまらない恥ずかしさもまた、裸にむかれた体で可能な限り早くこの場所を出る理由の一つ。

だがわずかに速さが足りない。ドアのほうへ向かうはずみにつるつるのタイルに足をとられ、貴重な一歩を失う。ケリーが飛びかかり、ブラの後ろをつかむことに成功する。死体置場係はまたもやひっぱり、そのあまりの狂暴な激しさに、ブラの伸縮性のある脇部分が限界までひっぱられ、ホックのところでちぎれてヘンリーをドアのほうへ投げ飛ばす。人間ミサイルと化し、裂けたおっぱい袋から綿の胸をはじけ出させて。

その瞬間にもカーリは死体置場のドアを開けているが、その狙(ねら)いは、あとで認めたところでは、ヘンリーはもうおしまいだとの結論に達し、みずからの脱出を試みることにある。

ドアが閉まりかけると同時に、ヘンリーは超音速で走り抜ける。地団駄(じだんだ)を踏んでいるケリーが背中に投げつける、屈辱的な罵声(ばせい)に追われながら。

終わり

……ヘンリーが裸の胸と混乱した赤い顔と、低すぎる膝(ひざ)と、男物のブリーフと女物のパンストを露出しながら、日曜のお茶の時間の街路を自転車で、ものすごい速さで飛ばしたことを別とすればだ。誰も気づかなかった。**訂正：**気づいた者は陽気にやじる程度のことしかなかった。客を問わないリゾートに感謝。我に返り、自分のしていること、してきたことに気がついたヘンリーは、ボンチャーチ運動場でとまり、息をつき、恥ずかしさと焦りを鎮め、ジーンズとセーターを身に着け、それによりいくらか落着きを取り戻し、こそこそ家に帰った。

25／ビット24を書くのに三日かかった！　だが一つ学んだ。

オレは自分の作中人物になってしまっている。

オレというのはかつてのオレだ。今のオレではない。

言いかたを変えると、この話を書いたせいで、今のオレはあの時のオレとは違ってしまっている。

この話を書く作業がオレを変えたのだ。それを経験したという事実ではなく。

わかってもらえたか？　たぶんむりだろう。自分でも理解できているのか自信がない。言葉を文字にして書きつけることに関係があるのだと思う。自分が自分の素材になるわけだ。その時の自分がなんであったかを考察し、自分に起きたことに意味を持たせる必要がある。

そういうことをすると、自分自身が違った眼で見られるようになるものらしい。

もう一つ、自分のことをあまり考えなくなり、**〈作品〉**のことばかり考えるようになる——**書く**ことばかり！　いかれているだろう!?　だがわくわくすることでもある。

そのせいでオレは、毎日毎日、ひたすら書きまくってきた。この**〈ビットの書〉**を作ろうと。この**〈かつてのオレのモザイク〉**を。この**〈二人の死者への追悼〉**を。

だから、ミズ・アトキンズ、もうわかったと思うけど、オレはもはや、いやいやながらの告白による感情のぬかるみにひたりきってはいない。いまはもう。そうではなく、あんたのためにこの作品、この話を作成している。言葉が全部書き出され、オレにできる最高の形に整えられたら、すべて美しくタイプで清書し――二本指で熟練しているだけなので、精一杯美しくという意味だが――言葉の全てが記されたページの全てを、赤くて固い表紙をつけて綴(と)じるつもりだ。赤は危険、情熱、社会主義、血、火、ワイン、怒り。いいと思わないか？　そしてそこに記された**〈かつてのオレ〉**をあんたに進呈する。

　けど、それについては、あんたの知らないことが一つある。いま教えてあげたほうがいいだろう。オレがこういうことを書き始めたのは、ミズ・アトキンズ、あんたに頼まれたからではなく、ジム・オズボーンがそのほうがいいと言ったからだ。オジーが、あのワインの栓抜きみたいな眼でとりかからせ、うんざりしてやめたくなっても続けさせた。何もかも詳細に書いた場合、Ｂ(バリー)が死んだあとのオレや、オレのありかた――精神的な状態――がどうなるか、初めから知っていたのだろうか？　いずれにせよ、もうじき終わるので、どうしてこれにとりかかったか、**〈真実〉**を教えてあげたほうがいいと思ったまで。

26／それはそうと、尻切れとんぼの話がいやかもしれないから書くが、うん、確かにあの日曜の晩、死体置場からうちに戻るとおふくろに見られた。裏口から入ったところを見つかった。

「どうしよう！」オレの顔をひと眼見るやおふくろは言った。「おまえ、そっちのほう始めるんじゃないだろうね？」

「始めるって、何を？」

「お化粧や何か」

「まさか、違うよ」化粧していることもすでに忘れていたオレは、台所用のペーパータオルで顔をこすった。「ちょっと実験してただけなんだ——友達と——芝居やるんで」

「ずっと続ける気かと思った」

おどおどと笑う。「オレがなんでそんなこと」

するとおふくろは、「おまえのジャックおじさんはやったよ。服も。女物ってこと。もしかしたら血かもしれない。わからないじゃないか」

「ジャックおじさんなんて初めて聞く」

「とうさんが名前も聞きたくないって言うもんで」

「ええっ！　女装するってだけで？」

「言うんじゃなかった」

「心配しなくていいよ、黙ってるから」

おふくろは台所のテーブルからぞうきんを取り上げた。「とうさんが入ってこないうちに、よく洗っとくんだよ」

「どこにいるの？」

「庭」

「オレはどうせ二階に行ってるから」

「大丈夫なんだろうね、おまえ。まだ気持ちが落着かないみたいだけど」

「なんともない。ほんとさ。うるさくしないでくれよ」

部屋へ行った。ドアに鍵をかけた。自分の部屋のドアに鍵をかけたのは初めてだった。何を、誰を、閉め出そうとしていたのだろう？　または閉じこめようと。

机に向かう。何をすればいいのかわからなかった。本は読めない。耳元で音楽ががなると思っただけでたまらなかった。話す相手もいない。恋しかった。あいつがだ、もちろん。

子供の頃は日記を時々つけていた。たいていの人が、子供の頃に経験しているだろう。オレはすぐにうんざりするほうだった。なんと書けばいいのかわからなくて。

それがいまは本能のように思えた。考える時間はとらずに。紙を一枚取り、タイプライターに巻きこむと、キーを叩き始めた。自動操縦されているかのように。オレの言いたいことをどんどん打ちこんでいくロボットの代書屋。短調の旋律に乗せて白いページに黒い文字をそそぎ出していく言葉の処理機(ワード・プロセッサ)。このたれ流し日記はそれから十日間続けられた。起きたこと、起きていることを自分に語りかけていた。Bについて。十日目に逮捕された。日記はそこで終わっている。

この手記を書くにあたっても、日記の内容をずいぶん使わせてもらった——バリーや、二人で一緒にしたことの思い出。いまになって思うが、あの日記でオレがしようとしていたのは、書くことでバリーを生き返らせることだったのだと思う。

この手記を書き終わり次第、日記の紙は燃やしてしまうつもりだ。とっておくには恥(は)ずかしすぎる。自分の排泄物をとっておくようなもの。

だがそのうちいくらかは死後の話で、その部分に関する限り、何よりうまく語っている。まさにその瞬間が作り出した言葉だからだ。人生の輪転機から吐き出されたてのほやほや。あんたにもその時のオレがどんなだったか見てほしい。ヘンリー・S・Rだったぐちゃぐちゃのしろものを。

27／狂える者の日記よりの抜粋

日曜　死んだ死んだ死んだ死んだ死んだ死んだ死んだ死んだ
問うなかれ誰(た)がために鐘は鳴るやと（十六世紀末から十七世紀前半にかけてのイギリス詩人ジョン・ダンの詩より）　生が死で

死が生でないとは誰にも言いきれないし静寂も死が耳をふさいだあとは歓声とちっとも変わらないしあいつなしで生きてけるとは思えないだって死が人を退場させるドアを一万種類も持ってることは知ってるがなぜあいつがいまこういう形で退場してオレは一緒に行くどころかまだここにいるんだろう思い出してばかりなのに思い出して思い出してオレは思い出して甘く黙せる思索の時に過ぎにし思い出をば呼び集め、求むるものの欠けたる嘆じ、古愁を新たに訴えおれば、時なき死の夜に隠さるる友ゆえ、涙知らぬ眼いまは溺らせ、久しく消せぬ恋の悲哀を泣き、失せにしあまたの空し夜を嘆かん（シェイクスピアの十四行詩より）。

そう。だけどオレの眼は溺れてない。涙がないのは眼が冷えきってるからだ。自分の気持ちさえ、自分がしてることを見、言ってることを聞き、書いてることを読まなきゃわからない。

あいつの顔。あいつの顔が見える。生きてる顔じゃない。死の顔。プラスチックみたいな皮膚、気の抜けた日焼け、ショーウィンドウのマネキンの手みたいな手。

見にいくんじゃなかった。時なき夜に見えるあいつは死んだあいつだけ。写真がほしい。死が始まる前のあいつの写真がほしい。必要だ。どうしてもないと。

少しあとで　出かけてゴーマンおばさんに電話。どうしても写真がほしいんです、一枚もらえませんか、一枚くださいと言った。礼儀正しく。だのに毒づいたり悲鳴上げたりするばかりで、そのうち男が出て、まだ後ろでおばさんがわめいてるのが聞こえたけど、その男はもう沢山(たくさん)だ、電話するのやめろ、やめないなら自分が相手だ、警察に届けてもいいと言った。けど、踊りのことがあるんです、オレ、踊らなくちゃと言うと、踊り、とそいつは言った。なんのこと言ってるんだ？　お墓の上でです、とオレは言った。**なにい!!**　とそいつは大文字とびっくりマークだらけで言った——**なにい!!**（恋するウシガエルみたいに）。バリーと約束したんです、お墓の上で踊るって。オレが先に死んでたらバリーが踊ってくれるはずでした、誓いだったんです。**なにい!!**　そいつはまたどなった、どうかしてる、電話切るぞ。だってオレつらいんです、と言った。いまは死んだ顔しか見えないから、前のあいつおぼえてたいんですよ、わかるでしょう、理解できるでしょう？

発信音が聞こえた。向こうから切ったらしい。

このあとに、バリーと出会った時のことや、バリーをどう思ったか、最初の晩に一緒にしたことなどが、延々と書き綴られている。何時間もかかり、夜中まで書いていて、やめたのも、親父がかんかんに怒ってどたどたやってきて、タイプの音がうるさくて眠れんといきまいたからだった。そこでやめてベッドに入ったが、横になるが早いか、すさまじく強烈な頭痛が始まり、あんまりひどくてうめいたり転げ回ったりするはめになった。五時頃に浴室で吐いているのをおふくろが聞きつけ、どうしたのか見にくるまでひと晩じゅう続いた。

次の日、そのことを日記に書きとめ、さらに続けた。

月曜、晩く　あの頭痛は偏頭痛だった。医者はそう言ってる。吐いてうめいて震えて電気がついてると眼から脳に針を突っこまれてるみたいでがまんできなかった。

朝になると、かあさんが医者を呼んだ。一日じゅうぐったり寝てた。頭痛は遠去かる雷雲が頭の地平線をぐるぐる回ってるみたいな、ごろごろくすぶるだけのところまでおさまった。医者は午後にやってきた。正確な時間は知らない。どうでもよかったから。のぞき、こづき、つつき、叩き、質問し、いつもの手順。かあさんはベッドの足元に立って見てた、エプロンを指でくしゃくしゃにして、代わりに質問に答えさえした。「先生にかわいそうなバリー・ゴーマンのことお話ししなきゃ」「試験の結果のこともあるんですよ、先生。心配してるみたいで」「それに進路も。そのことも苦にしてて」「小さい頃、転んで頭をひどく切ったんです。あんがいそれかも」

もちろん薬が出た。「緊張をほぐすためだ」それと「よく休みなさい。特に深刻なことじゃない。二日ほど寝てればいい」

ドアの外で、「心労によるものでしょう。見たところ、体そのものに異状はないようです。食生活に気をつけてください。チーズはやめたほうが……しばらく安静にさせておいて……まだ頭痛が続くようなら病院に紹介しますから検査を……」

下までずっと二人でぶつぶつ。大人ってやつはどうして、ドアがありゃ聞こえないと思うんだろう？

それからかあさんがお盆に、ゆでたまごと薄切りパンにバターを塗ったやつを載せて病人の給仕。にこにこして。そうきんなんかどこにもちらりとも見えない。

けどヘッドホンをしてるとたまらなくて、音楽も道路工事のドリルみたいで、これを書くのもベッドで起き上がって鉛筆とメモ帳を使うしかない。夕イプライターの音に耐えられないし、立ち上がるとめまいがして頭痛がまたひどくなるからだ。まだ残ってる、頭の奥のほうでごろごろいって。
　バリー。バリー。ああ、バリー。

このあと、かなりの長きにわたって、ベッドでのオレたちの混乱した思い出や描写が、ひどい殴り書きで記されている。詳細は勘弁してあげるよ、ミズ・A！

火曜　もう埋葬してるんだろうか？　知る方法は？　場所がどこか知る方法は？　新しい墓はあいつのだけだろうか？　この町じゃ毎週どれくらい、ユダヤ式の葬式があるんだろう？
　たったいま、あの死に関する本でユダヤ式の葬儀習俗を調べてみた。埋めたあと、少なくとも一年は墓石を建てないらしい。どの墓がバリーのか、どうすればわかる？
　頭痛がまたひどくなってきた。
少しあとで　とうさんは、仕事から戻るとオレのベッドのそばに腰をおろすようになった。天気。庭。仕事。気分はどうだ？　あとは沈黙。

オレの眼を避けるようにしてるが、時々、不思議そうにちらりと見る。どうにも理解できない未知の人間を値ぶみしようとしてるみたいに。今夜はオレの部屋にある本や音楽テープのことを話そうとした。けど十分間やってみてあきらめた。部屋には一時間いた。一時間！

今夜はベッドで起き上がって、とうさんを観察した。身長はオレと同じくらい。思ってたより小柄だ。見てるとどんどん縮んでくみたいだった。体も肉がついてるけど、同時にもっとがっちりしてもいる。顔はオレのより丸くて、オレがずっと思ってたよりもほんとは小さい。知らない人だったとしたら、道ですれ違っても気にもとめなかったろう。中年で疲れた顔をした、頭の薄くなりかけた小柄な男。

この発見に驚く。今度とうさんを見ても別人に思えるだろう。オレがろくに知らない人間に。

かわいそうになった。

水曜——また頭痛が一日じゅう。吐く。

木曜——葬式のことが新聞に出てた。かあさんが見せてくれた。検視審問の記事も。事故死とされてた。事故！

　もういない。土がどっさり重くかぶさってる。棺桶の中の闇。けど、あいつはそこじゃないよな？　そこなのか？　あのスピードのあぶくの中じゃないのか？

　またこのくそひどいげろ吐き頭痛だ。


金曜　七週間。

そして七日前。

オレたちはけんかした。

あいつは死んだ。

オレは生きてる。

また頭痛。また吐く。


踊り踊り踊り踊り踊り踊り踊り。

死の踊り？

死のための踊り？

誰の踊りだ？　誰の死だ？

踊れ。

28／その夜、オレは一回目の踊りを踊った。もちろんその時は、また踊ることになるとは知らなかった。知っていたのは、踊ると誓った以上踊らなければならないことだけ。

二時十分にマグニチュード七くらいの頭痛を抱えて目を覚ました。約束をはたすまでこいつから逃げられないのだ、わかっている、とオレは思った。だったらやってしまおう。

医者の薬を二錠ばかり喉に押しこんで起き上がる。

やるなら夜しかない。昼間だと捕まってやめさせられてしまう。

「起きたりしてどうしたの？」おふくろが両親の寝室から声をひそめて言った。いざという時のために、ドアがいつも半開きになっている。

オレは靴を持ったまま、暗い階段で立ちどまった。

「休んでるんだよ」と声をひそめて言い返す。

ふとんがさごそいい、おふくろが亡霊のように踊り場に現われた。「起きてちゃだめだろ。休むために寝てるのに」

「休むのを休みたいんだ。飽きちゃった」

「何着てるの？　パジャマと違うじゃないの！」

「散歩に行くだけだってば。新鮮な空気が吸いたくなった」

「夜中の二時だよ！　冷えて死んじまう」

「あったかくしていくから」

「どうかねえ。とうさんに聞いてみる」

上に手を伸ばし、手すりの上のおふくろの手にかけた。

「そっとしとこうよ。起こしたら怒るだけだ」

おふくろはとまった。もう片方の手をオレの手に重ねた。

「あたし本当に心配なんだよ。近頃じゃ、おまえがどんなことしてるのかちっともわからなくて。何も話してくれないだろ。それにあの偏頭痛……」

「オレなら大丈夫だから」

「どっか悪いんだよ」

「成長の痛みってやつさ」暗い中で微笑(ほほえ)みかけようとした。

「ここへ越してこなきゃよかった」かあさんは言った。

オレは忍び足で下におりた。かあさんも後ろから、スリッパをぱたぱたいわせてついてきた。

「よく知った場所を離れるなんて。どうしても正しいと思えなかった」

「でもうここに住んでるんだし」オレはアノラックに手を通した。「ベッドに戻ってよ。オレなら大丈夫。本当だよ」

「お茶一杯、淹れさせとくれ」

「ずっと寝てたから、変化がつけばそれでいいんだってば」

「なんかおなかのあったまるもの」

「何も食べたくない」

おふくろはためらった。放熱器が熱を発するように、懸念を全身から発しているのが感じられた。オレは思った。かあさんはいつも何かのこと、誰かのことを心配している——オレ、とうさん、もう起こったこと、これから起こること、起こらないこと。災難を予期している。けど、かあさんのことは誰が心配する？　オレはしたことがない。オレがいてほしい時、いつもそこにいたから。ひとりの時に思い浮かべるのは、オレが子供の頃のまんまのおふくろだ。笑っていて、忙しくて、いつも動き回っていて、絶えず喋っている——オレに、とうさんに、しょっちゅう立ち寄る友達に、店屋の主人たちに。

オレは思った。けどいまのかあさんはああじゃない。今はおびえて隠れる女だ。ここまでの変化を、オレも見ていたはずなのはわかっていた。見ていたに決まっている。

そばにいたのだから。だのに気づかなかった。気づきたくなかったということか。理解できなかったから？　手を打ちたくなかったから？　どうすればいいかわからなかったから？　ばつが悪かったから？　めんどうだったから？

オレの服の前をかき合わせながら、かあさんは言った。「先生がなんて言うか」

「黙ってりゃいい。ちゃんと気をつけるよ」

「長くはだめだよ。あと、遠くへ行かないようにね。こんな夜中だもの、誰がうろついてるかわかったもんじゃない」

手を伸ばしてオレの額にふれた。さらに乗り出し、ぎごちなく頬にキスした。

「もう寝てよ」オレは言った。

暗いせいで目鼻のない幽霊のような姿で、オレを見、背を向けてそっと二階に戻った。

29／墓地に入りこむのは簡単だった。まず塀の外を、入口から安全な距離まで自転車で通りすぎた。門のそばの門番小屋には人が住んでいるからだ。石の塀は腰のあたりまで来る。パトロール警官でも通りかかるといけないので、自転車を塀の内側におろして隠した。塀からひと墓ぶんくらいのところにある大人の背たけぐらいの生垣は、かきわけるには密生していすぎる。だが塀と生垣の間の並木の木々は、下のほうの枝が切られている。そのうちの一本、登るのにちょうどいい位置に短く切られた枝を提供してくれているやつをよじ登り、枝につかまって体を振りおろし、墓地の内側の地面に飛びおりた。どうやって出るかはあえて考えなかった。この頃にはもう、必死の決意しか感じられず、一つのことしか見えなくなって、バリーの墓にたどりついて踊ること以外、いかなる思考も入る余地がなかったのだ。

おまけにレーダーに導かれているようなもので――誰が操っていたのだろう？　バリーの霊か？――天気のことも、どんな夜だったかも全く記憶がない。正しいと断言できる種類の記憶は。雨ではなかった。濡れていればおぼえている。だがどれくらい暗かったのだろう？　眼を閉じて思い出そうとする。塀が見える、灰色で深い影に閉ざされていながら、少し先の街灯のほのかな光をとらえている。（ほかより暗いので、無意識に道のこの地点を選んだのだろう）。

内側の地面に飛びおりてみると、墓が林立している。昔のものだ。いかめしく古びている。墓石は、沈黙のうちに整然と群れて行進する老人さながら。夜もここでは一段と暗い。陰気でますます影が深い。思い出して怖くなる。ここはなんといっても墓場なのだ。だが考えてみれば、気がかりなのは生きている人間だけ。自分が捕まることだけ。

耳をそばだてて待った。道を車が喉を鳴らして通りすぎ、ヘッドライトで木々を照らし出す。それきり足音一つ、咳払い一つ、声一つ、ひそという息一つ聞こえない。落葉がかさこそ音を立てる。鼠か？

小さな懐中電灯を持参していた。手を前にかざすようにして点灯。光線が足元の地面を見つけるに委せた。墓の間を縫って小道へ導くに委せた。夜に温かい薄茶の輝きとなって。消灯する。

ユダヤ教徒用の墓所は墓地の中心部の後ろにあり、生垣で隔てられている。墓の列の間をくねくね這う小道が導いてくれるだろう。オレは出発し、固い砂利を踏んで人に聞かれないよう、小道の端の草の上を歩くようにした。

ひと足ごとに頭が痛みに叩かれる。だが約束に従っているとわかっていたので安堵もあった。なぜか前より呼吸が楽で、額にふれる冷たい夜気も快く感じられた。

30／生垣の暗い線ごしに見るとユダヤ教徒用の部分は、草が短く刈られた四角い一画の中央にひろげられた、しわだらけの白いシーツに見えた。生垣のまばらな枝をかきわけるのは簡単で、足をとめて考えることもしなかった。気がせき、魔法にかけられたようで。もはやバリーの墓をどうやって見分けるか悩むことさえなかった。見ればわかると感じていたのだ。

一列目の墓から捜し始め、ずっと列に沿って歩いていく。兵隊の点検。各自、墓のそばに立て。ほとんどが白い墓石と外柵に飾られ、石の表面に碑文の黒い文字が英語とヘブライ語できざみつけられていた。箱の蓋めいた無地の平石を戴いたものもある。金文字入りのつややかな黒い記念碑が建っているものもいくつか。一つか二つ、危なっかしくかしいでいるさまは、下の死体が床で寝返りを打ち、石を横に傾けたかのよう。一人だけの墓、二人入っている墓、そしてたまに、そこかしこに隙間が見られるのは、身内がそばへ来るのを待っているのだろう。そしてたまに、土が盛られているだけでなんの目印もないものがあった。番号の印刷された丸い板のついた小さな金属製の杭が、足のほうに打ちこんである以外。ペロペロキャンディを大きくしたように見えるそれらが、この一年間に人の入った新しい墓をしるしていた。

バリーのもその一つに違いない。最初の三、四列には、それらしい真新しい墓はなかった。どれも土が乾き、固まっている。だがやがて、まだ新しいものに出くわした。懐中電灯をつけた。黒っぽい盛り土の上を往復させる。バリーのだ。けどどうすれば確認できる?

墓はある列の一番端、四角い墓所を劇場の座席のように二つに仕切っている通路のすぐ脇にあった。ペロペロキャンディの杭はなんの役にも立たない。引き抜いて裏も表もよく見る。何も書いてなかった。番号だけ。番号で何がわかる?

何かしるしが見つからないかと、墓のまわりを歩いてみた。まるでバリーが、永遠にしまいこまれる前になんらかの手がかりを落とし、そこにいると教えてくれたかのように。ばかばかしい。もちろん何もなかった。

隣の墓の墓石はおおかたのものより大きく、少しかしいでいるやつの一つだった。バリーの墓との間の草の細道をそろそろと歩むうちに、懐中電灯の光がその白い表面にこぼれかかる。

〈デイヴィッド・ゴーマン〉という名の黒い文字が語りかけた。バリーを見つけたのだった。隣のこの男は絶対にバリーの父親。墓石に記された生没年もぴったり。そして向こう隣には草深い隙間、あと二つぶんの墓が作れる空間があった。幽霊のようにじっと夜を見つめている次の墓碑との間に。

31／次に起きたことはあまり言いたくない。

泣きだしたのだ。ゴーマンさんの墓とバリーのの間に立って、足元でスポットライトを浴びている盛り土を見おろしているうちに、涙が顔をぽろぽろ流れだした。最初は、ここまでたどりつく努力による汗のしずくだと思った。だが眼がうるみ、鼻水が出、息が喉の中ではじけたので泣いているのだと、感覚の失くなった芯のほうで悟った。

困るのは、何を泣いているのかわからない点だった。どうかしていると思うだろう？（もっとも、オレはもともとどうかしている——最初からそう言ったはずだ）。言い直すと、泣いていたのは悲しかったせいだけでなく、腹が立っていたせいでもあったのだ。実を言えば、悲しみより怒りのほうが強かった。なぜかはわからなかった——その時は。（いまはわかる気がする。けど、あんたがちゃんと理解できるよう何もかも正しい順序で書く必要がある以上、ここで教えるわけにはいかない。あとのことになる）。

悲しいと同時に怒ってもいるのに、怒っている理由がわからないことが、オレをますます動揺させた。涙が喉に詰まってあえぎ始めた。今度は人に聞きつけられるのが心配になった。懐中電灯を消す。どうすればいいのかわからなかった。バリーの墓のそばを行ったり来たり。力が抜けたように感じた。考えなしにゴーマンさんの墓の平石(ふた)に腰をおろした。口を膝(ひざ)に押しつけてふさぐ。だが息がますます苦しくなっただけだった。あえぎながら立ち上がったが、もう涙で何も見えなくなっていた。よろめく。つまづく。バリーの墓の上につんのめる。転倒して大の字になる。

慌てたあまり、あいつの土の山にまたがる形で膝立(ひざだ)ちになった。夢中で切りつけ、突き、掘りだした。バリーのペロペロキャンディの番号杭をスコップ代わりに、土をそこらじゅうに投げ散らして。ゴーマンさんの墓を覆う天板をかすった土が、うつろな音を立てるのが聞こえた。

32／バリーに手をのべたかったのか？（手を上げたかったのか？）

バリーと一緒になりたかったのか？（一発殴りたかったのか？）

どっちでもの二乗。好きなほうをどうぞ。二乗にしてもじなくても。オレにもわかっていなかった。その頃にはもう、まともにものが考えられる状態じゃなくて。涙で眼がぼやけているように頭の中もぼやけて。

発作はどれくらい続いたのだろう。たぶんほんの数秒。ペロペロキャンディの金属製の棒が曲がり、掘るには役立たずになった時点であきらめた。敗北に疲れはてて投げ捨て、穴ぼこだらけの盛り土にへたりこんだ。

息をはずませ、汗びっしょりでがくがく震えていた。

一つだけいいことがあった。頭痛が消えていたのだ。

おそらく汗と涙が体から洗い流してくれたのだろう。

冷静を取り戻した。徐々に。

オレは穴を掘りにきたわけではない、と考えた。

だがなぜこんなことを？　何もかもそもそもなぜ？　なぜ？

なぜ　なぜ　なぜ　なぜ　なぜ　なぜ　？

33／眠っていたような気がした。長い眠り。すっきり眼が覚めたと感じた。だがまだ元気はない。引き潮と満ち潮の間のたるみ。
オレは踊りにきたのだ、と自分に言い聞かせた。約束したではないか。踊らないわけにはいかない。

生まれたての子馬が立ち上がる映像を見たことがある。いまや立ち上がろうとしていたオレもまさにそうだった。脚を曲げて。膝をよろめかせては折り。力が足りずにじたばたして。よろぼいながら、バリーの墓の乱れた土を踏んで回った。踊りの一種といえなくもなかった。即興でジグ（アイルランドの舞曲に伴う踊り）を踊ろうとして片足を上げてみたが、ふらつき、半狂乱になっていた時に掘った穴にはまったはずみに足首をひどくひねり、苦痛の悲鳴を押し殺しながら前のめりになった。

倒れまいと手を投げ出す。ゴーマンさんのかしいだ墓石の角をとらえた。つかむ。ぶじなほうの足で跳ねながら、体をたぐり寄せた。

墓石は一瞬だけ支えてくれたが、そのまま地面からすっぽ抜けた。ゆっくり優雅に傾き、どすんと大きな音を立ててバリーの墓の頭のほうに横ざまに落ち、そのまま下向きに倒れた。波としぶき。地面が揺れた気がし、音もオレの耳には雷並みに聞こえた。

オレは足首が痛いのも忘れ、倒れかかる平石から飛びすさった。着陸と同時に思い出し、今度は苦痛の叫びを押さえられなかった。

そうやって沈黙の夜をわめき声や物の落ちる音で引き裂くうちに、ふいに怖くなった。誰かが聞きつけたに違いない。行かないと。逃げろ。いま。

顔をしかめながら両手両足で這うようにして生垣に戻った。尖った小枝やひっかくとげを無視し、強引に突き抜ける。片足を引きずりながら、異教徒（ユダヤ人から見た場合を指す）の納骨場のうねる小道をたどって最初に入ってきた地点に戻り、そこでとまって、追手がかかっている兆候はないか耳をすました。

ない。

息を取り戻し、痛めた足にも可能な脱出ルートを捜した。ようやく一つ見つかった。生垣の下のほうにあいていた、外塀との間の隙間に這い出られる程度の穴。そこからそろそろと塀を乗り越え、片足でゆっくりペダルをこぎながら、誰にも見られずに帰宅した。

34／狂える者の日記よりの抜粋

土曜………ひどい。最悪。自制心を失くした。気が変になった。墓を掘りおこすなんて、うそだろう！　オレはどうしちゃったんだ？　あんな気分になったのは初めてだ。まるで誰かが脳をつかんで、頭蓋骨の中で後ろ前にしたみたいな。

今朝はくたくただ。足首ははれあがってる。かあさんには暗がりで石段を踏みはずしたと言った。服は没収された。すさまじい状態だったんで。どろどろのびりびり。「サッカーもやってきたみたいでよかったね」と言われた。時々笑わせてくれる。で、オレはまたベッドの中で、体の両端がずきずきし、まんなかへんもあまり気分がよくない。

おまけに踊ってない点は相変わらずだ。踊らなくちゃ。どうすればいいんだろう。またあんなふうに暴走したら耐えられない。ぞっとする。ほんとに頭がおかしくなりかけてるんだ。自分でなくなるって人はよく言うけど、まさか本当のことだとは思わなかった。そういうことが本当にあるとは。起こりうるとは。だが起こりうるんだ。オレに起きた。もう一つ、正気を失うって言葉も聞く。オレがそうだった。体から失せた正気が、逆上してるオレを見てた。最初から最後まで、冷たくて無感動な正気のオレが、頭がどうかして狂いかけてるオレを見つめてた。

狂ってる人間、いつも狂ってるんで病院に閉じこめられてる連中にも、自分が狂ってることをずっと知ってて、起きてることを全部見守ってる、冷たくて無感動な部分があるんだろうか?連中のすること、されることを見てる。そんなのぞっとする。だって狂気がそういうものだとしたら、狂った人間にとって本当につらいのは、自分が狂ってて自分を見守ってると知ってること、自分が毎日毎分狂ってるのを感じてることだからだ。それじゃ地獄（じごく）。オレがそんなことになったら、耐えられなくて自殺すると思う。だから頭のおかしい人はしょっちゅう自殺をはかるのかな？　自殺するのをとめられると、逆上してしまうのかもしれない。狂ってるからじゃなくて、狂ってるとわかってるのに自分じゃどうにもできないことに、もう耐えられなくなるから。誰かと話す必要がある。ひとりじゃ整理できない。

少しあとで　　話せる相手はカーリだけだ。何もかも知ってるのはカーリだけ。会いにきてくれるよう手紙を書いた。急いでたんで、届けてくれるようとうさんに頼んだ。「なんかしてほしいことがあったら言えって言ったよね。この手紙、届けてほしいんだけど。持ってってくれる？」と言うと、とうさんは封筒を見て、オレからプレゼントでももらったみたいににやっとした。「女の子か？」と聞いた。「友達だよ。会う約束したんだけど、寝たっきりじゃむりだろ？だから会いにきてくれって言おうと思ったんだ。かまわない？」するとまだにやにやしながらしばらく見てた。「いける子なのか」と聞かれた。「どういう意味さ？」と言うと、「わかってるだろ、いかした彼女なのか？」と言われた。「タイク先生呼ぶよ。そういう男性優位主義的なことと言ってると」とオレは言った。「うん、まあ、とうさんからその子に教えてやれることもあるさ」と言われた。「ノルウェー人なんだ」と教えたら、「外国人じゃないか」と言うんで、「ノルウェー人は普通そうだよ。もちろん、ノルウェーに行けば話は違う。外国人はオレたちのほうになる」と言うと、とうさんの笑顔が消えた。冗談のつもりだったのに、ばかにされたと思ったんだ。とうさんが相手だとどうしてこうかけ違うんだろう？　悪いことをしたと思った。「来てもらってもいい？」と尋ねたが、「どうでもいいさ」と、またいつものとうさんに戻ってしまった。「おれには関係ない。かあさんに聞いとく」そして背を向けて行こうとした。「けど、手紙は届けてくれるんだろ？」とオレが言うと立ちどまった。「ああ」封筒をひねりながら答えた。「少しはおまえのためになるかもしれん。医者はどう見ても役立たずだから」

35／【即時再生】

妙な気がする。いまになって自分の〈**狂気の日記**〉を読み返してみると。書いていたときは、言葉をページに弾丸のように打ちこみ、内容も何も考えず、自分の中から吐き出すことしか頭になかった。聞かせる相手がいなかったので。だがこうして読み返してみると、その時は知らなかったこと、見えなかったものを教えてくれる。たとえばとうさんとのいまの会話だ。日記を読むとその瞬間がまざまざとよみがえる。足にかぶさったふとんの重さ、ふとんにこもった熱、きしみ合うような体の痛み。そして何より、とうさんを顕微鏡みたいに拡大して見聞きすることができる。

そこで気づくのは、カーリ宛ての封筒を見た時のあの笑顔だ。「オレからプレゼントでももらったみたいに」とまで書いている。カーリに関するとうさんのむだぐち。そして医者が「役立たず」だという捨てぜりふ。ただのぐちではない。口調から聞き取れる。とうさんは「おれがおまえに必要だと思ってるものは、医者じゃどうにもできないものなんだ」と言っているのだ。だがカーリ——女の子——ならできるかもしれないと。まだ望みはある、と親父は思っているのだ。

プレイバック。

親父は知っていた。知っていたのだ。オレがバリーとつきあいだしたあとのどこかの時点で、何が起きているか見当をつけていた。オレがバリーを相棒と呼んだとき、男が普通友達を指して言う場合以上の意味があったことを。

なぜわからないと思ったのだろう？　とうさんには思考能力がないと思いこんでいたからか？　鈍すぎて気づかないだろうと？　大変だ、もしその通りなら、オレはなんてえらぶった猿になっていたことか。

だが知っていて当然。オレは何も隠していたわけではない。話題にしなかったにすぎない。

いつの日か、とうさんと話題にできるようになるかもしれない。だがまだだ、ミズ・A、いまはまだだめ。自分で自分の整理がつき、自分がなんなのか確信できるまではだめ。まだできていない。


36／「女の子を部屋に入れるの初めてなんだ」日曜の晩に来たカーリとおしゃべりしながらオレは言った。

「うれしいでしょ！」カーリは答えた。

カーリの到着に先立ち、オレは足を引き引き浴室に行き、身だしなみを整え、特別のことなので清潔なスウェットシャツに着替えた。その間、かあさんは来賓を迎えるにふさわしくオレの部屋の大掃除をしていた。

「実を言うと」オレは言った。「そもそも部屋に人を入れるのが初めてでさ——もちろん家族は別だけど」

「来るのやめようかと思ったの」

「なんで？」

「わたしのこと見捨ててたでしょ。あの怒ってる男の人委(まか)せにして」

「捕まったの？」

「とんでもない！　そんなのろまじゃないわ」

「じゃあいいだろ！」

「どこがいいのよ！　捕まらない保証はなかった」

「けど捕まらなかった」

「でもあなたのおかげじゃないわ。あなたはわたしを残してさっさと逃げたのよ。あんなに協力してあげたのに」

「裸同然だったんだぜ。うろうろしてるわけにいかないじゃないか」

「服なら自転車にあったでしょうが」

「うん。けど、うちまであと少しってとこまで忘れてた。ショック状態だったから」

「かっこうもショッキングだったしね！」

二人とも笑った。それほど面白い冗談ではなかったが。

「少しだけ許してあげる」カーリは言った。「あれだけひどい体験したんだものね」

「やるんじゃなかった」

「やる必要があるって言ったのはそっちよ」

「わかってる」しばらくカーリを見た。「もう一つ、やる必要のあることがあるんだ」

「知りたくない気がする」

「いいや、知りたいね。死ぬほど知りたいはずだ」

「そういうこと言わないの。うんと言うまで、聞いてくれってさんざん説得してよ」

「もうその部分はすませたことにしないか」

オレを疑わしげに見た。「今度だけよ。わたし、人につけこまれるのきらいなの。頭に来るし、そうすると吹出物が出る」

オレはバリーの墓をおとずれたこと、そこで起きたことを話した。終わると、カーリは首を振って肩をすくめた。

「ひどい話だわ、ハル。死体置場よりもっと悪い」

「わかってる、わかってる。死体置場のほうは理解できるんだ。なぜバリーを見る必要があったか。たとえ見たのが間違いだったにしても。けどこれは……理解できないんだよ。君ならわかるかと思った」

また首を振った。「そうねえ……罪の意識かもしれない。バリーの死に罪悪感があったのかも」

「それなら考えた。けど、そういう感じじゃなかった」

「じゃあどういう感じだったのよ？」

「悲しかった。頭に来てた。よくわからない。ごちゃごちゃで」また少し考えた。まだ言っていないことがあったのだが、言えるかどうか自信がなかった。気力をかき集め、むりやり口にする必要があった。「あいつを殴ろうとしてるみたいだった」

長いこと二人とも沈黙し、お互いを見ようとしなかった。カーリは眼を自分の足に据えていた。オレの眼はそこかしこをちらちら動き回り、時々カーリを視野におさめては、何か反応を見せるのを待っていた。

「殴ろうと?」ついに言ったが、まだオレを見ようとはせず、顔にも気持ちは見せていない。

「うん。あと、そばへ行こうとしてた」

「殴れるようにそばへ行こうとしてたの?」

「たぶん。いかれてるだろ? そういう言いかたするとさ。けど、どっちも感じてたんだよ。君が言ったようにじゃなくて」

「わけがわからない!」

「オレもだよ! だからさ、殴るためにそばに行きたがってるとは感じてなかったんだ。それだと二つが結びついてるだろ? でも違った。べつべつだった。オレはバリーのそばに行きたかった。殴りたくもあった。怒ってるのに、同時に悲しくもあって。べつべつのものがごちゃごちゃになってたんだ」

いまやこっちの顔をさぐるように見ていた。オレが言葉にしていないことがそこに見出されるかのように。

「君にはわかるかい？」

「わかる……でもわからない」

「最高だ！　ずいぶん進展したじゃないか！」

「そう簡単にはいかないの。これほどのことをひとことで割り切るには、人間は複雑すぎる。簡単な言葉でこうと説明できるものと決めつけるには。あなたは本の読みすぎで、人生は整理して知ることができるものだと思い違いしてるのよ」

「そんなことない」

「ある。なんにでも答があると思ってる。突きとめて知ることのできる理由が。なんでもはっきりさせたいんだわ。頼りになるどうでもいい数学の公式みたいに。いつも誰かを捜してる――もう、どう言ったらいいか――人生の生きかたを教えてくれる人を」

「そんなことない」

「ある。心の友なんて子供じみたばかばかしいこと言って……わたしがどう思ってるか言おうか……」

　そこでぷっつり言葉を切り、オレをにらんだ。オレもにらみ返した。

「グレイさんの奥さんが心配してる」カーリは立ち上がった。「もう帰らないと」

「まだいいだろ」

「だめ。具合の悪い人と議論するわけにいかないし」

「いま帰ったらオレ、もっと悪くなる」

「ならないわよ」カーリは笑った。「具合が悪いのは、友達が死んで動揺してるからでしょ。当然だわ」

「それだけじゃないことぐらい、わかってるだろ。頭痛のことがある。あれはバリーが死んだからだけじゃない。オレに関係してるんだ」この全てをオレは、前もって考えることなく口にしていた。あたかも何かがたったいま、どこかの膜を突き破り、その裂け目からこうした言葉がこぼれ出たかのように。「頭痛が始まるのは、バリーとオレのことや、二人がしたことを考えようとする時なんだ……いや……オレたちが何だったかを考えようとする時。それだ。オレたちが何だったか。墓のそばで起きたことは、ほんの一部分だった。助けてくれるかと思ったのに、君ときたら――」

沈黙。カーリはベッドの脇に立ってオレを見おろした。眉をひそめていた。「友達だから、本当に思ってることを言う」と言った。「その人たちについて、本当のことを。すると――なんていうか、うらまれる」並んで腰をおろすような形でベッドの端に座り、じっとオレを見た。

「ためしてみろよ」少しばかり挑発的に言いすぎた。

カーリは微笑(ほほえ)んだ。「あなたすごくいい子よ、ハル。でも人を食べつくすところがある」片方の手を上げ、オレの口の前にかざした。「黙ってて。何か言われたら、続きが言えなくなるかもしれない。簡単に言えることじゃないもの。わたし、あなたとバリーのこと考えてみたの。この前、聞かせてくれたこと全部。あなたがバリーのどこが気に入って友達になりたかったかはわかる。あの人にはどきどきさせてくれるところがあった。わたしもあの人のこと、気に入ってた。バリーは生命力に溢れてた。エネルギーに溢れてた。人生を楽しんでた。意見を沢山持ってた。でもあなたの場合、ほかにも理由があったんだと思う」

言葉を切った。何が言いたいか考えていたのだろう。言うべきかどうか決断しようとしていたのかもしれない。いずれにしろ、また眉をひそめていた。

「あなたのこと、人を食べつくすって言ったでしょ。でも逆なのかもしれない。人に食べつくされるのが好きだって、そう言うべきだったのかも。わたしが言いたいのは、あなたがバリーを気に入った理由が――」オレの顔を見て反応を確かめ、言っていいことかどうか判断しながら、「――自分をいきいきさせてくれる人だったからだってこと。ひとりじゃ絶対しなかったようなこと、できなかったようなことをバリーはさせてくれた。バリーが何もかも決めてくれたんでしょう？　大事なことは何もかも。どこへ行くか、何をするか、そういうことを全部どんなふうにするか。着る物や髪の毛のとかしかた、食べ物まで指図した。あなたときたら、バリーと一緒でないときは、戻ってくるのを待ってるだけ。一緒のときはなんでも言いなりだった」

言葉を切った。オレは息を詰めそうになった。聞かされている内容は気に入らなかったが、最後まで言ってくれるのが待ちきれないほどで。おととし医者に、腹が時々痛むのは盲腸のせいだから、入院して手術を受ける必要があると言われた時のようだった。なぜ吐いたのか、なぜそんなに腹が痛むのか、オレは考えないようにしていた。張っているだけだ、引越したばかりで神経がたかぶっているだけだ、何か悪いものを食べただけだ、と自分に言い聞かせた。だがその間ずっと、もっと悪い理由があることを察していた。かあさんがついに医者を呼ぶと、手術の必要があると言われた。その時も同じように息を詰めていたものだ。こうなったら真実をちゃんと見つめ、なるべく早くすませたほうがいいと知って。カーリが相手のいまもそう。言われていることが真実なのはわかっていた。いままで認めずにいただけ。へたに口をはさんだりして、最後まで言ってもらえないとまずい。

カーリは黙って待っていた。何か言ってほしいのがわかった。

「続けて」となんとか呟(つぶや)く。

続けたくないカーリはためいきをついた。「しばらくはバリーも、そんなふうに頼りきられるの楽しんでたんじゃないかしら。あなたの先生になって、人生やあなた自身のこと、いろいろ教えてあげるの楽しんでた。おにいさんと恋人と雇い主と師匠を全部同時にやることに、気分のよさもあったと思う。でもああいう人だったから、しばらくすると飽きた。あの人が一番好きだったのは、何かが始まる時だったからよ。言いたいこと、わかる？　人を自分のこと好きにさせ、落とすのが好きだったの。主導権を握るのが好きだった。でもいったん落としてしまうと興味がなくなって捨てた。飽きて。あなたの時みたいに。仲のいい友達が一人もいなかったのはそのせい。いなかったでしょ？」

うなずく。「オレは一人も会ってない。話も聞いてない」

「バリーはスリルのある人だったけど、自分でもスリルが好きすぎた。誰だって、そういつもいつもスリル与え続けるのはむりよ。バリーだってそう。あなたがバリーのこと、いつもスリルがあると思いこんだのは、一緒にやったことが全部、あなたにとっては新鮮で、いままでと違ってたからにすぎない。バリーがヨットやオートバイが好きだったのは、いつでもスリルが味わえたからなの。あの二つはいつでも危険がつきまとう。あれなら、気が向いたときに危なっかしいことするだけで、いつでも新しいスリルが手に入った」

ベッドから立ち上がり、また椅子に腰をおろす。オレは何か言うべきだと感じたが、何を言えばいいのかわからなかった。

「わたしの考えが本当に知りたいなら言うけど」しばし黙ったあとでカーリは言った。

「あなたがちょっとおかしくなってバリーのお墓叩いたりしたのは、もう寄りかかりたくてもそばにいないからだと思う。めんどう見てほしくても。またひとりになって、自分で自分の責任とって、何もかも自分で決めさせられることに耐えられなかったのよ。あなたがほしかったのは、最初からバリーじゃなかった。自分がバリーだと思いこんでるものだった。だって本当は、バリーはあなたが思ってたような人じゃなかったんだもの。本当は、あなたと同じくらい怖がってた。わたしと同じくらい、かな。たいていの人と同じくらい、でしょうね。怖くないふりをしていただけで。お芝居は相当上手だったわ。あなたに見せるためだけじゃなく、自分のためでもあったと思う。わたしの考えだけどね、ハル、本当のこと言えば、あなたが好きになったのは顔と体だけで、そこに自分が見つけたがってる通りの人をあてはめちゃったの」

「バリーはオレの想像の産物だったたっての？」笑おうとしながら言う。

カーリは微笑(ほほえ)んだ。「かもしれない」

「ばか言え！　本当にいたじゃないか。オレは一緒だった。一緒に寝もした。君もだ。本当にいたことわかってるくせに」

「そう、誰かいたのは確かよ。でもあなたが思ってた人とは違った。わたしが思ってた人とも違ったかもしれない」

「知り合いがみんな、オレたちのでっちあげだっていうのか？　そんなのおかしい！」

「でもあたってるかもしれない。自分のことだってでっちあげてるのかも。なりたいと思ってる種類の人間に見せかけて」

オレはうなずいた。肩をすくめた。また沈黙があった。今度のは長く、オレたちはベッドの全長をはさんでじっと見つめ合うばかり。ふいにカーリが赤くなった。喋(しゃべ)りすぎたと思った人がするみたいに、照れたふうに。そして顔をそむけ、立ち上がり、服をそわそわいじった。

「もう帰らなきゃ」

オレは絶句していた。声が出なかったからではなく、言うべき言葉が思いあたらなくて。

カーリは言った。「訊(き)かれたから言っただけよ。いまのがわたしの意見」砂浜での明るいカーリになろうとしていた。「どうせ間違ってると思う」

うなずいた。「ばかな質問には――」

「ばかじゃなかった！」

「違うよ。そういう言い回し（ばかな質問にはばかな答が返ってくる、というもの）があるんだ――」

ぎごちなさが漂った。二人とも別れたくなかったのだ。カーリはドアの把手(とって)に手をかけたままためらった。

「そうだ」今度はオレが気さくで親しげな態度をとろうとする番だった。「この前は助けてくれて本当にありがとう。死体置場でさ」

きっかけをのがさず、にやっとしてくれた。「いつでもどうぞ。友達なら、死体置場に送りこんであげて当然よ」

この冗談にやり返せる前に姿を消していた。

37／カーリが帰ると、オレは不思議と静かな状態に入った。頭痛は何日ぶりかで完全に消えていた。カーリの言ったことを咬(か)みくだいてみるつもりだった。だがそうするどころか、じきに深い眠りに落ちて夢も見なかった――これまた何日か、いや何夜かぶりに。しばらくして半ば目を覚まし、誰か――たぶんかあさんだろう――がふとんをかけ直してくれているのをぼんやり意識したが、すぐにまた深く落ちこんでいった。

ようやくはっと目を覚ましたときは、〈死体のポーズ〉をとって横たわっていた。腕(うで)時計は九時三十五分を指し、カーテンからは朝日が濾過(ろか)されて入ってきていた。暴走するサイもいなければ、掃除機の苦悶(くもん)のうめきもない。

身じろぎする。体は、一つところに長くいすぎたせいで気持ちよくこわばっていた。すぐにカーリが頭に浮かんだ。言われたことの切れ端が再生される。

浴室。小便する必要があった。

「おまえなの?」踊り場を横切るとかあさんが下から呼んだ。

「違うよ、美人さん、牛乳配達」と声をかけ返す。

戻ってくる途中で、足首に痛みを覚えることなく歩けるのに気づいた。立ちどまって見る。はれは引いていた。

「気分どうだい？」かあさんが階段の一番下から尋ねた。

「いいよ。もう起きる」

「むりしないで」ためらいがちに二段ほど上がり、手すりの間からのぞいた。「とうさんがゆっくり休んだほうがいいって」

「めずらしいね」と答えたが、皮肉ではなく、ゆかいに思ってのことだった。

「朝ごはん作るよ」かあさんは姿を消した。

オレはその日のほとんどを、カーリが言ったことを考えめぐらし、日記を書き散らすことに費やした。

38／その月曜の夜、オレは待った。今度は約束通り踊ることを考えながら。

十時半にはしびれが切れた。すませてしまいたかった。

前と同じ言い訳。新鮮な空気を吸うためと足ならしに出かけてくる。

「夜勤の仕事につく訓練か？」とうさんは言った。「それともまたあの娘っ子かい？」

勤めから戻ってからずっと上機嫌(じょうきげん)で、何かというとカーリのことでオレをひやかしていた。

前と同じやりかたで墓地の中に。（もっとも、時間が早いだけにかわさなければならない車の数も多く、道にも一人二人通行人がいた）。同じ小道を通ってユダヤ人墓地へ。

生垣のところで立ちどまり、墓の間に動くものがないか見た。何も見えない。墓地の境界線を強引に突っ切って、まっすぐバリーの墓に向かう。

近づくとすぐに、父親の墓石が今度はまっすぐしっかり立て直され、オレの掘った穴も埋められてならされているのが見えた。墓の足元には新しい番号札が打ちこまれていた。

頭にぱっと浮かんだ考えは、傷が修復されている以上、オレがまた来ると思って見張っているかもしれない、というものだった。だが黙殺した。あれから考えてみたが、オレは捕まりたかったのだろうか？　犯罪者の中には捕まって罰せられたいと思っている者も沢山いて、無意識のうちに身元のばれるような手がかりを残していったり、犯行現場に戻って目立つ行動をとったりすると聞く。

とにかく、その夜のオレが目立っていたのは間違いない。バリーの墓の足元にただ突っ立ち、頭の中をもやもやさせているばかりで、懐中電灯をスポットライトのように目の前の、バリーの死の床である長方形の盛り土にあてていたのだ。気分は全く冷静だった。三日前の晩の怒りや狂気は皆無。涙は今度も顔をつたいだしたが、しゃくりあげたり取り乱したりはまるでなく、オレの考えだが、別れを告げている感じだった。バリーを放してやっていたのだ。

ちょっとの間、そうしているうちに、ローレルとハーディの映画のあたまに必ず入る、あのおかしな曲が頭の中で聞こえてきた。タンタタン、タンタタン、タテタタン、タテタタン……カッコー！……カッコー！……カッコー！『カッコーの歌』。滑稽で、悲しくて、いつもオレを微笑ませる。人の墓の上で踊る伴奏としては思いもよらなかった。人の墓で踊ること自体、この時まで考えたことはなかったのだが。それでも、聞こえるのがその曲だけだったので、ぎごちないリズムに合わせて足を上げ、踊りらしいものをすべく最善をつくした。じきに音楽は薄れ、リズムはオレ自身の中の何かになり、速さと勢いをまし、バリーの無用の死への追悼であり、オレにとってのあいつの存在、もう二度と誰もなれない存在への礼賛でもあるビートと化した。

追悼より礼賛の色が濃くなったとき、隠れていた青服の黒い姿が、〈死〉そのもののように、ほんの一列先のとある墓石の後ろから立ち上がり、ラグビーのフライング・タックルで襲いかかってきた。二人ともバリーの墓のそばの小道にひっくり返った。青服はすぐにでかい靴をはいた足で立ち上がり、オレの襟首と片方の腕をつかみ、いかにも満足そうにいなないた。「ようし、小僧、もういいだろう。逮捕する」

かわいそうに、そいつが理解できなかったのは、オレがとめどなくけたたましく笑いだした理由。

39／あとは知っての通りだ。

だからこれだけ付け加える。昨日、ビット38を書いたあと、チョークウェル駅のそばの浜へぶらぶら出かけた。〈死の手記〉が完成したと思い、うれしくて疲れた気分で。うれしかったのは作業が終わったからで、疲れていたのは、これで三週間、何もかも書きつけ、バリーとの七週間をもう一度生き、あらためてバリーの死と向かい合うこと以外、ほとんど何もしていなかったからだった。

全部すんだことに安堵をおぼえてもいたが、同時に寂しさもあった——まだ法廷に出る必要があるが、いまはそれもささいなことに感じられる。法廷がオレをどうすることに決めようと、もうどうでもいい。自分で自分をどうすべきかなら、とっくに決めている。学校に戻り、オジーの六年級に二年ほど通うつもりだ。といっても、就職のために上級試験（Aレベル）合格の資格がほしいからではない。大学へ進む野心もない。時間がほしいからだ。何もかも落着くまでの時間。もっと本を読み、もっとものを書きたい。書くのは楽しかった。この先、オレには何かが待っている。いまはまだなんなのか見えないが、待ってくれていることはわかる。そしてなぜか、仕事するより学校を続けたほうが、うまくたどりつける気がするのだ。

こういうことを考えながら、浜と遊歩道の間の塀に腰かけて海を眺めていると、誰かが肩を叩いた。どきどきもののスパイクが、いつに変わらずおいしそうな姿で、ペンキのはけを手にしていた。〈でんぐり号〉を浜に引き上げ、冬の間しまいこむのに備えて手入れの最中。

オレも手を貸した。大事な船を拝借してあれほどぶざまに転覆させた以上、借りがあると感じたのだ。よく笑い、ふざけながら作業を進め、学校やヨットやセックスや仕事の話をした。スパイクは来週から塗装屋の作業員として働き始める予定で、学校から解放されて喜んでいた。夏の間はできるだけ何もせずぶらぶらしていたのだが、いまや財布がからになり、父親にもう小遣いはやらんと言われたというわけ。

もちろんオレについては、学校を続けるなんてどうかしていると言い、オジーの六年級を選ぶにいたっては、救いの余地なくどうかしているという意見だった。説明しようとしたが、まだ自分でもいろいろ混乱していたので話題を変えた。

その間ずっと、スパイクと一緒にいるだけでときめいていたが、スパイクこそ魔法の豆缶を持った少年、本物かつ永久的な心の友だろうかとは、生まれて初めて――このビットで大事なのはこの部分なのだが――全く思わなかった。もうどうでもよかったから。

「ねえ」とスパイクに言った。「今夜、映画に行かないか?」

「おけらだって言ったろ。本当なんだ」

「大丈夫。金なら沢山ある。何週間も何もしてなかったから。今夜は遊びに出かけたい気分なんだよ。これがすんだらどっかで海と陸（フィッシュ・アンド・チップス）（イギリスの伝統料理で白身魚のフライにフライドポテトをそえたもの）でも食って、五時半の回を見ようぜ」

「なんの映画だい?」

「なんだっていい」笑いながら答えた。

スパイクは逆さにした船体ごしにこっちを見、やはり笑った。「おまえってどうかしてるよな」

「普通のどこがいいのさ?」オレは言い返した。

そしてその夜、スパイクに〈サウスエンドみやげ〉をやった。


うらやましいか?

40／これで終わりだと思ってほしくない。自分でも何が終わりなのかまだわかっていないのに、終わりのはずがないだろう? 始まりにすぎないのかもしれない。始まりでさえないのかも。なんでもないのかもしれない。始まりでも終わりでも。何かのまんなかにすぎず、その何かには始まりと終わりがあるが、どっちも目にも見えないくらい遠くにあり、忘れてしまってもいいほどで，ないも同然となると、考えてみればそれはつまり、ないということなのかもしれない。こういうことを全部書いたのも、オレがどうしてこうなったか、あんたにわかってもらうためだ。けど、オレはもうこうではない。なぜなら、こうなるようにしたものにもう影響されまいと心がけている人間が、いまのオレだからだ。

唯一、重要なのは、みんなどうにかして自分の歴史からのがれること。

少年の誓(ちか)い
「友の墓の上で踊ること」

オートバイ事故で死亡した友人の墓を損壊した十六歳の少年に対し昨日、少年裁判所のC・H・ピンチベック裁判長は、「君がしたように墓をけがすことは、普通の善良な人々にとっては嫌悪の対象になるのです」と諭(さと)した。

　法廷では、チョークウェル高等学校の生徒である少年が友人と、いずれかが死亡した場合、残ったほうが墓の上で踊るとの誓いを立てたことが証言された。オートバイ事故は、二人の少年が異性をめぐって口論になったあとに起きている。

　ソシアルワーカーの報告により、少年の行動が軽い鬱病(うつびょう)に起因していることが明らかとなった。こうした鬱病は思春期にはありがちなもののことで、今回のケースでは、友人の死がきっかけになったという。

　裁判官は少年を一年間の保護観察処分とし、友人の遺族に精神的苦痛を与えたことへの少年の謝罪を受け容れた。

編集部注……著者によれば、原題Dance on my Graveは、英語の慣用表現Dance on your Grave（おまえの墓の上で踊ってやる＝おまえが死ねば万々歳、というほどの挑発を意味する）を反転させたものです。

日本の読者のみなさんへ

私の書いた作品中、最も熱心に読まれているのが『おれの墓で踊れ』です。なぜか愛読者になり、何度も再読してくれる人が多いようです。読者の種類も限られてはいません。男、女、若者、老人、読書家、めったに本を読まない人たち、登場人物に似た人もいれば、全く似ていない人もいます。(大嫌いだという人ももちろん、愛読してくれる人と同じくらいいます)。

私にとって、これを書いたことは人生の転機になりました。ずいぶん長い転機で、執筆開始から、仕上げて完全な形にするのに十二年かかっています。現在の作家に成長した陰には、これがひと役買っています。

最初の発想が浮かんだのは一九六六年、墓を損壊したかどで逮捕された十六歳の少年のことを新聞で読んだ時のことです。少年はただ、どちらかが死んだらもう一人が相手の墓の上で踊るという誓いを、友人と立てたのだと言うばかりでした。

私はすぐに、二人の間で本当は何があったのかわかった気がし、同時に、どうしてい、もそのことを書かなければと感じました。九年間というもの、他の本の合間に書く努力を続けました。小説の形でやってみること二度。テレビドラマの形式にすること一度。

そうこうするうちに、『ブレイク・タイム』という小説を書き始め、妙なことにその最中に、『おれの……』をどう書けばいいか悟りました。（悟ったのです、何の理由もなくいきなり）。そこで、『ブレイク・タイム』が完成するが早いか、みなさんが今お読みになった小説に取り組んだわけです。仕上げるのに三年かかりました。

その後、さまざまな言語に翻訳出版され、多くの批評や論文でとりあげられ、親しい友人を何人ももたらしてくれています。日本の読者のみなさんの感想を知るのが楽しみです。

エイダン・チェンバーズ

書くことでの再生。

ひこ・田中

『おれの墓で踊れ』が文庫化されて、とてもうれしいです。一九八二年に出版（日本では一九九七年に翻訳）された本作は、ＹＡ（ヤングアダルト）小説を語る上で欠くことのできない傑作の一つだからです。

まず、ＹＡ小説について簡単に書いておきます。ＹＡ小説が成立するには、それを読む層が存在しなければなりません。若者です。

若者とは、教育期間が長くなり、成人年齢が上がることで生まれてきた、子供でも大人でもない年齢層を指します。彼らは、自分はもう子供ではないと思っている（実際に体は生殖可能になってきている人も多い）のですが大人扱いされません。そこで、まだ子供なのかと思いきや、今度は大人から折あるごとに「もう子供ではないのだから」と注意されてしまいます。ですから、彼らが自分は大人なのか、子供なのかと迷ったり、大人に怒ったりしてしまうのは、ある意味当然の反応なのです。

そんな彼らの思いを、彼ら自身に向けて語るのがYA小説で、『おれの墓で踊れ』もその一つです。

舞台はテムズ川河口の町、サウスエンド＝オン＝シー。十六歳のハルが十八歳のバリーと出会い愛し合う。けれど残念ながら二人は仲違いをし、その日のうちにバリーはバイク事故で亡くなってしまう。残されたハルは、バリーの生前二人で交わした約束、「どっちかが先に死んだら、残ったほうはそいつの墓の上で踊るんだ」を果たしますが逮捕され、裁判が開かれる……。

あらすじだけですと、墓の上で踊る箇所を除けば、素直なBoy Meets Boyの物語に見えます。

ところが、この作品は二人の出会いからではなく、ハルが逮捕された後から始まるのです。

ハルは墓荒らしの容疑で少年裁判所法廷に起訴されます。当初、彼は弁明もしなければ、どうしてそうしたかという理由を説明することも拒否しており、結局法廷でも黙秘を通します。

裁判長はそんなハルが「まともな精神状態にあった」とは思えず、ソシアルワーカーの報告書ができあがるまで裁判の延期を決定します。

ソシアルワーカーのミズ・アトキンズが報告書を書くために必要なのは、「一、なぜハルがああした行動をとったか知ること。二、自分の行動に対するハルの態度を知ること。三、ハルが自分の将来をどう見ているかを知ること。四、ハルの背景を把握(はあく)すること」(これは読者の知りたいところでもあります)。

こうしてハルは、敬愛する英文学担当のオジー先生のアドバイスもあり、ミズ・アトキンズのために、バリーとの出会いから、墓の上で踊ることになるまでの出来事を書くことになります。それが、『おれの墓で踊れ』の主要部分を占め、その合間に、ベースとなった日記、ハルが英文学担当教員オジーに読んでもらう掌編小説、ハルがその場で起こったことをそのまま描く(本当にそうかはわかりませんが)「即時再生」、ミズ・アトキンズによるハルとの面談のレポートなどが差し挟(はさ)まれていきます。

読者は、リアルタイムでハルが語る、Boy Meets Boy の現場で感じたこと、思ったことを読んで、一喜一憂できるわけではありません。すでに終わった出来事を、ハルが回想し、整理して書いているものと、面談してハルの発言や様子を観察したミズ・アトキンズのレポートを読んでいくことになります。

この物語は語られているというより、書かれていることが強く意識されるようにできているのです。

その中でも主軸であるハルの報告書を見てみましょう。

夏休み前、十六歳のハルはそろそろ将来について考える時期にきていました。ゆっくり考えようと、彼は友人のヨットを無断で借りて海へと乗り出します。

この夏で高校を卒業して仕事を捜すか、学校に残るべきか？　もし学校を出たとしたら、自分にはどんな仕事ができるのか？　残る場合は、どの科目を勉強すべきか。大学まで進んだ方がいいのか。進学するなら、その意味は？

大人になるのか、もう少し子供でいるのか。まだそのどちらでもない、まさに若者らしい悩みが書かれています。ところが、その先の文章は、その悩みを解決するにはどうすればいいか？　という方向に進むのではなく、次のような物です。

「オレの進路に関する限り、人生をどうすべきか、またはすべきでないか、会う人が誰も彼もオレ自身よりはるかによく知っている専門家を自認して見える」。

ここには、若者時代を経験してきた大人が陥る知ったかぶりに対する、ハルの鋭い批評眼があります。

この後、将来を決めかねているハルが、「オレも一つだけは決めていた」として、夏休みのバイトをすることをあげているのですが、その次の行を見ると、こう書かれています。

「**訂正**：夏休みにバイトをすることは親父が決めていた」。

書かれた言葉「オレも一つだけは決めていた」は、ただちに訂正されてしまうのです。訂正せずに進めてもいいし、間違いを書き直してもいいし、そもそも最初から正しく書いておけばいいわけですが、そうはなっていません。

ミスと訂正の痕跡を、それも**訂正**と強調して残す。これは自分の行動を規制する大人（親父）を皮肉る、書き言葉ならではの表現です。

また、Boy Meets Boy のお相手であるバリー・ゴーマンとの初めての出会いは、こう書かれます。

「バリー・ゴーマン登場。十八歳と一ヶ月。詳細は以下の文章で随時紹介。あれになったやつだ。〈**死体**〉」。

気遣いの欠片もない、まるで事務連絡のようなこの表現は、バリーの死がハルに与えた傷がいかに深かったかを、逆に物語っています。感情を差し挟まない書き方をすることでハルは、バリーの死をなんとか耐えているのです。

転覆したヨットから救い出されたハルは、バリーの言うことにおとなしく従います。彼の服に着替え、夕方に再会することを約束する。それは、まるでもう純粋に恋に落ちたかのようです。

ところが、バリーと出会ってからのことをしばらく書き進んだ後、ハルはこう記します。「オレはあの日、厳密には、眼をまんまるにしたただの無邪気な子供ではなかったのだ。どんな風に――バリーやあんたに――見せかけていたかはともかく」。「彼の指示におとなしく従」っていたわけではなくて、「自分がそういう演技をしているのは感じている」と。

こうして、バリーと出会ったとき本当はどう考え、感じていたかを、ハルは改めて書き直すのです。

過去に起こった出来事を書いているハルは、書くことによって、すでに書いたことをより正しくしていく、もしくは別の側面から光を当てて、「訂正」を加えて行くと言えばいいでしょうか。つまり、彼は、書くことを通して、自身の正確な感情を知ろうと努めています。

ですから、バリーにとっての自分の価値を確かめるために、家の狭い浴室で自分の美しい体をバリーの視線で見ようと試みたこともつつみ隠さず書いています。

それでもハルは満足できません。「言葉が正しくない。とにかく正しくない。オレが言わせたいことを言っていない。うそをついている、真実を隠している」、「意味は言葉の陰に隠れてしまっている」と思えてしかたないのです。「言葉が完璧に止しいことは絶対にない」と。

もうすでに亡くなっているバリーへの、過去の恋情や欲情を書いても、それが正しく書けたとは思えないこと。それでもハルは言葉を、書くことを手放しません。

バリーが死んだときは「悲しい」を辞書で引き、「辞書は言葉の鉱脈だ。掘ればあたる。だが何も言ってくれない」とも思います。

辞書を引いた話を書いた文章を、次の日に読み返したハルは、今度は言いたいことが全然伝わっていないと否定し、「言葉というのはなんてすごいんだろう！　たったひとことにこれだけの意味がある。それでも何も伝わらない」と書き付けます。

言葉は様々な意味を持っていますが、それでも、気持ちを、感情を正確に表すにはまだ足りません。書いても、書いても本当の思いには届かない言葉。しかも、届かないことも言葉で書くしかない言葉。ですから言葉は、仕草や表情や声色など他のコミュニケーションの助けを借ります。ところが書く行為は、それらを使うことができません。書く行為は、何かが足りない感じがなかなか拭えないのです。しかし、言葉にならない思いや感情も、言葉を使って何度も言い換え、表現しようとする行為によって、次第に明瞭になり、言葉に還元できるものとして、心の中に住処を見つけるようになります。

ハルもまた、「オレというのはかつてのオレだ。今のオレではない」と思えるようになるのです。

ハルは物語の終わり近くで、「もっと本を読み、もっとものを書きたい。書くのは楽しかった」と書きます。

読み、書き、考え続けること。それこそが、どんな悲しみからも再生できる、唯一とは言わないまでも、有効な方法であることを、ハルは知ったのでしょう。

作者のエイダン・チェンバーズは一九三四年生まれ。英語の教師を務めながら、一九六〇年から一九六七年まではイギリス国教会の修道士としても活動しました。一九六八年に教職を離れてから本格的に執筆活動を開始します。一九七〇年に連れ合いのナンシーと、児童文学評論誌「シグナル」を創刊し、二〇〇三年100号で終刊します。この活動で一九八二年にエリナー・ファージョン賞を受賞。一九九九年には『二つの旅の終わりに』(原田勝:訳　徳間書店)でカーネギー賞、二〇〇三年にはプリンツ賞。また二〇〇二年には国際アンデルセン賞を受賞しています。

『おれの墓で踊れ』は、六作からなるダンス・シークエンス(一九七八－二〇〇五)の二作目に当たります。六作品はいずれもYA小説で、互いに関連していますが、それぞれ独立した別個の物語となっており、日本では残念ながら、五作目の『二つの旅の終わりに』と本作以外は未訳です。作者の公式サイトによると、最初から6作が予定されていたわけではなく、本作を書き進めるうちに6部作の構想が見えてきたそうです。『二つの旅の終わりに』では主人公の祖父の恋人がのこした手記が物語の半分を構成していますし、六作目の This Is All: The Pillow Book of Cordelia Kenn（『これがすべて――コーデリア・ケンの枕草子』）も、ティーンエイジャーのコーデリアがまもなく生まれる娘に向けて自分自身を語ったノートであるらしいところを見ると、『おれの墓で踊れ』における書く行為の重要性が、連作のスタイルを決めたのかもしれません。

また、『おれの墓で踊れ』はフランソワ・オゾン監督によって映画化されました。オゾン監督自身が十代に読んで感銘を受け、映画化を望んでいた作品だとのことです。書く行為が重要な意味を帯びる作品を、どう映画化するか楽しみでしたが、オゾン監督は少年たちの表情や仕草を丁寧にすくい取ることで、喪失と再生のドラマに仕立ててきました。原作者のチェンバーズも大いに満足している映画『Summer of 85』と、本書『おれの墓で踊れ』を比較してみるのも楽しみ方の一つです。

（児童文学作家、評論家）

この作品は1997年11月徳間書店より刊行されました。

徳間文庫

おれの墓（はか）で踊（おど）れ

2021年8月15日 初刷

著者 エイダン・チェンバーズ
訳者 浅羽莢子（あさばさやこ）
発行者 小宮英行
発行所 株式会社徳間書店
東京都品川区上大崎三-一-一 〒141-8202
目黒セントラルスクエア
電話 編集〇三(五四〇三)四三四九
販売〇四九(二九三)五五二一
振替 〇〇一四〇-〇-四四三九二
印刷 大日本印刷株式会社
製本

ISBN978-4-19-894666-1 （乱丁、落丁本はお取りかえいたします）

ファンタジーの女王
ダイアナ・ウィン・ジョーンズの代表作

ハウルの動くシリーズ城
シリーズ

ハウルの動く城 1
魔法使いハウルと火の悪魔

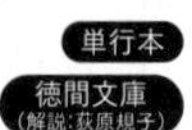

呪いをかけられ、90歳の老婆に変身してしまった18歳のソフィーと、本気で人を愛することができない魔法使いハウルの、ちょっと不思議なラブストーリー。スタジオジブリ・宮崎駿監督作品「ハウルの動く城」の原作。

ハウルの動く城 2
アブダラと空飛ぶ絨毯

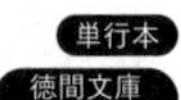

魔神にさらわれた姫を救うため、魔法の絨毯に乗って旅に出た若き絨毯商人アブダラは、行方不明の夫を探す魔女ソフィーとともに雲の上の城へ…？　アラビアンナイトの世界で展開する、「動く城」をめぐるもう一つのラブストーリー。

ハウルの動く城 3
チャーメインと魔法の家

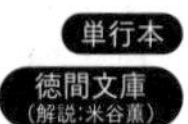

さまざまな場所に通じる扉を持つ魔法使いの家。留守番をしていた少女チャーメインは、危機に瀕した王国を救うため呼ばれた遠国の魔女ソフィーと出会い…？　失われたエルフの秘宝はどこに？　待望のシリーズ完結編！

Howl's Moving Castle